ヴィンセント
オリアナの〝元〟恋人。
公爵家の嫡男で美しく人気があるが、
どこか近寄りがたい雰囲気が
あるせいか周りからは
遠巻きにされている。
ヤナ
オリアナの親友。
エテ・カリマ国の王女で、
その美しさから
〝砂漠の星〟の二つ名を持つ。
アズラク
ヤナの護衛。オリアナたちより
二歳年上だが特例で同じ学年。
常にヤナを第一に考えて行動する。
オリアナ
学校で原因不明の死を遂げ、
七歳の頃に巻き戻る。
前回の人生ではヴィンセントと
付き合っていた。
二度目の人生でも
彼にアタックを試みる。
ミゲル
ヴィンセントの親友。
オリアナとヴィンセントの様子を
ニヤニヤしながらも見守っている。
飄々としており、いつも飴をなめている。

「私、今日のこと、死んでも絶対に忘れない」
「君が言うと信憑性が高いな」
ヴィンセントの言葉に、オリアナは心から笑った。
こんなに楽しいダンスを、一秒でも長く味わっていたかった。

死に戻りの
魔法学校生活を、
元恋人と
プロローグから
※ただし
好感度は
ゼロ
SHINIMODORINO
MAHOUGAKKOUSEIKATUWO
MOTO KOIBITOTO
PURORO-GUKARA
1
六つ花えいこ
ILLUST. 秋鹿ユギリ

Contents

序章 ◆ 二度目の入学式 ―― 009

一章 ◆ やりなおしの四年生 ―― 022

二章 ◆ 真っ直ぐな道の上 ―― 070

三章 ◆ 見通しの悪い恋 ―― 086

四章 ◆ 最高の誕生日 ―― 157

nino mahougakkouseikatuwo moto koibitoto puroro-gukara

五章 ◆ ドレスと恋と花束と ―― 185

六章 ◆ とっておきの謝罪 ―― 234

七章 ◆ 星の守護者 ―― 251

八章 ◆ 舞踏会に舞う夜の葉 ―― 281

九章 ◆ 白い空と赤い炎 ―― 337

あとがき ―― 362

序章　二度目の入学式

新しい季節を告げる白い雪が舞い、ラーゲン魔法学校の石畳に降り注ぐ。

「ヴィンス！」

真新しい制服に身を包んだ人々の流れに逆らい、新入学生であるオリアナは走った。十三歳の少女の体は喜びに弾み、ミルクティー色の髪はふわふわと揺れ、雪と遊んだ。

ローファーの踵が石畳を打つ音も、激しく鳴る自分の心臓の音にかき消されて聞こえない。

「会いたかった！」

抱きつくオリアナを、いとも簡単に抱き留めてくれる腕。嗅ぎ慣れていたシダーウッドの香り。

（あぁ――そう。この匂い）

どれほど香水を集めても、この匂いをぴったりと探し当てられなかったオリアナは、抱きつくと同時に胸一杯に吸い込んだ。懐かしい彼の温もりと香りに、じんと心が震える。

ともすれば、この場で泣き崩れそうになる足に力を入れ、オリアナは満面の笑みで彼を見上げた。

「今までどうしてた？　元気だった？　淋しくなかった？　ずっと会いたかった。私はね、七歳の時に戻って――」

「申し訳ないが――」

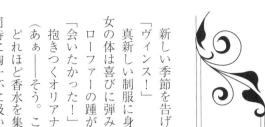

抱きついていた体から、ひんやりと冷たい声が発せられた。

その時になってようやく、オリアナはいつもと違うことに気付いた。いつもなら彼はすぐに抱きしめ返してくれるし、いつもなら優しい声で名前を呼んでくれるし――いつもならこんなに体は強《こわ》張《ば》っていない。

「人違いだろう」

宝石のように美しい、紫色の瞳が冷たくオリアナを見下ろした。

「……え？」と乾いた声が漏れる。抱きついていた手は、いとも簡単に外された。

「待ってヴィンス。どうしたの、私……ずっと今日を、貴方と会える日を、待ってたんだよ」

「人を呼ぼうか？　僕にできるのはそこまでだ」

「ヴィンスも戻ったんじゃ、ないの？　……前の人生の、記憶が」

「付き合いきれないな。失礼するよ」

手にはまだヴィンセントの温《ぬく》もりが残っているのに、彼自身はスッとオリアナを避けると、人の群れに紛れていく。

息を呑んで一部始終を見ていた周りの生徒らが、がやがやと騒ぎ出す。人々の好奇の視線に晒《さら》されながら、腕を外されたポーズのまま動けなくなっていたオリアナは、だらだらと冷や汗を流した。

（まさか……）

口元をむぐっと引き締める。傍目でもわかるぐらいオリアナは焦っていた。そんな可能性を一度も考えたことなどなかったが、あの目と声は、そう判断するに十分だった。

（――ヴィンスには、一度目の人生の記憶が、ない？）

……………

オリアナ・エルシャと、ヴィンセント・タンザインが男女交際を始めたのは、五年生が始まってすぐの、冬のことだった。

学校主催の舞踏会のパートナーとして、ヴィンスがオリアナを選んだのだ。

交際していない異性をパートナーに選んでも問題はないが、花束を抱え、耳を真っ赤にしたヴィンスの気持ちを察せぬほど、オリアナは鈍感ではなかった。

オリアナはヴィンスの手を取り、ワルツのようにゆっくりと二人の仲は動き始めた……――なーんてことを、一年生のオリアナは、木の根を跨《また》ぎながら思い出していた。

「みっ……皆さんもご存じの通り、我が国は慈悲深い竜の加護により、多大な恩恵を受けています。はぁ、ぜぇっ――、ひ、一つ、豊穣な実り。一つ、っはぁ、天災の少ない、愛すべき日常」

一度受けたことがある授業は中々に退屈だ。昼寝をせずに済んでいるのは、ひとえに体を動かしているからにすぎなかった。

そう、オリアナは今、鬱蒼《うっそう》と木々が茂る森にいる。真新しいローブに身を包んだ、入学間もない魔法使い一年生達が、隣の生徒と楽しそうに話しながら森を歩く。まだ十三歳になったばかりの彼らは、魔法の授業という新しい世界の扉の前で、心を躍らせていた。

「そしてっ、魔法使いたる我々にとって、何より大事なことが――魔力の流れる豊沃《ほうよく》な竜道《りゅうどう》です」

ひよっこ魔法使いを引率する魔法史学の教師、ウィルントン先生が、肩で息をしながら説明を続ける。持ち上げるスカートの裾は、落ち葉や土で汚れていた。

日頃から青白い顔をしているウィルントン先生は、見たまんま、あまり運動が得意ではない。

「地中に広がる竜道に、魔力を注いでくれる愛しき竜は、人間に杖を振るい、魔法を唱えることを許してくださいました。つまり——この竜木《りゅうぼく》の枝を、杖とすることをです」

この森の中心にある、一際大きな木——竜木の根元に、ウィルントン先生はしゃがみ込んだ。

「皆さんちゃんとついて来ましたね？　それでは、落ちている枝を拾います。大丈夫、普通の枝と、竜木の枝の違いは、魔法使いとして選ばれた貴方達なら、一目でわかるはずです」

ウィルントン先生はポケットからハンカチを取り出し、汗を拭きながら指示を出す。

「貴方達の杖として、今後一生を共に過ごすことになる枝です。手触り、長さ、重さ、好きなものを選んでかまいませんが、くれぐれも慎重に。では、皆さんあまり、離れすぎないように」

言うべきことを言い終えると、ウィルントン先生はぐったりと項垂《うなだ》れた。少しでも体力を回復しておくつもりなのだろう。なんといっても、今夜の食事にありつくためには、来た道をまた帰らねばならない。

他の一年生達と同じく、オリアナは森の地面をしげしげと見ながら歩き始めた。ありきたりな茶色の髪が、森の風に揺られて頬をくすぐる。

学校の横には、全容を把握できないほど広大な森が広がっていた。希少な植物や、危険性の少ない生物を保護する役目も備わっているが、最も重要な役割はこの竜木の住まいとなることである。

竜木とは、その名の通り竜に愛された木だ。地中に流れる竜道が密集する地に生え、強大な魔力を蓄えている。

その枝は杖に、その樹皮は魔法陣を描くインクに、その葉は魔法陣を描くための魔法紙《まほうし》となる。

もちろん神聖な木なので、折ったり傷つけたりすることは許されない。

竜木からの恵みは、必ず地面に落ちている物しか受け取ってはならない決まりとなっている。

手頃そうな枝を探していると、すぐにピンとくる物が見つかった。握ってみると、手にしっくりと馴染む。オリアナは苦笑を浮かべた。これほど広い森の中――幾百もの枝が落ちている中で――以前の人生と全く同じ枝を選べたことを、強運と呼ぶのか、運命と呼ぶのか、オリアナにはわからなかったからだ。

――オリアナは、二つの人生の記憶を持っている。

十三歳になったばかりの今生の記憶と、前の人生の記憶だ。

前の人生も、同じ父母から生まれ、同じ家で育てられ、同じラーゲン魔法学校に入学した。

そしてヴィンスと恋人になり――たった十七歳で死んだ。

「あっ、タンザインさん！」

遠くに愛しい人を発見したオリアナは、パッと顔を輝かせた。対照的に、ヴィンセントはいかにも嫌そうに顔を顰《しか》める。しかしなんの気負いもなくオリアナは近づいていった。ヴィンセントに声をかけようとしていた周りの生徒達が、オリアナを睨みながら去っていく。

次期紫竜《しりゅう》公爵であるヴィンセントは、入学したてというのに大人気だ。紫竜とは、ヴィンセントがいずれ受け継ぐ領地の名である。かつて八匹の竜が守護していたとされるアマネセル国には、竜の名が付く八カ所の領地が、八家の公爵家に代々受け継がれていた。彼らを総称して八竜と呼ぶ。

だがヴィンセントが人気なのは、何もいずれ彼が受け継ぐ爵位だけが要因ではない。

高い鼻にすっきりとした顎。威圧感を与えない、柔らかで美しい顔立ち。耳にかかる絹糸のような金髪に、春の陽気を吸い込んだようにキラキラと光る紫色の瞳。

その佇まいは凛としていて、弱冠十三歳にして、次期公爵としてふさわしい気品が漂っている。

「いい枝、見つかりました？」

「あいにくと、まだ探し始めたばかりでね」

「ご一緒しましょう」

腕を組もうと手を伸ばすが、するりと躱《かわ》される。

「いや結構。静かな方が、じっくりと探すことができそうだ」

何度か腕や背を掴もうと躍起になったが、ヴィンセントはオリアナに一分の隙も与えてくれなかった。抱きつくことを諦めたオリアナは、ため息をついてヴィンセントの隣を歩く。

「まぁまぁそんなこと言わず。あ、ほら。これなんてどうです？」

足下にあった枝を、オリアナは何気なくひょいと摘まんだ。ヴィンセントは胡散臭そうにその枝を見たが、礼儀としてか手に取ると、戸惑いの表情を浮かべた。オリアナが渡した枝が、ヴィンセントの手に馴染んだからだろう。

「いい感じです？　その顔は、いい感じなんですね？」

「……候補には入れる」

「前持っていたのが、そういう長さだった気がしたんです」

「また君の得意な法螺話《ほらばなし》か」

ヴィンセントが美しい顔を歪める。

「このまま歳を重ねれば、君と僕は愛を誓った恋人同士になるのだったかな」

ヴィンセントはオリアナの話を、彼に近づく口実のための、単なる作り話と思っているらしい。

「残念ながら、そんな話を真に受けるつもりはないし、君を婚約者候補の欄に連ねてもらうよう、父に掛け合うつもりもない」

「はい、大丈夫です！　公爵夫人になりたいわけではないので」

オリアナが笑顔で言うと、ヴィンセントがたじろいだ。

「でも、もう一度私と恋を始めたくなったら、遠慮せずおっしゃってくださいね。こちらは準備万端で待っていますから！」

「心配には及ばないよ。その両手も下げておくといい」

「あ、自己紹介から始めるべきでしたね！　私はオリアナ・エルシャといって、誕生日は冬の始月《じゅうにがつ》の五日。身長百五十七センチ、体重はちょっと秘密なんですけど、好きなものは麺類で……」

「残念だな。君に興味があれば、とても有意義な時間だったろうに」

「えへへ。そんなつれないところも大好き。えへへ」

ヴィンセントは白い目を向けた。いくら拒絶を匂わせても近づいてくるオリアナに、うんざりしているという顔だ。

——自分が死んだ瞬間を、オリアナはあまり覚えていない。

なにしろその時、オリアナはヴィンスを胸に抱えていたのだ。息絶え、一欠片《ひとかけら》の温もりも伝えてくれないほどに冷え切った、最愛の彼の体を。

過去を思い出し、ぶるりと身を震わせたオリアナは、ヴィンセントの腕に巻き付いた。気を抜いていたとばかりに、ヴィンセントはするりと腕を抜く。だがオリアナは諦めない。

もう一度にじり寄ろうとする彼女から、ヴィンセントはじりじりと後退し距離をとった。

勢いを付け、ガバリと抱きつこうとしたオリアナを、ヴィンセントはスッと避ける。

「ちょっと……タンザインさん？　淑女に対して、あんまりにも失礼じゃありませんか？」

「淑女には、淑女に対する礼を守っている」

「いやだタンザインさんったら。ということは、もしかしてこれ、求愛のダンスの申し込みでした？」

「照れるな。身をよじるな。明白なことを、わざわざ口にする趣味はない」

ちぇっと、オリアナは唇を突き出した。無意識に出る子どもっぽい仕草も一度目の人生では、オリアナが恥じる度に「可愛い」とヴィンスは言ってくれた。けれど今のヴィンセントから、そんな甘い言葉が出るはずもない。向けられるのは、冷たい視線だけ。

「でも、そんな顔も好き」

「君はもう一度、慎みの必要性を学んでくるべきだろうな」

——もう一度。もう一度があったから、オリアナは生きているヴィンセントと出会えた。

（たとえ、彼が私のことを忘れていても）

オリアナは決めていた。

この人生では必ず、自分が彼を守り抜くのだと。

∵　∵　∵　∵

ヴィンスの死因を、オリアナは知らない。

誰かに刺されたわけでも、炎に焼かれたわけでもない。ヴィンスは、気付いたら死んでいた。

ラーゲン魔法学校での一大イベントである、春の中月《しがつ》に行われる舞踏会。その舞踏会が終わって、すぐのこと。

――その日、二人はお気に入りの談話室で待ち合わせをしていた。

ラーゲン魔法学校にいくつも点在する談話室は、生徒同士の憩いの場に使われたり、週末にサロンが開かれたり、部活のミーティングに使われたりする部屋で、生徒が自由に使用できる。

ヴィンスとオリアナのお気に入りは、東棟の隅っこにある小さな談話室だった。東棟は教室の特性上、授業時間外は人通りが少なくなるためか、その談話室は長年使われていなかった。

誰にも邪魔をされない、二人だけの秘密の場所。

あの日のオリアナは、教師から用事を言いつけられたため、待ち合わせをしていた談話室に向かうのが遅れてしまった。廊下を走るオリアナの影が、外で轟《とどろ》く雷に照らされては色濃くなる。オリアナが辿り着いた時には、ヴィンスは暖炉のそばで一人がけのソファにゆったりと座っていた。

「ごめんね。待たせちゃって」

オリアナのためにか、部屋は暖められていた。暖炉で火の粉がパチパチと踊っている。声をかけても返事がないことを不審に思い覗き込むと、ヴィンスは瞳を閉じて穏やかな表情をしていた。

「眠っているの？　疲れちゃった？」

ヴィンスの足元に座り、そっと膝に手を置いた。そのまま頬を寄せたオリアナは、ズボン越しでもわかるほど、ヴィンスの体がひんやりとしていることに気付く。

「……ヴィンス？」

オリアナはすぐにヴィンスの頰を触った。その頰は、人間とは思えないほどに冷たい。

「ヴィンス……ヴィンス!?」

オリアナはヴィンスの頰を優しく何度か叩いた。反応がなかったため、今度は激しく叩いた。それでも、ヴィンスの頰は赤くなることもなく、瞼が開くこともなかった。

ヴィンスの体を抱え、ずるずるとしゃがみ込む。

一体、何が起きたのかさっぱりわからなかった。

学校は平和だった。多少の諍《いさか》いや派閥争いがあったとしても、人が殺される環境ではない。

突然の病気などで急逝してしまったのだろうか。

それとも、オリアナが来る前に、誰かに殺されたのか。

ヴィンスの体をあちこち見ても、刺された痕も、首を絞められた痕も見つからない。学生は授業時間外に特定の魔法以外を使うことは禁じられている。そもそも人を死に至らしめるような魔法など習ったことも、また習う予定もなかった。

ヴィンスはただ穏やかに眠るような表情を浮かべていた。他殺とは考えにくかった。

冷たいヴィンスの体を抱え、オリアナはただ途方に暮れた。

人を呼ぶためにこの場を離れることすらできなかった。冷たいヴィンスを、ここにただ一人置いていくことなんて、到底できない。

たった一人で死んでいった彼を、もう一瞬だって、一人にしたくはなかった。

小さな談話室に、暖炉の炎が爆《は》ぜる微《かす》かな音と、雷鳴が響く。

泣きすぎたせいか、頭がふわふわとして、何も考えられなかった。嗅いだこともないような甘い匂いが、いつの間にかオリアナを包み込んでいたことにも気付かなかった。

何度も何度も、オリアナはヴィンスの頬を撫でる。自分の頬から伝う涙で、ヴィンスの顔はびっしょりと濡れていた。

オリアナの涙で濡れたヴィンスの唇に、唇を重ねる。

そこで、オリアナの意識は途絶えた。


何故自分だけ記憶があるまま、もう一度人生を始められたのか、オリアナにはわからなかった。

ただ何故か、自分が巻き戻ったのだから、ヴィンスも同じ状況にあるのだと思い込んでいた。そうすることで、聞いたこともない人生の巻き戻り《ループ》に対する不安から逃《のが》れたかったのかもしれない。

（ヴィンスも同じ気持ちって思ってたから、頑張れた）

二度目の人生に幸運と、そして時に淋しさと無力さを感じながらも、歩いて来られた。

もう一度彼に会うまでは何にも負けられないと、そう自分を鼓舞して。

（でも——やっと出会えたヴィンセントは、何も覚えてなかった）

もしかしたら「覚えていない」のではなく、オリアナだけが時を巻き戻ったのかもしれない。

そのことに気付き、オリアナは深い孤独を感じた。

これまで無意識に心の拠《よ》り所にしていたヴィンスを永遠に失うなんて、思ってもいなかった。

「一目惚れだった、って、言ったくせに」

オリアナの頰を撫でながら、眦《まなじり》を赤く染めたヴィンスが白状するように告げた瞬間を思い出す。

「嘘つき」と、言ってもしょうがない恨み言が口をついて出た。

（全然、一目惚れてくれない。なんなら、一目嫌いされているくらい）

冷たくされていなされて、傷つかないわけじゃない。

（でも、どうしたらいいのかもわからない）

前の人生で、オリアナは掛け値なくヴィンスに愛されていた。

正直に言えば、愛される努力をしたことがなかった。自然なままのオリアナをヴィンスは愛した。

何も覚えていないヴィンセントと接するまで、彼に愛されるのがこれほど難しいとは思ってもいなかった。

（だって、覚えてるんだもん）

どれほど自分が優しく愛され、大事に包まれていたかを。

（今の私は、前の人生でヴィンスの周りにいた女子達と同じスタートライン……いやそれどころか、もっと後ろに立ってる）

高貴な身の上なわけでも、絶世の美女なわけでも、極めて優しいわけでもない。商家に生まれ、平凡な顔と頭しか持っていない自分では、ヴィンセントの心を狙って射止めることは難しいだろう。

だからオリアナは、目標を変えた。

（ヴィンセントともう一度、恋人になれなくてもいい。彼に生きててもらえれば、それでいい）

いつか彼に恋人ができても、祝福できなくても、死んでしまわれるよりは、ずっといい。

ヴィンセントから離れるつもりなど毛頭ない。今の彼では知る由《よし》もない悲劇から、守ってやれるのは自分しかいないのだから。

彼の死を避けるためには、彼のそばにいる手段を手にしなければならない。彼への好意を振りかざし、付き纏《まと》うだけでは弱いだろう。

勉学に励み、同じ特待クラスに居続けるしかない。ラーゲン魔法学校は実力別にクラスが分かれている。学力に差がつき、違うクラスになってしまえば、日常的に顔を見ることさえ難しい。

誰かがヴィンスを殺したのだとすれば、その犯人を絶対に見つけ出す。

もし彼が病気なのなら、自分がすぐに気付けるようにそばに居続ける。

オリアナがヴィンセントにできることは、なんでもするつもりだった。

一章　やりなおしの四年生

「うぁああ……！　無理無理無理無理無理無理ごめんなさい無理無理、攣《つ》る!!」

「このように、急に体を動かすと負荷がかかるわ。皆さんは無理のない程度に、ゆっくりと体を伸ばしてちょうだいね」

オリアナの足首を持ち、奇妙なポーズをとらせる張本人は、集まった女生徒達にのんびり言う。

「ヤナ！　まず、まず離そう。まず私の足を――」

「骨盤は床と水平に。肩甲骨を寄せるよう意識して。この姿勢のまま、十秒キープしましょう。それでは、十、九――呼吸は止めないで――八……」

「痛い痛い痛い！」

バンバンバン――オリアナが床を叩く、降参を告げる音が女子寮の談話室に響く。女生徒は誰もが真剣な顔をしてヤナを――そして手本として体を反らせているオリアナを見ていた。

しかし誰も、オリアナの表情について言及する者はいない。苦しみ喘《あえ》ぐオリアナよりも、大事なものがあるからだ。そう、正しいヨガのポーズを知り、自らを美しさに導くことが、彼女達にとって最重要事項であるのは、その熱狂的な視線から明白だった。

「では、どうぞ。やってみせてちょうだい」

ヤナの号令に合わせて、女生徒達はゆっくりと体を動かし始めた。オリアナも、ようやくヤナの手から解放される。汗に涙に鼻水まで垂らした顔を床に伏せ、オリアナはぜえはあと肩で息をする。

「まあオリアナ……そんなに息を切らして。柔軟を怠けているからよ。ちゃんと続けるように言っておいたでしょう？」

実ノ日《にちようび》の朝に時折行われるヨガ教室のインストラクターとして、確固たる地位を築いているヤナ・ノヴァ・マハティーンが、憐れみの表情でオリアナを見下ろした。

褐色の肌に、神秘的な藤色の髪。視線一つで男も女もコロリと落としてしまう美貌は横に並ぶ者を許さず〝砂漠の星〟と評される。

「わ……私には……向いてない……」

「ヨガに向く、向かないがあるとすれば、それは努力を続けられるか否かということよ」

幼子の我が儘を窘《たしな》めるようなヤナの優しい言い方に、オリアナは口をむぐぐと引き結んだ。美しく、牝鹿のようにしなやかな体を持つヤナの言葉には、説得力がありすぎる。

「貴方だって私ぐらい美しくなって、タンザインさんをグラッとさせたいでしょう？」

（させたい。超グラッとさせたい）

だが、そんな高望みはもうとっくに捨ててしまった。オリアナの微妙な感情が表情に出たのか、ヤナはコロコロと笑う。

「頭ばかりを使っていては駄目よ。体が凝ってしまうわ。朝晩の適切な運動が女を美しくするのよ」

ヤナは近隣国であるエテ・カリマ国の第十三王女であり、オリアナのルームメイトだ。

彼女と二人部屋に住み始めて、もう四年が経つ。オリアナは四年生――十六歳になっていた。

ラーゲン魔法学校は十三歳から十八歳の子供が五年間、魔法を学ぶために通う全寮制の学校だ。クラスは成績順に、特待クラス、第一クラス、第二クラス、第三クラスと四つに分かれている。

未熟な生徒が魔力を扱いやすいよう、魔法学校は魔力が安定している場所――アマネセル国であれば、竜木の近くに建設される。竜木は国に八本しかなく、地中に広がる竜道に密接に関係しているため、植え替えることもできない。

アマネセル国に魔法学校は二校しかないため、国中から子どもが集まった。学費や寮費、また魔法使いに必要な学用品を揃える費用を考えると、在校生のほとんどは貴族か、金銭的に恵まれる平民に限られた。

オリアナは平民だ。親は娘曰く多少羽振りのいい商人で、運がよければ、ツテのツテを頼って、社交界にデビューできる程度の人脈はある。

平民と貴族が混在しているとはいえ、ラーゲン魔法学校内に貴賤はない。常に〝一人の魔法使い〟として互いを尊重することが求められる。〝偉大なる竜の慈悲の前には、人間など皆等しい〟という考え方が根本にあるからだ。

そのため、年齢や性別、身分も関係なく、親しい間柄以外の生徒には姓に「さん」を付けることが義務づけられている。平民のオリアナも、王の娘でもあるヤナであっても同じで、オリアナは「エルシャさん」、ヤナは「マハティーンさん」と呼ばれていた。

「いいの。私は二兎を追えるほど器用じゃないから……今はひとまず、勉強を頑張る」

オリアナにとっての最優先事項はヴィンセントだ。多少の化粧は嗜《たしな》んでも、運動までする余裕はない。彼のそばにいるために、オリアナはこの四年間、寝る間も惜しんで勉強している。前の人生での知識があっても、元が元なだけにトップに食らいつくのは大変だ。

「そう。それもまたオリアナの魅力ね」

渋々と頷くヤナに別れを告げると、オリアナは寮を出て自習室へと向かう。この四年間で、オリアナは自習室の常連として知られていた。

女子寮は校舎から少しばかり離れた場所にある。男子寮は校舎を挟んでちょうど反対側だ。学校の敷地はとてつもなく広く、校舎や寮の他に公園や植物温室、厩舎《きゆうしや》や畑など様々な施設があった。

寮を出てすぐに、オリアナはよく見知った顔を見つける。彼もすぐにオリアナに気付いたのだろう。「おはよう！」と声をかけるオリアナに、大柄な男が近付いて来る。

「おはよう、エルシャ。ヤナ様は？」

気安く挨拶を交わしたのは、ヤナの護衛アズラク・ザレナだった。竜木のように背が高く、がっしりとした体つきの彼もエテ・カリマ国出身だ。褐色の肌はヤナと同じく神秘的だが、ヤナが神聖な雰囲気を漂わせているのに対して、アズラクはどこか色気を感じさせる。年はオリアナより二つ上だが、同学年だ。ヤナと同じ学年に入学できるように、何やら特別な許可を取ったようである。

「オリアナでいいのに。あ、それとも、オリィって呼びたい？」

「レディ・オリィ。どうかこのアズラクに教えてほしい。普段ならもう外におられる時間なのだが、ヤナ様はどうかなさったのか？」

アズラクの冗談にオリアナは笑った。

「ヤナはまだ、沢山の生徒に美しさの秘訣を伝授している真っ最中――なんだけど。アズラクが来たってことは、いつもよりちょっと終わるのが遅れてるのかも。私が暴れてたせいかな」

「エルシャが？　ヨガ教室で？　それは是非とも拝見したかった」

「意地悪なこと言わないでよ。陸に打ち上げられた小エビの方が、まだマシなレベルなんだから」

アズラクは無表情な顔に、少しばかりの笑みを浮かべた。オリアナはアズラクに対して、ちょっとした仲間意識みたいなものを持っている。アズラクがヤナのそばにいられない場所——女子寮や、女生徒の輪の中など——では、オリアナがヤナのお目付役もどきを担っているからだ。

「図書室か？」

休みの日にもかかわらず、オリアナが制服を着ていたために、校舎に用事があると判断したようだ。もしくは、大量に持っていた本やレポート用紙を見て推測したのかもしれない。

「ううん、自習室。一緒にどう？」

「……いや。……自分は、遠慮する……」

自分の本分は護衛だからと、魔法の勉強にはあまり本腰を入れていないようだ。実際、興味もないのだろう。わかりきっていた答えだったが、アズラクの反応がおかしくてオリアナは笑った。

強い風が吹き、オリアナは反射的に髪を押さえた。拍子に、持っていたレポート用紙が二枚風に乗っていく。慌てて一枚摑んだが、もう一枚は空高く飛んでしまった。慌てるオリアナのそばでアズラクが手を伸ばすと、まるで彼の手に吸い付くように、難なくレポート用紙はその手に収まった。

「ありがとう。魔法を使ったみたい」

「たかが紙一枚とるために魔法を？　手を伸ばした方が、早くて正確だ」

アズラクが腕を上げた際に、アズラクの袖から微かに包帯が見えた。怪我をしたのだろう。オリアナのわずかな表情の変化に気付いた優秀な護衛は、すぐに腕を下げた。

怪我には気付かなかった振りをして、オリアナは礼を言いレポート用紙を受け取った。

「気が向いたらおいでね」

「――ヤナ様が行くとおっしゃれば」

凄く嫌そうな顔で言ったアズラクに、オリアナは笑って別れを告げた。


自習室に入るなり、オリアナは目を輝かせる。窓際の席に、いたらいいなと思っていた人物を見つけたからだ。少し目を伏せ、優しげな口調で下級生に辞書の使い方を教えてやっている。

なんて思いやりがあって親切で麗《うるわ》しいのだろう。自習室にいる誰もがそう思っているに違いない。

入り口の邪魔にならないところから、ぽんやりとその人を観察していたオリアナは、下級生が彼の元を離れると、静かに歩み寄った。

ソソソソ、と蟹《かに》よりも静かに移動すると、目的の人物の背後に立つ。そして、両腕を伸ばして背中に抱きつき、形のいい耳にそっと唇を寄せて吐息だけの声を出した。

「ヴィ・ン・セ・ン・ト・さ・ま」

「っうわ！」

真剣に教科書を読んでいたのだろう。全く気付かなかったらしいヴィンセントは、耳を手で覆って体を捻《ひね》るが、背中にべったりとくっついたオリアナのせいで中途半端にしか振り返れない。

「……エルシャさん。一体、何をしているんだ？」

ヴィンセントと呼ぶことを拒否されるのには慣れている。彼は自分が許した距離までしか、相手に踏み込ませない。それはオリアナ以外にも言えたことだったが、これほど拒絶を強調されているのはオリアナぐらいなものだろう。だが、オリアナはあっけらかんと言った。

「はい。エルシャさんはですね、タ、ン、ザ、イ、ン、さんと同じクラスでい続けるための勉強を頑張りに来たところです」

えへへ、とオリアナが笑うと、「そうじゃない」とヴィンセントが額に青筋を浮かべる。

「何故君は、僕の背中に――」

「まあまあ、ヴィンセント。ここで大声を出すのは、あんまいい考えとは言えないんじゃない？」

ヴィンセントの前の席に座る男が、笑みを噛み殺しながら言う。ちらりと自習室の入り口を見れば、今日の監督番のウィルントン先生がこちらを見て眉を顰《ひそ》めていた。味方を得たオリアナは、ヴィンセントの背に抱きついたまま、わざと神妙な顔をしてこちらを見ている男に視線を向けた。

ヴィンセントの友人ミゲル・フェルベイラだ。長い赤毛の髪を後ろで縛り、いつもにまにまとした不遜な笑みを浮かべている。

彼の父はヒドランジア伯爵で、嫡男の彼はいずれ伯爵位を継ぐ。ヴィンセントの幼い頃からの友人でいて学友でもあり、卒業後は政治的な繋がりも持つようになる、彼にとって大事な友人だ。

当たり障りなく誰とでも親しく振る舞うヴィンセントにとって、唯一親友といえるポジションにいるのは――前の人生でも、二度目の人生でも――ミゲルただ一人だ。

「ねー。そうだよね、ミゲル」

「おはよう、オリアナ。今日も可愛いね」

オリアナは、前の人生でも彼と仲がよかった。元々、ミゲルがオリアナと知り合ったことで、ヴインセントとも挨拶する仲になったのだ。

（でもミゲルの笑顔って、底が見えないっていうか……私と本心から仲よくなりたいって思ってくれてるのか、ちょっとわかんないんだよね）

「でしょー！　タンザインさんにも可愛いって思ってもらいたくって、今日も頑張ってきたの」

きゃっと自分の両頬を両手で押さえたオリアナは、ようやくヴィンセントから離れた。そしてヴィンセントの隣の椅子を引き、何食わぬ顔をして座る。

何か言いたげな紫色の目が、じろりとこちらを睨み付ける。

「いかがなさって？　タンザインさん」

「僕は同席の許可を求められたかな、と思って」

オリアナは口を小さく開けると、口元に手を寄せて、驚いた表情を作ってみせる。

「まあ。タンザインさんともあろうお方が……生徒は自分が座りたい席を、自由に決める権利があることを忘れてしまったんですか？」

「君のおかげで思い出せたよ。ありがとう」

ヴィンセントは小さく息を吐くが、それでおしまいだった。以前は不愉快そうに無視されるか、荷物をまとめて違う席に移動されていたので、かなりの進歩だといえる。

最近では隣に座っても、こうして口で文句を言うだけだ。オリアナはにこにこした。

オリアナ以外の誰にでも優しいヴィンセントは、学校中の注目の的だ。次期公爵で、品行方正で、成績優秀で、温厚篤実《とくじつ》で、目を見張るほどに美しい。注目されない方がおかしい。

だが誰もがヴィンセントの高貴なオーラに気圧され、気の置けない友人とまではなれずにいるようだ。勝手に隣の席に座るなど言語道断だろう。

方々《ほうぼう》から、意味ありげな視線を感じるが、オリアナは全て無視した。こちとら、動けない理由を探してる彼らの事情なんて知ったこっちゃないのだ。

（……彼が死ぬまで、あと一年しかない）

今のところ、ヴィンセントが不調を訴えたことはない。彼を殺したいほど恨んでいる人もいないようだ。それにヴィンセントは元々、自分の身の回りに気をつけている。学食は配膳されたばかりの食事しか食べないし、人からうかつに物を受け取ることもない。

（それでも、心配で仕方ない）

そばに居続けるために、何事にも対抗できる知識を手に入れ、無理矢理にでもへばりついてやるつもりだった。謙虚に遠慮なんてしていては、また彼を失う。それだけはどうしても耐えられない。

自習室にやってきた目的を遂げるために、オリアナは教科書を開く。左隣に座るヴィンセントの邪魔にならないように、レポート用紙を慎重に広げると、ペンを取り出し、勉強に取りかかった。


「――オリアナ……オリィ」

「うぇあい」

しばらく勉強に集中していたせいで、小声でミゲルに名前を呼ばれていたことに気付かなかった。オリアナは今書いている手を止めることができずに、手を動かしながら間抜けな返事をする。

「ごめんけど、カーン文字の辞書貸してもらえる？　自習室の、全部貸し出し中で」

「うぇい」

オリアナは右手で書き取りを続けながら、左手の指先で、机の上の本の束を漁《あさ》る。背表紙の手触りでわかるほどに、オリアナはこの四年勉強に打ち込んできた。

しかし、片手でペンを持ったまま、重い辞書を指先一つで抜き取ることができなかった。しなやかな指先が目的の辞書を指で摘まみ悪戦苦闘していると、すっと隣から手が伸びる。オリアナはペンを止め、隣を見た。

辞書を抜き取り、ミゲルに差し出す。オリアナはペンを止め、隣を見た。

「あ、りがとうございます」

「……ああ」

手を貸したのが居心地悪いのか、ヴィンセントはすぐに自分の教科書に視線を戻した。オリアナもそれに倣《なら》うが、今度はうまく集中はできそうになかった。

（こういうところが、困る）

オリアナの恋人だったヴィンスと、現在のヴィンセント。

二人は異《こと》なる態度を取るくせに、根本的な部分は同じだ。

インクが垂れないようにペンを置き、のそのそと教科書をめくる――が、全然頭に入ってこない。

動揺しつつも懸命に文字を目で追いながら、頰に垂れていた髪を小指と薬指で耳にかけていると、ふと視線を感じた。何気なく左を見れば、ヴィンセントが目を細めてこちらを見ていた。

目が合うと、ヴィンセントはばつが悪そうな顔をする。何故そんな顔をされたのかわからず、オリアナは訝《いぶか》しみながら彼の手元に視線をやった。強い夕日が、彼の隣の窓から差し込んでいる。

「――眩しいんですか？」

「……自意識過剰だな」

「え？　あ、ごめんなさい？」

何に対して詰《なじ》られたのかはわからないが、オリアナは咄嗟《とっさ》に謝ってしまった。

「あんまり眩しければ、席替わりますよ？」

あんなに強く照らされていては手元もかなり見難いはずだと親切心から提案したオリアナに、ヴィンセントは一瞬唖然とする。そして、窓から覗く夕日のように、頬を赤く染めた。

「ぐっ……ふっ……」

変な声が聞こえて、オリアナはミゲルを見た。ミゲルはオリアナに借りた辞書を立て、顔を隠して机に伏せている。不審に思い、声をかけようとしたオリアナを遮るように、ヴィンセントが「ミゲル」と名を呼んだ。

「ごめ……」

「ミゲル」

「悪かったって」と顔を上げたミゲルは、目の縁の涙を拭っていた。表情からして、笑いを堪《こら》えていたのだろう。今の会話のどこに笑い所があったのかと、オリアナはぽかんとミゲルを見た。

「沈黙は金なり」

「うるさい」

突然格言を口にしたミゲルに子どもっぽく悪態をつくと、ヴィンセントは顔を背けた。

（うるさいって言った……あのヴィンセントが……うるさいって……）

こんな彼を、オリアナは一度目の人生でも見たことがなかった。きっとミゲルにしか見せない表情だったのだろう。そんな表情を見せてもらえた嬉しさから、オリアナはえへへと頬を緩ませる。

「何に笑っているんだ」

「嬉しいなって」

「だから、何に――いいか。勘違いしないでほしい。別に僕は君を見ていたわけじゃ……」

「え？」

ぱちぱち、と瞬きするオリアナの横で、ヴィンセントは肘をついた両腕で頭を抱えた。何か大きな失敗をしたらしい。ミゲルは再び、辞書の向こうに顔を隠して、肩を震わせている。

オリアナはミゲルとヴィンセントを見比べて、重症そうなヴィンセントに顔を寄せた。

「……ヴィンセント？」

小声で呼ぶと、むすっとした声が返ってくる。

「……なんだ」

その返事に、オリアナは息を呑んだ。名前を呼ぶのを、拒絶されなかったからだ。

むずむずとして、オリアナは手を差し伸べた。髪に触れると鋭い眼差しで睨まれる。

「そこまではまだ許していない」

「はい、閣下」

（そこまでは――じゃあ「ヴィンセント」って呼ぶことまでは、許してくれたんだ？）

緩む頬を抑えきれず、オリアナは両手で自分の頬を引っ張った。それでもどうしても我慢ができずに、噛みしめた歯の隙間から「ふへへ」とだらしない笑い声が漏れる。

「……君は、懲りないな」

ヴィンセントが、ふっと笑った。久しぶりに見た柔らかい笑みに、オリアナは息を呑むほど驚く。

浮き出そうになる涙を堪えるために、バッと勢いよくミゲルを見た。

「見た?!　ミゲル?!　今の!?　ようやっと、ヴィンセントが私にほだされようと！」

ミゲルはようやく辞書の中から這い出てきたかと思うと、八重歯を見せて笑った。

「見た見た」

「やだ嬉しい……あんな笑顔見せられちゃ、私、今晩眠れない。好き。ヴィンセント！　好き！」

真っ赤な頬を両手で包み、身をくねらせるオリアナに、ヴィンセントは顔を顰める。

「笑ってなどいない。ほだされてもいない。君があんまり懲りないから……」

「そうですよね、わかっています。わかっててもきゅんとする」

「なんなんだ君は――」

ヴィンセントは苦言を呈そうとしたようだが、一点を見つめて体を強張らせると、すぐに口を閉じた。彼の視線の方向を見て、オリアナは「あっ」と声を漏らす。

「元気一杯のようね。貴方達は、自習室よりもお外で体を動かしてくるほうが、あっているんじゃないかしら？」

自習室の監督をしていたウィルントン先生が、オリアナの隣で腕を組んでいた。三人は、これ以上の叱責を食らう前に机の上の物を片付けると、大慌てで自習室を飛び出した。

自習室から逃げ出したオリアナとヴィンセントとミゲルは、中庭に出た。辺りは暗くなり始めている。オリアナはローブの裾から、ガサゴソと折りたたみ式の魔法灯《ランタン》を取り出した。一緒に持ち歩いている魔法紙《まほうし》もランタンの中に入れると、オリアナが軽く杖を振る。

魔法カーン文字で〝光〟と描かれていた魔法紙は、オリアナの魔力によって淡く光る。この〝光〟の魔法は、授業時間外に扱うことを許されている魔法の中で、一番日常的に使う魔法だった。

オリアナが魔法灯を掲げると、明かりが三人を照らした。乱れた制服の裾をパタパタとはたき終えたヴィンセントが、前髪をかきあげる。

「全く……今日は一日、何から何まで君のおかげで賑やかだ」

「本当にその通りですね。ごめんなさい。責任取ります。結婚しましょう」

「悪かった。すまなかった。頼むから頭を上げてほしい」

頭を深々と下げ、片手を突き出したオリアナから、ヴィンセントはじりじりと距離を取った。

「はいかうんかイエスって言ってくれるまで、上げません！」

「やめないか。端から見たら、僕が君を脅迫しているみたいじゃないか」

実際は真逆なのだが、離れている人達には会話の内容までは聞こえない。周囲の生徒がざわつき始めるのを見たミゲルが口元に手をやり、声を殺して笑う。

「大体、公爵夫人に興味はなかったんじゃないのか」

「この場合、結果として〝公爵夫人〟になっちゃうだけで、私が〝ヴィンセントのお嫁さん〟に興味ない訳ないじゃないですか」

「……だからっ君は――」

眉を顰め、怒りからか頬を少し赤く染めたヴィンセントを見て、オリアナは潮時を悟る。

「ごめんって、ヴィンセント」

「謝るようなことじゃない」

「ほんと？　嬉しい。好き！　じゃあ夕食前に一度寮に戻りたいから帰るね。また種ノ日《げつようび》に！」

アマネセル国では七日間を一区切りとして扱う。種ノ日《げつようび》、根ノ日《かようび》、芽ノ日《すいようび》、茎ノ日《もくようび》、葉ノ日《きんようび》、花ノ日《どようび》、実ノ日《にちようび》と連なり一週間を表す。種から葉までは授業があるが、花と実は休みとなる。

明日は種ノ日《げつようび》だ。種ノ日《げつようび》になれば、休日でも開放されている自習室や図書室にわざわざ赴かずとも、教室でヴィンセントに会える。休みの日はヴィンセントに会えない可能性が高いため、今生のオリアナにとっては、授業がある日のほうがありがたかった。

女子寮に向かったオリアナが振り返り、「じゃーあーねー！」とヴィンセントとミゲルに手を振った。持っていた魔法灯が、ゆらゆらと揺れる。

ミゲルは大きく手を振り返し、ヴィンセントは「ああ」と言って、小さく手を上げてくれた。

：：：：

二度目の人生を迎えているオリアナは、様々な方面で他者よりも有利であった。

一番恩恵に与《あずか》っているのは勉学面だ。完璧に覚えてなくても、流れを把握しているだけで授業が復習になる。理解しながら聞く授業は焦りも生まれず、多少面倒なことを除けば楽しいといえた。

植物を枯らしてしまうために苦手だった魔法薬学も、今生では必要以上に気構えることもない。

魔法薬学の授業は、教室や実習室、畑、そして植物温室で行われる。天井も側面もぐるりとガラスで覆われた植物温室は、夜ともなると星のごとく瞬く魔法灯《ランプ》に彩られ、夢のように美しい。

校舎から離れた場所にある植物温室の周りには、科目で使用する野菜畑や薬草畑が広がっている。

移動や実習着への着替えに時間を取られる魔法薬学の実習は、基本的に午前中か午後といった、半日単位で行うことになっていた。

「明日、絶対筋肉痛だね、これは……」

今日の実習は、薬草畑で行われる。鍬《くわ》で大量の土を耕しながら呟いたのは、デリク・ターキーだった。四年特待クラスのクラス長をしている、平凡さが売りの優しい男子だ。

六人組の班に分かれ、株分けをしているのだが、力仕事は男子生徒が担ってくれている。班を決めたのは魔法薬学の教師であるハインツ先生だ。ボサボサ髪に伸びかけの無精髭、着崩した服に汚れっぱなしの白衣という、ぱっと見、教師とは思えない風貌のハインツ先生は、親しみやすいが威厳がない。教師らしくないだるだるさに、あまり評判はいいとは言えなかった。

「ありがと。ごめんね。土の方、任せちゃって」

「いや、女子も。草むしり大変でしょう」

植え替え場所の草をむしっていたオリアナと、同じ班のマリーナ・ルロワは同時に腰を叩いた。

「明日、立てるかわかんないね。これは」

「明日どころか、私は今日の午後からもう心配」

「わかる」と頷きながら、オリアナは実習着の袖で額の汗を拭う。

「自動で耕して、自動で草むしりをして、自動で石を掘り出してくれる、そんな夢みたいな魔法道具がほしい……」

「そんな大規模で地味な魔法ないだろうし、この畑全部を覆うのは無理じゃないかな」

魔法紙《まほうし》に陣を描くことで発動する魔法は、様々な分野で役立っている。しかし残念ながら魔法紙は使い切りの消耗品だ。これほど大きな畑を覆うだけの魔法紙が作られているとは思えなかった。

「魔法よ、進化してくれ〜」

「それをするのが、未来の私達でしょ」

「エルシャさんなら、大きな魔法紙になんて描く？」

「うーん……〈波〉かなあ。耕して、石もとれそう。実験してみないとわからないだろうけど……」

「まず、大きな魔法紙という前提にとらわれすぎなんじゃないか？」

「じゃあどうするの？　魔力が尽きる前に、魔法紙を動かしてくってこと？」

「いや動かすのは魔法紙自体じゃなくて、何か動かせるものに魔法紙を付けて……」

「鍬とか？」とすかさず提案が飛ぶ。さすが特待クラスである。鍬を持ったまま、魔法議論が始まってしまった。前の人生でオリアナが所属していた第二クラスならば、絶対になかった会話だ。

（みんな、元気かなぁ……）

かつての友人らを思い出し、感傷が胸をよぎる。偶《たま》に校舎で楽しそうな笑い声を聞くと、胸が痛んだ。彼女達ともまた笑い合いたいが、会いに行く余裕も、仲よくなる時間もない。

今はただ、ヴィンセントに全力を注いでいたい。

「鍬になんて描くよ。〈足〉？　鍬が歩くだけだろ」

「なんかもっと、くねくねしてくれたり、激しく動いてくれるカーン文字ないのかな〜」

議論は白熱している。

付け焼き刃であるオリアナは、知識はあるが向上心がないため、こういった会話に自ら参加しようという気概がない。

（鍬に付けるなら、｛起｝かなぁ……）

みんなの議論を聞きながら一つのカーン文字が思い浮かんだが、言うのはやめておいた。この魔法陣はまだ、四年生では習っていないはずだ。

議論に加わらず黙々とオリアナが草をむしっていると、いつの間にかみんなもまた作業に戻っていた。炎天下で精を出していると、違う畑で歓声が上がる。

「なんだろう？」

班の皆が顔を上げる。とある班が喜びの声を上げていた。ヴィンセントとミゲルがいる班だ。

「まさか、もう終わったとか？」

ひと休憩、とデリクが地面に腰を下ろした。男子生徒四人でやってくれているが、薬草用の小さな畑とはいえ、全てを耕すのは相当な労力だ。そもそも、魔法使いに屈強な戦士は少ない。魔法に腕力は必要ないからだ。

「聞いて来たよ！　何かが土の中から出てきたんですって！」

いつの間に聞きに行っていたのか、マリーナがはしゃいで帰ってきた。

「タンザインさんが見つけたっぽいわね。石みたいだけど、もしかしたら凄い物かもしれないから、あとでハインツ先生がウィルントン先生に聞いてくれるって」

マリーナの話に、班の男子達が顔を見合わせる。

「もしかして竜の遺物とかだったりして」

「石みたいってことはあり得るんじゃない？」

「ハインツ先生が、他の畑でもこれから出るかもしれないから、気をつけておいてくれって」

「……えええ？　耕すだけで精一杯なのに、そんなの見る余裕ないよ……」

マリーナから聞くハインツ先生からの伝言に、デリクは愕然とした。

「タンザインさんはやっぱ凄いな……」

誰からともなく、感嘆の声がする。

「同じクラスでも頭一つ飛び抜けてるよな。庶民にも優しくしてくれるし」

「してくれる、って感じわかる。やっぱ別世界っていうか、近寄りがたいよね」

「オリアナは凄いよね。あのタンザインさんに強引に迫れるんだから」

あはは乾いた笑いが漏れる。強引に迫る。クラスメイト達は、確かな眼を持っているようだ。

確かに、明白に、まごうことなく、オリアナがヴィンセントに強引に迫っている。

「怖くないの？」

「え？　怖い？　怖くはなくない？　ヴィンセントは話しかけるだけじゃ、怒ったりしないよ？」

「んー、怒られるとは思ってないのだけれど、やっぱ近寄りがたさがあるっていうか……」

同じ特待クラスの子でさえも、そんな風に思うんだなと驚く。

前の人生のオリアナも、ヴィンスと知り合うまでは彼を近寄りがたく感じていた。

性別もクラスも違うため、同じ学年といえども接点などない。ヴィンスに対して個人的な興味もなかったため、オリアナは彼に近付こうなんて考えたこともなかった。

いい噂しか聞かないヴィンスを、夜空で光る月のように感じていたものだ。

「そっかー。でも多分――ヴィンセントも私達と変わんない、ただの十七歳の男の子だよ」

それは二度目の人生を過ごしているオリアナだからこそ、強く感じたのかもしれない。

無意識の内に同級生を、一歩離れて、俯瞰《ふかん》している時がある。若干の淋しさを覚えるが、二度目を過ごしているのだから、仕方がないことなんだろうなと受け入れてもいる。

「勉強ができたり、みんなに親切にできたりするのも、私達と一緒で、ただヴィンセントが努力してきたからだろうし……」

勉強に関しては、ほぼ断言できた。ヴィンセントは成績優秀だが、何も生まれ持って全てを知っているわけではない。オリアナのように偶然にも知識を手に入れているわけでもない。

ただ彼が、努力をしているのだ。

その努力を、オリアナはこの四年間、ずっとそばで見てきた。

(前の人生も、頑張ればよかったな……)

勉強なんてそこそこでいいと思っていた。無理して上のクラスを目指す必要も感じなかった。

(一緒のクラスだと、こんなにできることが変わるなんて……思ってもなかった)

移動教室に一緒に歩ける幸せを、オリアナは今生で初めて知った。

(短い休憩時間にも、わざわざ来てくれてたんだな……)

オリアナの知らなかった努力で成り立っていた二人の関係を思い返すと、少しだけ罪悪感が募る。

ごめんヴィンス、と心の中で両手を合わせる。

(愛されて、た)

前の人生と比べ、できなくなったことは多いが、今の人生でしかできないことも沢山ある。

ヴィンセントは、ミゲルやオリアナの前では年相応の姿を見せる。

だが、前の人生で恋人だったヴィンスは、オリアナにそんな面を見せることはなかった。それはひとえに彼の努力といえよう。オリアナに親切にしたくて、いいように見られたくて、努めて優しく振る舞ってくれていた。

（今回の人生で努めていただけないことは大変遺憾ですけれども……素のヴィンセントを見せてくれるのも、同じぐらい……ううん、もしかしたら、ずっと嬉しいかもしれない）

「誘ったら一緒にラーメンとか食べてくれるよ。きっと」

「えー?!　タンザインさんがラーメン食べるところは想像できないんだけど?!」

ラーメンとは、最近食堂で大人気の新メニューだ。料理修業の旅に出かけていたシェフが考案した料理で、無類の麺好きであるオリアナの大好物である。

（食べたあと、ちょっとヴィンセントを避けなきゃいけない匂いになっちゃうのが玉に瑕《きず》……）

だが、食欲も愛と同じほど大切である。オリアナは四年生のこの時期までずっと、ラーメンが食堂に並ぶのを待ち続けていた。

「食べるはずがないだろう」

「そうかあ。やっぱ食べないかぁ……ヴィンセント!?」

草むしりの手を止めて振り返れば、ヴィンセントがこちらを見下ろしていた。

「実習着姿のヴィンセント、超可愛い……」

「ああ、そう」

ヴィンセントは呆れた顔でオリアナを一瞥《いちべつ》する。オリアナが立ち上がると、怯んだように一歩下がる。オリアナはずいっとヴィンセントに近付き、顔を覗き込んで首を傾げた。

「……大丈夫？　熱中症になりかけてるんじゃない？」

「は？　何故？」

「頬がちょっと赤い」

オリアナの指摘に、ヴィンセントの頬は赤みを増した。不本意そうな表情を一瞬浮かべ、袖で顔の汗を拭う。

「なんでもない」

「いやいや、水飲もう。大変だ。体が弱いかもしれないのに」

「体は弱くない。僕の何を見ていたらそんな風に思うんだ」

貴方の、死んだ姿だよ——とは言えず、オリアナは眉根を寄せた。

泥まみれの手袋を脱ぎ、ポケットからハンカチを取り出したオリアナは、ヴィンセントの額の汗を拭いた。ハンカチはよれよれだったが、ヴィンセントはオリアナを撥《は》ね除《の》けることなく、大人しく拭かれている。

「気をつけて、とにかく水をもらいに行こう」

「それよりも、ここに来た用事を済ます方が先だ」

「あっ、そうだ。どうしたの？」

オリアナが尋ねると、ヴィンセントはみんなの方を向いた。一様に緊張するクラスメイト達に優美な笑みを浮かべたヴィンセントは、ゆっくりと口を開く。

「ハインツ先生から言付けを預かってきた。畑から見慣れないものが出るかもしれないので、重々用心しておくように、とのことだ」

班の子達はみんなで顔を見合わせた。先ほど、野次馬《やじうま》に行ったマリーナが聞いて来ていたからだ。

「はい、わかりました」

「じゃあ、僕は次の班に言いに行くから」

優しい声と口調で言うと、ヴィンセントは踵《きびす》を返した。他の班にも言って回っているようだ。

「ヴィンセント！　水！　水を飲んでから！」

「ついて来ないでくれないか」

クラスメイト達に向けていた態度とは一変して、オリアナをぴしゃりと遮る。だがオリアナは、全く気にせずヴィンセントを追いかけた。水を飲む姿を確認するまで、離れるつもりはない。


オリアナの抜けた班では、マリーナ達がひそひそと会話をしていた。

「あの時、ほとんどの班から野次馬が来てたよ。多分、どこの班も既に知ってるんじゃないかな」

「ハインツ先生が、タンザインさんにわざわざ伝言係、頼むと思うか？」

「いやあ、頼むとしても他の生徒だろ～……」

「あれさー……わざわざ会いに来たんじゃないかな……？」

「エルシャさんがタンザインさんのこと、普通の十七歳だって言ってた時……実はタンザインさん、近くにいたんだよね」

「えっ、先に言えよ！」

「言えないよ～～！　だってタンザインさんの顔、真っ赤だったもん……!!」

班の全員が頬を赤く染める。各々、声にならない悲鳴を上げながら、オリアナが帰ってくるまでくねくねと悶絶していた。

：：：：

――竜に守られる国、アマネセル。

アマネセル国において公爵位とは、特別な称号だ。遥か昔、人間に加護を与えたとされる竜の血が流れる者にだけ受け継がれる、由緒正しいものだからだ。

八竜《はちりゅう》と呼ばれる八つの公爵家。

紫竜《しりゅう》領を治めるタンザイン家の長男として生まれたヴィンセントはいずれ、紫竜公爵が保有する領地を管理し、領民と財産を引き継ぐ立場となる。

勉強部屋への入室を認められる六歳から、ラーゲン魔法学校に入学する十三歳までは、家庭教師《チューター》が教える一般的な教育科目の他に、農業や森林の管理方法、財務や商売の仕組みを徹底的に教え込まれる。

領地運営に関する複雑な知識を習得するだけでも大変ながら、ヴィンセントは竜の名を持つ紫竜公爵家の人間として、高い水準の魔法教育も施された。

魔法学校に入ってからは、魔法学科を猛勉強し、長期休暇の間はまた、休むことなく領地の勉強に明け暮れる日々を送る。知識をよく吸収し、一を経験すれば十を理解するヴィンセントは、周囲の期待にことごとく応えてきた。

親の言いつけに従い、希望通りの教育を受ける。

周りが彼に期待していることを察するのは簡単だったし、親の敷いたレールの上を歩くのも、難しいことではなかった。

そんな風に生きてきたヴィンセントにとって、魔法学校は初めて与えられた自由に歩き回れる広い庭だった。

何かが壁の外に寄りかかる気配がする。

この気配を感じるようになってどのくらい経つだろうか。目を閉じ、長椅子に寝転んでいたヴィンセントは目を開けた。

場所は東棟にある小さな談話室。ヴィンセントが一年生の時に偶然見つけた場所だった。埃まみれの室内が、長年ろくに使われていないことを物語っていた。

一人になりたい時に、ヴィンセントはここに来ている。頻繁に来ては、せっかく見つけた憩いの場が他の生徒にばれてしまうため、それほど足繁く通っていたわけではない。

だが、いつの頃からか、この小さな談話室の外に人の気配がするようになった。

よほど中の気配に集中しているのか、ヴィンセントが少し動いただけで、その人物はすぐに逃げ出してしまう。

しかし一度、こっそりとその人物の姿を見ることに成功したことがあった。

それは、オリアナ・エルシャだった。

何故ここにという疑問と、どうして中に入ってこないのだろうという疑問が同時に頭をもたげる。

ここに来る時、誰にもあとを追われないよう、ヴィンセントはかなり人目を気にする。自分の気付かない内につけられていたとは考えたくないが、ここに彼女がいるということは、尾行していたのだろう。

（――こんなところまで）

辟易《へきえき》したのは言うまでもない。むしゃくしゃするあまり、他の場所を探そうとしたこともあった。

けれど、オリアナのせいで場所を変えることも悔しく、彼女の存在に気付かない振りをしていた。

いつ図々しくも談話室のドアを開けるのだろうと恐々《きょうきょう》としていたが、これまでの四年間――オリアナは中に入ってくることはなかった。

ヴィンセントが動く気配を察せば逃げ出すぐらいなので、つけていることをヴィンセントにバレたくないのだろう。

（話しかけてこないなら、まぁいいか）

そう思っていたのも少しの間だけだった。

段々と、いつまで入って来ないのかと思い始めた。

――この空間に、二人きり。

（彼女のいう愛や恋を叶えるには、絶好のチャンスのはずだ）

今日もヴィンセントは息を殺して待っていた。だが、オリアナがドアノブに手をかける兆《きざ》しすらない。ただ息を殺し、ヴィンセントの気配を探っている。

（でももしかしたら、今日こそ来るかもしれない）

何故、自分が心待ちにしているような気持ちにならないといけないんだと思いながら、ヴィンセントは寝た振りを続けた。

ドアが開く気配は、今日もなかった。

∴∵∴∵

（きっとまた会えるって思ってた分、夜になると辛いなぁ……）

人生が巻き戻った七歳から、入学する十三歳まで――六年間ずっと、オリアナは夢見ていた。

もう一度ヴィンスと会い、優しく抱き留められる日を。

窓から差し込む月明かりが、オリアナのベッドにも届く。二段ベッドの上はヤナが、下はオリアナが使っている。規則正しい寝息が聞こえるため、ヤナはもう寝ているのだろう。そっとベッドから抜け出して、窓辺の近くに椅子を移動させた。

自分の棚から香水を抜き出し、シュッとパジャマの袖に一吹きする。シダーウッドの香りがオリアナを包んだ。だけどどうしても、やっぱり少しだけ、ヴィンスの匂いとは違った。

こんな夜は人恋しさが増す。

（失った人とは、もう二度と会えないって、知ってたのに。二度目の人生が始まった時……期待してしまった。もう一度ヴィンスのそばに、いられるんじゃないかって）

だが、オリアナとの思い出も、オリアナへの深い愛も持たない今のヴィンセントは、図々しく隣に居座るオリアナを好ましく思っていない。

（ただ、自然に隣に座りたい）

タイが曲がっていたら手を伸ばして、恥ずかしくなったら彼の首に顔を埋めて、優しくされたら優しさを返したい。

(もうどれも、届かない)

ヴィンセントとの新しい関係は、常に緊張と、責任感が付きまとう。何も考えず、ただ彼に愛されていたあの頃に、戻りたい夜がどうしてもある。

(抱きしめられたい。大丈夫だった、よく頑張ったって、頭を撫でられたい。そして……)

オリアナは自分の唇に触れた。シダーウッドの香りが強くなり、視界が涙でにじんだ。

「ヴィンス……」

小さな声が、夜の部屋にぽつりと落ちた。


「ヴィーンセーンッ、トゥッ!」

トゥッの時に、オリアナはヴィンセントの腰に背後から飛びついた。いつもならば平然と受け止めていたのに、ヴィンセントがぐらりとバランスを崩す。心臓が止まりそうなほど驚いたオリアナは、ヴィンセントの腰から離れた。

「どうしたのヴィンセント?! どこか悪いの??」

顔を青ざめさせたオリアナが、ヴィンセントの体を隅々まで見始める。ヴィンセントの体中に手を這わすオリアナを、廊下にいる生徒達は「いつものことか」と横目で見ている。

「やめるんだ。エルシャ」

「で、でもヴィンセント、いつもと違っ……」

「やめるんだ」

二度言われ、ヴィンセントの頬を両手で包み、額を合わせようとしたオリアナは渋々と離れる。

ヴィンセントは渋い顔をしてオリアナを見たあと、ため息を一つこぼした。

「ぐらついただけだ。恥をかかせないでくれ」

「ごめんなさい」と謝りはしたが、納得はいかなかった。本当に、不意を突かれて驚いただけだろうか。オリアナはヴィンセントの不調に関し、人一倍神経質になる。

「本当にどこも悪くないの？　医務室に行く？」

「大丈夫だよ、オリアナ。ヴィンセントは夏バテしてるだけだから」

ヴィンセントの隣にいたミゲルが笑う。ミゲルがしゃべると、彼の咥《くわ》えているスティックキャンディの棒が上下に振れた。

夏バテ？　とオリアナは驚いた。前の人生でヴィンスが夏の暑さに弱っている姿など、見たことがなかったからだ。オリアナには見せないように、配慮していたのかもしれない。

「ミゲル、言うなと言ったじゃないか」

「だってこのままだとオリアナ、絶対納得しなかっただろうし。やだよ、俺。親友が女の子に医務室に連れ込まれるの見んの」

「……言い方」

「わざとだし」

ヴィンセントが鼻の上に皺を寄せて、ミゲルを睨む。

「可愛い……そんな顔も好き……」

「わかったエルシャ。聞いたとおり、僕は夏バテで少々不調だ。安静にさせてほしい」

「いいから黙っとけ」と言われ「はい、黙ります！」と言うオリアナではない。

「大丈夫？　お体、支えましょうか？」

腕を組もうとススと近付くと、ペイッと払いのけられた。

「不要だ。僕のことを思うなら、どうかしばらくは遠慮してくれないか」

振り払う仕草でさえだるそうだ。オリアナは少し考え、神妙な顔をして頷く。応じたオリアナに驚いたように、ヴィンセントが目を見張った。

「今日の夕飯は何時頃取るつもり？」

オリアナの質問に、ミゲルが「七時くらいかな」とよどみなく答える。

「わかった。じゃあ、それぐらいに食堂で待ってるから」

お大事にね、と手を振ると、ミゲルとヴィンセントを置いて、オリアナは食堂に向かった。


ヴィンセントの好みを熟知しているのも、二度目の人生の恩恵と言っていいだろう。

ヴィンセントとミゲルが約束通り七時に食堂に入ってきたのを見つけると、オリアナはトレイを持って彼らのもとに駆けつける。

「や、オリアナ」

「ミゲル、さっきはありがとう。席はここら辺でいいの？」

「うん。適当に、空いてるところに座ろうか」

基本的に、オリアナは食事をヤナ達と取っているが、完全にヴィンセントから目を離しているわけではない。彼らがいつもどの辺りに座るのか、ある程度は把握していた。

二人が座ると、ミゲルがオリアナに手振りで座るように伝える。

「私もいいの？」

「今更……。食事まで持ってきておいて」

呆れたように言ったヴィンセントの前に、オリアナはトレイを置いた。

「これはヴィンセントのだから」

銀色のトレイの上には、少し深めの皿に入ったスパゲティがある。

「今日はこれを食べてみてほしいんだけど」

「残念だけど、最近果物ぐらいしか入る気がしないんだ」

そんな食生活を送っていれば、更に夏バテは加速するだろう。当然ヴィンセントも知っているはずだ。しかし一日三種類から選べる食堂のメニューは、育ち盛りの学生に人気のこってりしたものばかり。夏場に選びたくない気持ちもわかる。

だからオリアナは、無理を承知で料理をさせてほしいと厨房に頼み込んだ。幸いなことに、エルシャ家は無理を通す程度の寄付を学校にしているらしく、さほどの苦労もなく迎え入れられた。

幼い頃に母親を亡くしたオリアナは、自分の世話をしてくれているメイド頭によく懐いていた。いつも彼女について回っていたオリアナは、次第に料理にも興味を持った。自由にさせてくれる父に感謝しつつ、メイド頭と料理人にハラハラされながら、オリアナは料理の腕を磨いた。

オリアナがヴィンセントのために作った料理は、食堂で提供するスープ用に料理人が作っていた鶏がらスープに細めのパスタを入れ、レモンを浮かべたものだ。栄養豊富な鶏のささみもほぐして上に載せてある。魔法で冷やしたため、さっぱりしているはずだ。

「食べてくれなきゃ、ちゅーしちゃうんだから」

オリアナが真顔で言うと、ヴィンセントは不承不承といった顔でフォークを手に取った。

冷やしてある麺をフォークでくるくると掬《すく》い取りながら、ヴィンセントが文句を言う。

「せめてこの見た目は、なんとかならなかったのか……」

「え。可愛いじゃん。レモンの輪切り」

「レモンを食事になんて……違和感しかない」

オリアナは驚いてヴィンセントを見た。前の人生で一緒に食事を取っていた時、オリアナと同じメニューをヴィンスが食べることも少なくなかった。

特に柑橘類を使ったメニューの時は彼もよく食べていたので、好きなのだとばかり思っていた。

「あれ、レモンのメニューとか今日あったっけ」

「ううん。私が無理言って作らせてもらったの」

今日の献立表を見ていたのだろう。ミゲルが不思議そうに皿を覗き込む。

「ごめん。ヴィンセントは柑橘類が好きだって思い込んでて……それ私が食べるよ。他の、なんか食べられそうなの見繕ってくるね」

食堂の一角にある食膳の受け渡し口に向かおうとしたオリアナを、ヴィンセントは止めた。

「食べないとは言っていない」

ヴィンセントがパスタを口に運ぶ。見惚れるような美しい所作だ。

そういえば、ヴィンセントにご飯を作ったのは、前の人生を含めても初めてだ。

(初めて食べさせるのが、食べたくなさそうな物だなんて……)

オリアナはショックを隠しきれなかった。しょんぼりしつつ見守っていると、一口食べたヴィンセントが、静かにもう一掬い、口に入れた。見ていると、ヴィンセントは文句も言わず、食べ続けている。ミゲルもオリアナも、自分の食膳を取りに行くことも忘れ、食い入るように見つめていた。

ついにヴィンセントが皿の中の物を食べ終える頃には、オリアナは彼の隣に座っていた。

「ご馳走様でした」

「お粗末、様でした……？」

戸惑いつつも返事をすると、ヴィンセントは居心地が悪そうに水が入ったグラスを弄《もてあそ》ぶ。

「何事も、先入観で決めつけるのは褒められたことではないな」

「うん……？」

うん？　ともう一度首を傾げるが、ヴィンセントは馬鹿な子を見るような視線を向けるばかりだ。

「つまり、美味しかったんだって。よかったな、オリアナ」

ミゲルの言葉に、オリアナはぱぁっと顔を輝かせた。

「ほんと？　ヴィンセント。美味しかった？」

「食べられないことはなかった」

「よかった。そういう系のなら食べられそうなんだね？　調理担当の人に伝えておくね」

夏バテなら、明日からも食べられなければ意味がない。どこまで融通を利かせてもらえるかわからないが、オリアナは早速厨房に言いに行こうと席を立つ。

「エルシャ」

ヴィンセントに呼び止められ、オリアナは「ん？」と振り返った。

「……感謝する」

オリアナはぷるぷると震えた。思春期の男の子らしい恥じらいに満ちた表情が、あまりにも可愛かった。ドストライクだった。

理解を求めてミゲルを見ると、ミゲルは生暖かい笑顔を浮かべながら、オリアナに「うんうん」と頷いている。

「やだ、ヴィンセント、好き……！」

座っているヴィンセントの頭にぎゅっと抱きついても、振り払われはしなかった。食事の礼のつもりなのかもしれない。オリアナは気が済むまで、ヴィンセントの顔をぐりぐりと抱きしめながら、彼の匂いを吸い込んでいた。

翌日から、三種類の内一品はさっぱりめのメニューに変わり、ヴィンセントのみならず、女生徒達からも大変な好評を得た。

⁘　⁘　⁘　⁘

薬草の本を、五冊。本棚の並びに従って、抜いていく。

一度目の人生では、レポートの締め切りに追われた時くらいしか入ったことのなかった図書室だったが、今のオリアナにとっては行き慣れた場所となっていた。

二度目の人生を過ごし始めてすぐ、オリアナは父に頼んで様々な本を買ってもらったが、本の内容が物騒だと却下されることも多かった。父は向上心と自立心が高いオリアナを歓迎したが、歓迎できない分野もある。そう、特に——毒や他殺に関する本は。

（まあ……仕方ないよね。七歳の娘が突然〝毒殺全集〜星の数ほどの殺戮《さつりく》〜〟なんて本を欲しがったら、誰だって心配するわ……）

オリアナは、どうせ学校の図書室にあるだろうと父に取り寄せてもらうことは早々に諦めた。

実際、図書室にその本はあった。流通している本ならなんでもあるというのが、ラーゲン魔法学校図書室の売りの一つでもある。もちろん物騒な本なので貸し出しに特別な許可がいる。

特別許可が必要な本は、図書室外への持ち出しを禁止されている。オリアナは許可を取った本を図書室のテーブルで開き、文字を目で追う。記載されている薬草は、簡単に手に入らない物ばかりだ。この学校に自生する野草の中でも強い毒性を持つものは全て、魔法薬学のハインツ先生が移植後、管理している。

毒の材料と特徴に次々と目を通していく。ヴィンスの死に関わっていそうな毒は、この七年間でいくつか見つかった。だが基本的に、この世界に存在する毒の多くが、死ぬほどの効果を発揮する時、必ず一目でわかる特徴が体に表れる。

ヴィンスの死は、眠るような死だ。

安らかに眠るような死を与える毒なんて、オリアナが調べる限り存在しなかった。

更に、いくつかの希少な毒は、そのどれもが、一介の生徒には手が出せない材料が使われている。

（こんな材料を手に入れるのはかなり地位が高い人か、薬に関わる人じゃないと、多分難しい）

貴重な薬草や、希少な魔法生物に関する材料は、金を払えば手に入る訳ではない。それなりのルートと、確かなツテがなければ難しい。

毒薬や要注意人物を——手記に残すのはためらわれたため——足りない脳みそで必死に記憶する。

オリアナが、ヴィンスの死に関して嗅ぎ回っていると、誰かにばれたくなかった。

見たことも、想像も付かないヴィンスを殺した人間が、オリアナは心底恐ろしく憎かった。

（この毒も、こっちの毒も違う……。殺された方法よりも殺した人を探す方がいいのかな……）

二度目の人生が始まってからできる限りの方法で、オリアナはヴィンスの死因を調べた。エルシャ家には人望も信頼もないが金だけはあるため、最近流行の探偵を雇ったこともある。

父には、度が過ぎないストーカー行為だと告げている。公爵家の嫡男に恋する不毛な娘の過激な愛情に若干引きつつも、自ら危険を冒されるよりはマシと、父は自由にさせてくれていた。

雇った探偵によれば、ヴィンスの周りには、彼に恨みを抱いている数人の名前があがった。

だがその誰もが、魔法学校の学生ではない。外に出る分には許可証一つで送り出してくれるが、魔法学校の中に外部の人間が入るのは、相応の手続きが必要だ。卒業生や学生の親族でさえ、自由に出入りすることは許されない。あの当時、探偵から告げられた人物らが、面倒な面会申請の手続きを済ませ、ヴィンスに接触してきた記憶はない。

（あ、雨）

窓の外から聞こえてきた雨音に耳を澄ませる。真剣に考え事をしていたため、いつ降り出したのかもわからなかった。窓の向こうの雲は厚く、空は灰色だ。

ぼんやりと窓の向こうを眺めていると、視界の端に見慣れた後ろ姿があった。

（ヴィンセントだ）

オリアナとは近くない、けれどさほど遠くないテーブルに、ヴィンセントが座って本を読んでいた。本を読んでいる時も、背筋は曲がることがない。ヴィンセントは人前で、頬杖をつくことも、背もたれにもたれかかることもなかった。

ヴィンセントは、オリアナにきっと気付いていない。この人生ではオリアナばかりが、ヴィンセントを追いかけていた。

ヴィンスが死んだのは舞踏会が終わって数日後のことだった。二日後だったか、四日後だったか、五日後だったか――きちんと覚えていない自分が悔しい。

(でも、雷が鳴ってた)

それだけは、確実に覚えている。その日が来るまで、一時《いっとき》だって気を抜くことはできない。

オリアナは再び本に視線を戻した。

(絶対に……もう二度と、ヴィンセントを殺させやしない)

次第に、雨が激しくなってきた。強い雨脚に焦ったオリアナは本を閉じる。音が立たないように、けれど慌てて椅子を引き、借りていた本を抱える。カウンターに座って舟を漕いでいた老年の司書のもとへ行くと、オリアナは声を落として話しかけた。

「すみません。返却させてください」

「あら、もういいの？」

「はい。せっかく手続きしてくださったのに、すみません」

特別な返却手続きを済ませると、オリアナは図書室から退室した。廊下に出ると、できる限り急いで早歩きをする。廊下に強い雨の音が反響する。むんとする雨の匂いに、体がどんどん冷えていった。オリアナの鼓動は早くなり、どんどんと足も速くなる。

歩いていたつもりなのに、もう走っているといってもいいほどだった。先生に見つかって、お叱りを受けるわけにはいかない。素行の悪さでクラスのランクを下げられてしまったら、ヴィンセントのそばに居続けられない。

わかっているのに、オリアナは走った。窓の外の雨から逃げるため、懸命に手足を動かす。一段飛びで、階段を駆け下りる。

窓の外で、稲光が走った。

視界が一瞬、真っ白に染まる。それほどに強い光が瞬く。数秒後、地面さえ揺れそうなほど大きな雷鳴が轟いた。

「っ――――！」

オリアナは頭を抱え、階段の踊り場の端に蹲《うずくま》った。窓に背を向ければ、目を瞑《つむ》っていれば、耳を押さえていれば、雷を見ないで済む。雷鳴は激しく、そして長かった。

鳴り終わったのを感じ、動き出そうとしてみるが、腰が抜けて立ち上がることができない。

もう一度、雷が鳴る。

「ひっ……！」

もう立ち上がる気力も湧かなかった。壁に寄りかかり、ガクガクと震える体を抱きしめる。

ここは西棟だ。女子寮は、東棟の向こうにある。雷が鳴り始める前なら、雨の中を突っ切って帰ることもできたが、こうなっては難しい。それにこんな所で蹲っていては、誰かに見られてしまう。

（どこかに……どこかに移動しなきゃ）

西棟は図書室や自習室を備えているため、談話室はいつも休憩中の生徒で賑わっている。大勢いる場所に、こんな顔で行けるはずがない。

（とにかく、立って、歩いて、それから……）

どこに行こうというのだろうか。

（どこに逃げたって、同じなのに。もう、ヴィンスは――）

「エルシャ！」

びくりと体が震えた。聞きたくない声が、頭上からした。

「どうした、こけたのか？」

ヴィンセントが飛び降りるように、階段を下りてくる。

蹲っていたオリアナは、両手に埋めた顔を上げることができなかった。

（もう出てきたんだろうか。ついさっき、図書室に来たばかりみたいだったのに）

「具合が悪くなったのか？　立てるか？」

心から学友を心配するヴィンセントの声が聞こえる。日頃あれほどオリアナに煩わされていても、彼は知人を守る道義心を持っている。膝を抱える手に力を込め、ふるふると小さく頭を振った。

「大丈夫だよ～！　少しすれば、落ち着くから！」

「ということは、具合が悪いんだな。手を貸そう。医務室に――」

「ほんと大丈夫なんだって。そういうのじゃない、しっ――！」

オリアナが懸命に空元気で振る舞っていると、また雷が落ちた。凄まじい音だ。きっと近くに落ちたのだろう。オリアナの肩が大きく震える。

「……なんだ。君、雷が苦手なのか？」

心配していた声が一転、からかうようなものになる。雷に怯えるオリアナを幼い子どもみたいだと思ったのだろう。

ヴィンセントは悪くない。誰だって、そういう反応をすることはわかっていた。オリアナに甘い父でさえ、七歳になって突然雷に怯え始めた娘を「赤ちゃんに戻ったみたいだ」とからかった。

（だから、仕方がない。わかってる。耐えられる）

「そうなの。えへへ。子どもみたいでしょ。やんなっちゃうよねえ」

オリアナは体を小さくして、更に自分を抱き込んだ。オリアナが大丈夫だと知れば、きっとヴィンセントはすぐに立ち去る。怪我でも病気でもないのであれば、気にかける必要もない。

いつも迷惑をかけているオリアナに一矢報いたいかもしれないが――どちらにせよ雷と同じで、耐えていればいつかは終わる。

身を縮めたオリアナの隣に、ヴィンセントが座った。驚く間もなく、頭に何かが掛けられる。動揺して首を捻ると、それがヴィンセントのローブだということがわかった。

視界を封じられたオリアナの元に、「あれっ」と男子生徒の声が聞こえた。

「どうしたんですか？」

「ちょっとね、具合が悪い子を見つけて」

ヴィンセントが涼しい声で男子に答える。男子は慌てた様子で「大丈夫ですか？」と尋ねた。

「先生呼んできましょうか？」

「大丈夫だよ。僕が見ているから。あとで連れて行く」

「あ、そうですよね。んじゃあ、俺らはこれで」

「ああ。もし他にも誰か来そうなら、静かに通ってほしいと伝えてもらえないか？」

「あっち通りますよ。後ろの奴らにも言っときます」

複数の男子生徒の足音が遠ざかっていく。完全に足音が消えても、ヴィンセントは何もオリアナに話しかけて来なかったし、ローブを取ることも、立ち去ることもなかった。

ローブから香る、シダーウッドの匂いが鼻の奥を刺激する。

（隠してくれたんだ）

自分の両腕が涙に濡れていく。

（ほら……ヴィンスは、ヴィンセントは、こんなに優しい）

ヴィンセントのローブの中で、オリアナはぎゅっと自分のローブを握りしめる。

「雷がね、鳴ってたの」

激しい雨が窓を打ち付ける音を聞きながら、オリアナはヴィンセントに向けて、ぽつりと呟いた。

「大事な人が、死んじゃった時……雷が、鳴ってたの」

隣でヴィンセントが息を呑んだのがわかった。

ヴィンスの冷たい体を抱いている間、ずっと雷を聞いていた。まるで竜の怒号のようだった。

「雷を、竜神って呼ぶこともあるんだって。まさに、竜の祟《たた》りだよね」

人を呼んでも無駄なことは、ヴィンスの体の冷たさでわかっていた。

（私は何も、できなかった……ただ泣き崩れて、雷を聞いてることしかできなくて……）

オリアナにとって雷は、ヴィンスの死であり、神の祟りであり、無力な自分の象徴だ。

「……知らなかったこととはいえ、笑ったりしてすまなかった」

オリアナはぶんぶんと首を横に振った。頭にかけているローブが揺れる。

「これからは、雷が鳴ったら僕を探すといい」

驚いて、オリアナは顔を上げた。ヴィンセントのローブがずるりと頭部から滑り落ちる。

「隣に座ってることぐらいならできる」

ヴィンセントが顔を逸らしながら、ぶっきらぼうに言った。

信じられないほど心が軽くなって、自分が息を止めていたことに気付いた。

胸一杯に、空気と喜びが入り込んでくる。

「ヴィンセント、大好き！」

「うるさい」

抱きつこうとしたオリアナを、ヴィンセントがスッと体を反らして避ける。オリアナはけらけらと笑って、また隣に座った。

（隣に、いてくれるんだ）

頭からずり落ちそうなヴィンセントのローブを手にする。ヴィンセントの香水の匂いがした。オリアナは香りを吸い込みながらゆっくりとたたむと、ヴィンセントにローブを返した。

もう隠れなくても、大丈夫な気がした。

「ありがと、ヴィンセント。もう、戻っても大丈夫だよ」

「……雨が、降ってるから」

やったぁ！　そう言ってはしゃがないといけないのに、オリアナは胸が切なくなるだけで精一杯だった。ヴィンセントを見続けることができずに「そっか」と小さく呟いて、前を向く。

（雨、やまなきゃいいな）

雨音も雷も、気にならなくなっていた。

ただ、隣にヴィンセントがいることだけを、意識していた。

…………

「ヤナが結婚？」

「アズラクに勝てる者がいれば、という話よ」

ラーゲン魔法学校の在校生が一堂に会す食堂は、いつも騒がしい。話し声や、スプーンやフォークが食器と擦れる音、笑い合う声、椅子を引く音、全てが混ざり合い、雑多な音となって混在する。そんな食堂の一角で、オリアナとヤナとアズラクは同じテーブルを囲み、食事を取っていた。

オリアナはボンゴレビアンコを、フォークでくるくるする。

(何度やっても、初耳みたいに聞くのは難しいなあ)

人生を二度生きる者にとって――他にもそんな者がいればだが――一度聞いたことがある話に、初めて聞いたようにリアクションせねばならない時間は少なくない。

アズラクとヤナが抱える試練のことを前回の人生で知っていたオリアナは、びっくりした顔を作る代わりに、パスタを口一杯に頬張った。

「エテ・カリマの王女には王が決めた男と結婚するか、ある試練を受けるか選ぶ権利があるの」

王女が決めた護衛に試練で勝った者は、王女を妻にできる。

現代では形骸化されてしまっているようだが、かつてこの試練が、多くの強者を他国からエテ・

カリマ国に招いたのは、いうまでもない。

　砂漠の国エテ・カリマは、強者と美女と、富の国だ。

「それで、魔法学校に入ったの？」

「ええ。国の外に出たのは初めてだったから、一年生の頃は貴方にも沢山迷惑かけたわね」

「ドアを開けて頂戴、って言われるのも楽しかったよ」

「本当に鼻持ちならない小娘だったわ……でもオリアナのおかげで、少しはまともになったと思いたいわね」

　かつての自分達を思い出し、オリアナとヤナはふふふと笑った。その様子を、アズラクはいつも穏やかに見守っている。

「——アズラクに勝てた者と結婚する……もちろん、私を娶《めと》る権利を得るというだけで、挑戦者には拒否権があるのよ」

　挑戦者がいる限り、護衛はいつ何時でも挑戦を受けねばならない。決闘は一人ずつだが、連戦は認められている。禁止行為ではあるが、徒党を組んだ挑戦者に集団で卑怯な手に出られることもあるため、それさえも掻い潜る歴戦の護衛が必要とされた。

　戦いの中で、忠義のあまり護衛が死んでしまうこともあるという。

　逆に護衛自ら故意に負け、試練を早々に終わらせようとすることもあったのだとか。

　王女の結婚ともなれば当然、政治的な思惑が絡んでくる。合法的に王女の夫の座を手に入れられる機会を、有力者達が黙って見ているはずもない。わざと負けた護衛には、そそのかした相手からそれ相応の見返りがあったことだろう。

　また、護衛がいずれ負けることを前提とした試練のため、この敗北は不名誉とはならない。挑戦者も甘い誘惑も、全て撥ね除けられた護衛は、これまでに片手の指の数ほどしかいないらしい。どれほど非道な結果になろうとも、試練を受けた王女は異議を申し立てられない。

　更に試練中、護衛が忠義を捧げなかった場合も、王女の責任とされる。

　それこそが、王女にとっての試練なのだ。

「決闘に真剣と魔法は使用しないとはいえ、生徒を荒事に巻き込んでしまうのは事実。入学前に、しかるべき方法で我が国の伝統を説明し、学校と協議を重ねて許可をもらっているから、安心してちょうだい。――ごめんなさいね。アズラクの怪我のことで心配させてしまって」

　食事をテーブルまで運ぶ際、いつか見たアズラクの腕の怪我についてオリアナが口にしたことから、この会話は始まった。

「喧嘩に、理由があったんだね」

「そうね。事情を知らない者には、アズラクがさぞ無頼漢《ぶらいかん》に見えることでしょう。私はこれほどの忠義者を、知らないというのに」

　試練のことは、当事者である男子生徒には広まっているらしいが、女生徒で知る者は多くはない。女生徒の多くは、アズラクが放蕩な乱暴者だと思っている。彼はよく体に傷を作っているし、ひっきりなしに喧嘩を繰り返しているという話も聞くからだ。

　決闘が頻繁に行われるのも、さもありなんだ。エテ・カリマ国の王族と縁続きになれる上、〝砂漠の星〟と呼ばれるほど美しいヤナの夫になれるのだ。学校中の腕自慢が、こぞって挑戦しているのだろう。

「どうしてヤナはその試練を受けることにしたの？」

「強者を連れて帰るのは、王女の義務ですもの」

ヤナはにこりと微笑んだ。結婚を手段として割り切るのは、十六歳の娘にとって簡単ではない。

平民のオリアナは、かなり高い確率で恋愛結婚ができる。

父の役に立とうと思えば、父の望む結婚をすべきだろう。実際、周囲がオリアナの結婚相手に――と望んでいる相手もいた。だが二度目の人生のオリアナは、幼少時から心底その相手――父の弟子――との結婚を嫌がり続けたため、そういった話は立ち消えている。

ヤナの話は、そんなおままごとのような、簡単に消えてなくなる話とは全く次元が違う。

王女の覚悟はきっと、オリアナに計り知れるものではない。

「……凄いね」

「いいえ。本当に凄いのは、アズラクよ」

オリアナはヤナの隣に座るアズラクを見た。アズラクは、算術学の授業でも聞いているかのような、興味のなさそうな顔でスプーンを動かしている。

「そうだよね。刃物は使わないとはいえ、木剣とかはオッケーなんでしょ？」

「何も大変ではない。ヤナ様の未来がかかっているのだから」

「お前を護衛に選べた私は果報者ね」

ヤナが優しい笑顔をアズラクに向けた。

「身に余る光栄です」

アズラクの声は驚くほどに柔らかかった。その声色が、彼の言葉が本心だと告げている。

見てはいけないものを見てしまった気がして、オリアナは慌てて皿に視線を戻した。

今の話では、アズラクがヤナの結婚相手に選ばれることはない。アズラクがアズラクに勝つことは、物理的に不可能だ。

(でもさ……。アズラクは、さあ?)

ボンゴレに視線を戻していたが、オリアナはもう一度ちらりとアズラクを見た。

「ヤナ様。トマトもきちんとお食べなさい」

「トマトから摂取するべき栄養は、他の野菜からきちんと摂るわ」

アズラクはそれでも頑として譲らなかった。ヤナは渋々、トマトにフォークを入れる。先ほどまでの、息も詰まりそうな空気は消えていた。

(アズラクはさ……ヤナを、好きじゃん?)

二度目の人生だからこそ、気付けるものもある。一度目の人生では知らなかったアズラクの気持ちを、オリアナは多分、正確に読み取れていた。いつもは巧妙に隠しているが、ふとした時に見せるヤナを呼ぶアズラクの誇らしさ、ヤナを見る彼の視線の甘さ、ヤナに触れる彼の手の神妙さ。

二人のことをゆっくりと、じっくりと見ることができているからこそ、気付けた僅かなアズラクの反応。ヤナがアズラクの気持ちを知っている気配はなく、アズラクもヤナに伝えるつもりはなさそうだった。

報われない片思いをしているアズラクが、なんだか人事に思えなくなってきて、オリアナはくるくるくるくるとパスタを回し続けた。

二章　真っ直ぐな道の上

ヴィンセント・タンザインにとってオリアナ・エルシャは、真っ直ぐな道の上に咲く、不可解な、そして避けようのない花だった。


「……いない」

種ノ日《げつようび》の登校時間。いつもなら、この時間には既に本校舎前にいる人影を探し、ヴィンセントはきょろりと周りを見た。彼の様子を見て、隣に立つミゲルがにやにやと口に笑みを広げる。

「子犬ちゃん、いないねえ」

話す拍子に、ミゲルが咥えているスティックキャンディの棒が、ぶらぶらと揺れる。気に食わない表情を見てしまったヴィンセントは、ふいと顔を背けた。

「子犬ほど可愛いものでもないだろう。躾のなっていない大型犬だ」

「大型犬も可愛いじゃん」

「聞いていなかったのか。躾のなっていない、と言ったんだ」

「またまたぁ」

意味深に笑みを深めたミゲルの口から、咥えていたスティックキャンディを奪う。そういった行動が更にミゲルの笑いを誘うのだと知っていても、ヴィンセントは無視できなかった。

自分の行動を制御できなかったことなど、これまで一度もなかった——オリアナに出会うまでは。

誰にでも、節度ある態度で接してきたのに、オリアナに対してだけは、出会った時から感情を制御することが難しい。

(だけど、仕方ないだろう……)

信じられないぐらい自分好みの子が、入学式の日に突然笑顔で抱きついてきたのだ。

十三歳の男子に、動揺するなという方が無茶である。

なんの運命か、なんの奇跡かと思っていたら、身に覚えのないことばかり言われ——彼女の勘違いに、裏切られたと感じてしまった。

きっとヴィンセントは、初めて人に深く傷つけられた。

(知己でもない相手に、何を期待していたのか)

のちに勘違いだったのではなく、あれがオリアナの妄想——もしくはヴィンセントの興味を引くための手法——だと知ったのだが、当時は冷静さを取り繕うことで精一杯だった。彼女を突き放すことで、なんとか自分のペースを保とうとした。

何度振り払っても嬉しそうにじゃれついてくるオリアナを、邪険に扱えなくなっている。尾を振る犬が視界に入ると、手を広げて待とうとしている自分に気付いた時、ヴィンセントは愕然とした。

(こんな未来は、きっと誰も望んでいない)

嫌いだと思うのは、もう不可能だった。

だが、好きだと言えるほどの、確信もない。

それに現実的に、オリアナを受け入れることは難しかった。

ヴィンセントにとって、周りの期待に応えることは、生きることと同じだ。

(育てなければいい感情だ)

だが彼女が嬉しそうに自分を見上げる度に、ふつふつと心に湧く感情があることを知っている。

ころころと変わる表情も、ヴィンセントを包み込むような慈愛の心も、勉強に対するひたむきな姿勢も、雷に震える肩も、自分に臆さず冗談を言ってくる姿も、何もかもに心を動かされた。

オリアナのあからさまな好意が、ヴィンセントにとってプラスになってしまった時点で、彼女のマイナス点はよくわからない法螺話だけになってしまった。その法螺話さえ、こちらの気を引こうとした試行錯誤の結果ならプラス寄りのマイナスだ。もう自分でも何を言っているのかわからない。

(学生期間の火遊び程度なら、おそらく家族も許してくれる)

しかし、そんな覚悟で手を出していいとは――出したいとは、思えなかった。

オリアナに対して礼を欠くし、何よりも、自分が引き返せなくなることが怖かった。

冷静な判断を――誰もが望む判断を下せなくなる自分は、ヴィンセントにとって未知の領域だった。そんな風になるには、まだ決意が足りない。

(幸いに、まだ四年生だ……卒業まで、一年以上もある)

オリアナとこのままの関係を保つのか、覚悟を決めて彼女との未来を摑むのか、選ぶ時間は十分にある。

「お、いた」

ミゲルの声で我に返り、ヴィンセントは彼が見ている方を見る。そこにはオリアナがいた。

何故か女子寮の方からではなく、ヴィンセント達が歩いてきた男子寮の方向から歩いてきている。いつもきっちりと身なりを整えているオリアナらしくなく、化粧もせずに、髪はボサボサのままだ。ローブを羽織っているが、中は制服ではなく部屋着のようだった。

それも、彼女は一人ではなかった。何故かアズラク・ザレナと共にいたのだ。

ヴィンセントは困惑した。アズラクはヤナ・ノヴァ・マハティーンの護衛として、男子寮では知らない者がいないほど有名な生徒だ。彼に決闘を申し込み、膝をつかせることができれば、麗しい妻が手に入るのみならず、一生金に困ることなく、王族と縁が持てる——そんなまことしやかな噂が蔓延《はびこ》っているからだ。

他国の歴史も学んでいるヴィンセントは、その突拍子もない噂が事実だと知っている。

「待ち伏せみたいになっちゃって、ごめんね。アズラク」

「かまわない」

二歳年上ということもあり、同級生と自ら親しくしている姿はあまり見られない。そんなアズラクが、リラックスした顔でオリアナを見下ろしている。

「なんでオリアナってば、ザレナと？　おーぃふぉごっ——」

手にしていたスティックキャンディを、ヴィンセントはミゲルの口に突っ込んだ。そのまま、ずるずるとミゲルを引きずり、校舎の柱の陰に隠れる。

二人からは見えないように注意しつつ、ヴィンセントは耳をそばだてた。

「エルシャにはいつも、ヤナ様がお世話になっている。俺にできることならかまわず頼れ」

「うう、まじでごめん……。夜に干してた洗濯物が飛んでっちゃってて……校務員さん探したんだけど、どこにいるかわからなくて梯子《はしご》も借りらんないし……」

「そうか」

「そのまま置いておいたら、また飛んでっちゃうかもしれないし……飛んでいかれるには、ちょっと、ちょっとね！　支障のある洗濯物でして！　頼れる人がアズラクしか思い浮かばなくって」

「かまわないと言っている」

「ありがと～。恩に着るよ……この借りは必ず返すからっ……！」

「大げさだな」と言うアズラクにオリアナは半ば泣きそうな声で感謝を告げる。

（待ち伏せ？　頼れる人が、アズラクしか思い浮かばない？）

オリアナが、あとから来たアズラクを待ち伏せしていたということは、先に出たヴィンセント達が男子寮から出てくるところもどこかで見ていたはずだ。

なのに、オリアナはヴィンセント達の前に現れることはなかった。

ヴィンセントは、彼女にとって頼りたい……もしくは、頼りになる人間ではないからだ。

覚えのない感情が、ヴィンセントの身を焼いた。胃の下が、ぎゅっと摑まれたかのように痛い。

柱から飛び出して、何故真っ先に自分を頼らなかったのかと、強く詰ってやりたい気分だった。

驚かせてやりたかったたし、オリアナに必死に言い訳させてやりたかった。

（駄目だ、考えるな）

ヴィンセントは思考を止めた。去って行くオリアナとアズラクの後ろ姿を、苦い思いで見つめると、身を翻す。あとをつける気満々だったのか、ミゲルが意外そうな顔をする。

「追わんくていいの？」

「必要ない」

（必要ないのは、僕だ）

オリアナにとって今、ヴィンセントは必要のない人物だ。

それが、もの凄く腹が立って仕方がなかった。


……　……　……　……


「ヴィーンセーント！　おっはよ～」

その後、教室に入ってきたオリアナは、何事もない顔をしていた。

いやそれどころか、憂いをなくしたおかげか、日頃よりもテンションが高い。

（さっきは、今にも泣きそうな声を出していたくせに）

心配事を解決したのがアズラクだと思うと、ヴィンセントは舌打ちしたい気分だった。

オリアナは教室の段差を上ってくると、いつも通りヴィンセントの隣に座る。そこはもうオリアナの特等席になっていて、今ではヴィンセントの隣が空白だろうと、誰も座ろうとする者はいない。

「ミゲルもおっはよ。今日の授業はどこからだっけ」

「おはよ。〝陣に対する補助装飾〟についてじゃなかったっけな」

「あ、そうそう。ありがとう。助かる」

挨拶を返しもせず、素っ気ない態度だというのに、オリアナは気にした様子も、気付いた様子も見せなかった。それがまるで、日頃から自分がこのような態度をオリアナにとっている証左のように思えて、自分勝手にもひどく傷ついた。

（自分はいつから、そんなろくでなしになったのか）

ヴィンセントを挟んで会話を楽しむ二人にムカムカしながら、教科書を取り出す。

「これまでも沢山勉強してきた通り、魔法は陣をもって発動します。竜木の葉を混ぜて作られた魔《ま》法紙《ほうし》に陣を描き、杖で魔力を注ぐことで発動します。陣に描くカーン文字は、何十年、何百年と研究されておりますが、魔法塔が抱える大賢者らをもってしても、未だに最適な形状を把握できておりません。君達のカーン文字の教科書が毎年新しくなるのも、そのせいですね」

口の上に小さな髭を蓄えたクイーシー先生が、よどみなく生徒達に語りかける。

「君達が習ってきたカーン文字〈光〉や〈火〉や〈舟〉や〈矛〉を補助する装飾は、〈が〉や〈の〉となり……そう、勘のいい君達が察するとおり、今日からの授業はまた楽しいですよ」

初めて習う複数文字の陣に、生徒達はクイーシー先生のどんな言葉も聞き逃すまいと、固唾を呑んでいた。だが、隣に座るオリアナは、決まり切った定型文を聞いているかのような顔をして、先生を見つめている。クラスの全員の目に生まれた輝きは、彼女には灯らなかった。

不真面目なわけではないが、熱心でもない。心ここにあらずといったような、不思議な表情だ。

（……またか）

隣に座るようになり、彼女に意識を向け出すと、こういった瞬間が何度かあったことをヴィンセントは思い出した。彼女は時折、まるで自分だけ他の世界を生きているような、孤独な顔をする。

この時ばかりは、普段あれほど好きだのなんだの言っているヴィンセントが隣にいることさえ、忘れているようだ。世界にただ一人きりというような顔をするオリアナに、手を差し伸べたくて仕方がなくなった。自分なら、オリアナの孤独を埋めてやれると、自惚《うぬぼ》れているからだ。

（けれど今日は、僕よりも、ザレナがよかったようだけど）

思い出せばムッとする。そして、新たに気付いた事実にヴィンセントは愕然とした。

（今日は？）

いやそれどころか、ヴィンセントはこれまで——一度も、オリアナに頼られたことがなかった。

彼女はヴィンセントに愛を告げるが、見返りを求めたことも、何かを期待したこともない。当然、頼み事をしてきたことも、頼ってきたこともない。

ヴィンセントは、生まれ持った義務により、人に頼られることに慣れていた。

けれど自分から、手を貸してやりたいと思ったことはなかった——オリアナ以外には。

授業中に何を考えているんだと思っていても、アズラクの顔はヴィンセントの脳裏から中々消えてはくれなかった。


午前の授業が全て終わっても、ヴィンセントの気分は晴れなかった。

この頃になると、さすがにヴィンセントの機嫌がよくないことにオリアナも気付き、ずっと気を遣い続けている。それがひどく申し訳なくて、それ以上に屈辱で、ヴィンセントはオリアナが教師と話している間に「昼食は取らない」とミゲルに告げ、中庭に向かった。

少し一人になって、気持ちを落ち着かせたかった。そういう時にヴィンセントが赴く場所は、東塔の隅っこにある小さな談話室だ。

「ヴィンセント！」

これほど空気が読めない相手だとは思っていなかった。

(追いかけてくるなんて……)

談話室まであと何歩かというところで、ヴィンセントは大きくため息をつき振り返った。

「わからなかったかな？　少しの間、一人になりたかったんだ」

「……お昼ご飯は食べた方がいいんじゃないかと思って。私に怒ってるなら、離れてるから」

「君に怒る？　どうして。君ごときに、いいも悪いも、心を動かされたりしないさ」

嘘を審判する神がいたら、ヴィンセントはこの場で処刑を言い渡されていただろう。それほどまでに、自分の心と真逆のことを言っていることに気付いていた。

「そうだよね、ごめんなさい。じゃあやっぱり、お昼ご飯は食べてほしい。一人になりたいなら、食べられそうなものをここに持ってくるから――」

「必要ない」

にべもなく断ったヴィンセントに、オリアナは大きなショックを受けた顔をした。そしてゴクリと生唾を飲むと、これまで彼女が見せたことがないほど真剣な顔をしてヴィンセントを覗き込む。

「……ねえ、ヴィンセント。もしかして、どこか具合が悪いの？」

「……何？」

「ずっと、どこか悪いんじゃないの？」

「悪いところなら、あるさ」

今は猛烈に、頭と、口が悪い。

きつく接しても追い払えないオリアナに、態度もどんどん悪くなる。冷静に自分が見られるだけに、今の自分の不甲斐なさを直視するのは辛かった。

「お家の人には話してる？　……何か、大きな病気が隠れているのかも。検査を、してもらった方がいいんじゃないかな」

その声があまりにも緊迫しすぎていて、ヴィンセントは虚を突かれると同時に、これまで漠然と彼女に感じていた違和感が強くなった。

「君には関係ないことだと思うね」

「……うん。でも、ヴィンセントにとっては何よりも大事なことだから……」

「体なんてどこも悪くない。検査の必要もない」

「わ、わからないじゃん。自覚症状がないだけかも。この間も、だるそうだったし」

「あの時も大騒ぎしてくれたが、ただの夏バテだ。病気なわけじゃない」

「わかんないじゃん!!」

ヴィンセントはびくりと肩を震わせた。ヴィンセントは――これほどまでに、不機嫌に接しているというのに――この期に及んで、オリアナが大声を出すなんて、考えたこともなかったのだ。

「わ、わかんないじゃん。わかんないじゃん！　もしかしたら……どれだけ近くにいても、もしかしたら、わかんないかもしれないじゃん！」

頭の中を整理することもできないほどの激高なのか、子どもっぽい、舌っ足らずな言い方だ。

「私が、私がしっかりしなきゃいけないのに！　私しか知らないのに、私だけが知ってるのに！　なのに何もできてない。貴方のことを守れてる自信なんて、最初からない！　どこにもない！　でも頑張ってなきゃ、守ってる振りをしてなきゃ、不安で息もできない」

オリアナの声は震えていた。声だけではない。体も震えている。それが激しい怒りからなのか、それとも恐怖からなのかは、わからない。

「そばにいても、ずっと不安だった。ずっと怖かった。もしも病気が進行してたらって、他に原因があるんじゃないかって……。怖い、怖いんだよ……。もう私は、貴方を失いたくない……どれだけ疎《うと》まれても、どれだけ嫌われても、貴方が生きててくれれば、それでいいから……」

激しくまくし立てていた声は、どんどん勢いをなくしていき、最後は涙混じりでさえあった。

「なんの」

(なんの話をしているんだ)

掠れた声が、ヴィンセントの口からぽつりとこぼれた。

オリアナはしばらく両手を握って震えていたが、意を決したように顔を上げる。何度も口を開いては、閉じてを繰り返し、言葉を探すように唇が動く。

「――貴方は、来年の、春に、死んでしまうの」

張り詰めた空気に、ヴィンセントは完全に呑まれていた。

「貴方が死んだ日に、多分私も死んで……人生を、巻き戻ったの。きっと、貴方を助けなさいっていう、竜神様の思し召しだと思う」

ヴィンセントの喉が凍り付く。いつもの法螺話だと笑い飛ばすこともできない。

「私は、七歳からもう一度、同じ人生を過ごしてる。でも私は、貴方がどうやって死んだのか、それさえも知らなくて……。誰かに殺されたのかもしれないし、病気だったのかもしれない。何もわからない。だけど、貴方を絶対に助けたい……だから私は、貴方のそばにいるの。何もわからないけど、舞踏会が終わってすぐの、春の日に死んでしまうことを……私は……私だけが知ってるから……貴方を守れるのは、私だけだから……」

オリアナの目から、絶え間なく涙が溢《あふ》れている。堰を切ったかのような涙は、彼女が長年この苦しみに一人で耐えていたことを物語っていた。

「お願い、信じてくれなくてもいい。けどどうか、体の検査だけしてほしい。私が嫌なら、もう近付いたりしないから。そっと遠くから、見守るから」

信じないわけにいかなかった。

――初めて、オリアナに「お願い」されたのだ。

先ほど、あれだけ打ちのめされた「お願い」を、よりによってこんな場面で、こんな馬鹿みたいな話でされるだなんて、全く思いもよらなかった。

「何故」

（そこまで思い詰める。何故、そこまでする）

たった一人のクラスメイトが死んだことに、それほど悩まなければならないだろうか。「来年の春に死ぬ」という、衝撃過ぎて現実味のない言葉よりも、余程そちらが気になった。

オリアナは、ヴィンセントの言葉にならなかった思いを読み取ったらしい。

濡れた頰を微かに赤くして、最愛の人を思い出すかのような、笑みを浮かべる。

（――嫌だ）

ヴィンセントは耳を塞ぎたくなった。

（この言葉は、聞きたくない）

けれど、遅かった。もう何もかも、遅かったのだ。

「私にとってヴィンスは……誰よりも、大切な人だったから」

それだけで、十分だった。

オリアナのいう「ヴィンス」を、彼女がどれほど深く愛していたのか、察するのは。

(こんな馬鹿げた話が、あるか?)

ヴィンセントは拳を握りしめる。彼女の言葉の意味を、ヴィンセントは正確に理解していた。

これまで彼女が向けていた笑みは、心配は、そして好意は——今のヴィンセントに向けたものではなかった。

よく考えれば、わかってもいいものを。考えることから逃げていたとしか言い様がない。なんといっても、彼女は自分と知り合う前から、ヴィンスに愛を告げていたのだから。

彼女の想いはずっと、ヴィンセントではなく——ヴィンスにあったのだ。

(僕は、馬鹿だ)

あんな「好き」に、一々心を動かされていたなんて。

彼女が自分を、誰よりも好いてくれていると、思っていたなんて。

彼女の孤独を埋められるのは自分だけだと、自惚れていたなんて——

(オリアナは、僕を求めていたわけじゃ、なかった)

かつて自分が愛したヴィンスを救うために、ヴィンセントのそばにいただけだ。

ヴィンセントが体の検査をし、無事だと確認できれば、すぐにでも離れると言ってしまえる程度にしか、ヴィンセントには興味がない。

オリアナがあんなに必死に勉強していたのも、ヴィンセントのそばで、彼が死なないように見張り続けるため。

(彼女が横に座るのが当然になっていたのを――誰もが、僕の隣はオリアナだと認めることを、心地いいと思っていたのは……僕だけ)

怒りと、なんと名前を付けていいのかもわからない喪失感で、心が一杯だった。

目を瞑り、感情を堪えようとしても、徒労に終わった。

(オリアナが好きなのは、僕じゃない)

認めるには辛く、けれど見過ごすことはできない事実だった。

(決断しなくてよかった)

ヴィンセントは心の中で、悪態をついた。意地を張っていなければ、この場で大暴れしてしまいそうだった。

(僕がオリアナを好きなわけでも、オリアナが僕のことを好きなわけでもない。そんな相手を、何よりも優先する選択肢もあると思っていたなんて……救いようのない愚かさだ。くそっ……)

気が収まらなかった。かといって、彼女を傷つけるのだけは絶対に違うと思った。

人生は違えど、同じ〝ヴィンセント・タンザイン〟を守るために、オリアナが長い間、一人孤独に耐えていたことは想像に難くなかった。

そんな彼女を一言だって責めたくない。

(――けれど、辛い)

身が引き裂かれそうな辛さだった。何故こんなにも裏切られた気分になっているのかもわからずに、ヴィンセントは目を閉じて、ひたすらに気を静めることに集中していた。

「……でも、でもね」

目の前にたたずむオリアナのことを気にかけてやる余裕すらなかったため、彼女が泣き止み、鼻を啜《すす》り始めていることに気付かなかった。

ヴィンセントは全身の力を総動員して、ゆっくりと目を開けた。

「私、貴方と、また、こうして……話がしたかったの」

「……ああ」

「これだけのためにも……今日まで頑張ってきて、本当によかった」

オリアナは唇を震わせ、びえびえと泣き始めた。また涙に暮れる彼女に一瞬呆気にとられたヴィンセントは、ポケットからハンカチを取り出し、そっと差し出す。

自ら拭ってやる勇気は、なかった。

「ありがとう」

「ああ」

差し出したハンカチを受け取ったオリアナは、涙を拭き始めたというのに、先ほどよりも大きく体を震わせて泣き始める。

「その――『ああ』って言うの、凄く好き」

ヴィンセントの体がじんと痺れた。これまで幾度となく言われてきた「好き」の中で、これほど心が揺さぶられた「好き」はなかった。

「……そうか」

「言ってよ」

「……今のタイミングで言うのは、さすがに気まずくないか？」

「聞きたいんだもん」

「……ああ」

えへへ、と、花がほころぶようにオリアナが笑った。

身の内で渦巻いていた怒りは、いつの間にか消えていた。

こうしてオリアナ・エルシャは、ヴィンセントの進む真っ直ぐな道の上に咲く、決して抜けない花となった。

三章　見通しの悪い恋

『私が嫌なら、もう近付いたりしないから』

咄嗟に口走った己の言葉を思い出し、オリアナはバクバクと鳴る心臓に手を当てていた。

東塔の談話室で話をしたあとヴィンセントと共に食堂に向かったが、近付いていることに対して嫌味は言われなかった。他の重大な真実により、オリアナの発言を忘れてしまったのだろう。

（信じてくれるとは、思わなかったなあ……）

ヴィンセントはあれから、体の精密検査をすることを約束してくれた。彼がずっと「法螺話」と言っていたオリアナの話を、信じてくれたのだ。オリアナだって、こんな経験をする前に誰かから「二度目の人生を送っている」なんて言われても、信じなかったに違いない。

嬉しくて、感謝を告げるためヴィンセントに抱きつこうとしたが、それは断固として拒否された。

（最近は抱きついても諦めモードだったのに……）

オリアナはヴィンセントの温もりと匂いが恋しくて、しばらく泣いた。ヴィンセントの目の前で。

ヴィンセントはしらけた目でオリアナを見下ろしていた。悲しい。ケチだ。でも好き。

（それでも、嬉しかったな……）

報われる訳がない努力だった。ヴィンスのせいで苦労をしているなんて思ったことはない。けれど、ヴィンセントにわかってもらえることで、これほどまでに安心するとは考えてもいなかった。

（……頑張ってて、よかった）

「――ねぇ、オリアナ？」

ヴィンセントとのことを思い出していたオリアナは、ハッとしてヤナを見た。

こちらを向いていたヤナが瞬きをする。その度に、彼女のぱっちりとした瞳を縁取る大量の睫毛が、ファサファサと揺れた。談話室のソファに座ったヤナは、膝の上に何かを持っていた。

「どうしたの？　それ」

「たった今、ここにいた方にいただいたのよ。オリアナ、気付いてなかったの？」

オリアナとヤナは、食堂の建物の中にある大きな談話室で食後の休憩を取っていた。物思いに耽《ふけ》っていたオリアナは、ヤナが誰かに話しかけられているのにも気付かなかったようだ。

「ごめん。考え事してた……わぁ！　一杯いる！」

「喜んでるということは、これは素敵なものなのね？」

ガラスでできたドーム型の虫籠を持ったまま、ヤナは困惑気味にオリアナに尋ねた。

虫籠の中に入っていたのは大量の蛍だった。闇夜に輝く非常に美しい虫だが、残念なことに明い場所ではただの節足動物である。貢がれ慣れているヤナは虫籠を受け取ったものの、プレゼントなのか嫌がらせなのか悩んでいたようだ。この様子ではエテ・カリマ国には蛍がいないのだろう。

「素敵だと思う。私は好きだよ」

「なら今度お会いした時に、もう一度礼を言わなくてはね。アズラク、誰だか覚えているわね？」

隣に座るアズラクに当然のように尋ねたヤナに、彼もまた、当然のように頷いた。

「五年生のカシュパル・ハーポヤでした。今度見かけたら声をおかけします」

「ありがとう。頼んだわ」と言うと、ヤナは虫籠を持ち上げ、ガラス越しにしげしげと蛍を見る。

「ほんのりと光っているのね。魔法陣を付けているの？」

「ううん、この虫は……あー、えっとぉ」

（蛍が光るのって求愛のためだったよね……これはつまりカシュパル某が、ヤナに求愛した、ってこと？　試練の門番、アズラクの目の前で？）

腕っ節に自信がないため、ロマンティックな方面でヤナを勝ち取ろうとしたのかもしれないが、中々度胸のある男である。言いよどんだオリアナに、アズラクが助け船を出す。

「確か成虫は交尾のために光り、互いを呼び合っているという話を聞いたことがあります」

オリアナは咳き込んだ。平民ではあるが、そこそこお上品に育てられた箱入りだ。「交尾」なんて言葉は、あまりにも聞き慣れていない。

そういえばこの間、最悪なことにオリアナの下着の一種が飛んでいってしまった時、誰を頼っていいかわからず、恥を忍んでアズラクに頼んだのだが、彼は眉一つ動かすことなく取ってくれた。顔を真っ赤にしたオリアナのために無表情でいてくれたのだと思っていたが、もしかしたらそういう話に強い耐性があるのかもしれない。

確かにアズラクは無表情だが純朴そうではなく、むしろどこか退廃的な色気を持つ。

二つ年上って凄い。いや、オリアナなんて、前の人生をあわせればもっと年上なのだが。

「まぁ……そうなの。こんなに小さいのに、大変ね」

ヤナはぽかんとして、蛍を見た。なんだかいたたまれない。

「ヤ、ヤナ。せっかくだから、外に行かない？　暗いとこの方が綺麗に見えるよ」

「そうなの？　是非見たいわ」

　にこりと微笑むと、ヤナはすっと立ち上がった。立ち上がるだけでも、それはそれは見事な所作だ。ローブを払う手の、小指の先まで洗練されている。

　オリアナとヤナが並んで歩くと、アズラクが続いた。基本的に、オリアナとヤナが女子寮以外で一緒にいる時は、このポジショニングだ。最初の内は戸惑ったが、前の人生も含めて八年目にもなると、アズラクが後ろにいてくれる安心感を甘受するほどには、図太くなった。

　食堂の建物を出て適当なベンチに座ると、ヤナは手に持っていた虫籠を両手で抱えた。

「……まぁ……！」

　ヤナが感嘆のため息をつく。暗闇で見る蛍は美しい。緑とも黄色ともつかない光が濃く浮かび、虫籠の中を飛び回る。ヤナは虫籠を顔の前まで持ち上げた。彼女の黒い瞳に蛍の光が映り込む。

「なんて美しいのかしら……まるで星を閉じ込めたよう」

　言って気付いたのだろう。男子の不遜なメッセージに、〝砂漠の星〟はコロコロと笑った。

「私を閉じ込めておけると思っている男は幸せね」

「ほんとね。国から飛び出しちゃうぐらいの、お転婆さんなのに」

「ふふ」と笑うと、ヤナは真珠のように美しい爪がついた指先で、ガラスをそっと撫でた。

「礼は、心を込めて伝えなくてはね。こんなに美しいものを見せてもらったのだから」

　魔法学校の敷地内で、これだけの数を集めるのは大変だっただろう。オリアナは顔も知らない男子生徒を思い、そっと頷いてやった。

「オリアナ。この子達を放したいわ。ここでもいいの？」

「え？　放しちゃうの？」

「ええ。小さな生き物は、命も短いのよ。こんなに必死に、次の命を守るために光っているのだもの。自由にしてあげたいわ」

それに、とヤナは笑った。

「飛んでいる蛍が、私を閉じ込めておけると思った彼の目に留まったら、面白いでしょう？」

飛ぶ蛍を見た時、カシュパル某は自身の失恋を悟るだろう。かわいそうだが、縁がないものを期待させ続けるのも酷というものだ。オリアナ達は、食堂のすぐ脇にある小川に移動した。ヤナはそこでガラスの戸を開け、虫籠から蛍を出してやる。蛍は我先にと虫籠から飛び出した。

それはまるで、空まで続く一本の星の川がかかったような、神秘的な光景だった。

「綺麗ねえ、オリアナ……」

「本当。ヤナのおかげで、いい物見せてもらっちゃった」

「ふふ。礼にキスぐらいしてあげるべきかしら」

「ええっ!?」

ぎょっとしたオリアナの前に、スッと人が入り込んだ。誰かなんて、考えなくてもわかる。

「恐れながら、それほどの名誉とは……」

「まあ。ならどのぐらいなら許されると思う？」

「せいぜい名をお呼びになり、労《ねぎら》う程度でしょう」

「なら、名を覚えてあげてもいいわね」

「お呼びになる、程度です」

コロコロと、楽しそうにヤナが笑う。

夜空に溶けていった蛍が最後の一匹まで見えなくなると、ヤナはほっそりとした指先でオリアナの腕を取った。勉強とヴィンセントに必死な今回の人生では、女友達と呼べる子があまりいない。

そんな中、以前の人生と変わらず、ヤナがオリアナを気に入り、懐いてくれるのは、オリアナにとって嬉しい誤算だった。

「また見られるかしら」

「夏になれば、きっと」

「そうなのね。是非見に行きたいわ」

「じゃあ来年は、竜木の方まで行ってみよっか。あっちの方がもっといそうだし」

「いいわね。じゃあ、タンザインさんも誘ってあげましょうね」

「わーい」と大きな声で喜ぶべきだったのに、あまりにも不意打ちで言われ、オリアナは固まってしまった。そんなオリアナを「ふふふ」と笑ったヤナが、頭を撫でてくる。

「オリアナ。舞台に立ったなら、ちゃんと幕が引かれるまで、役者でいなきゃだめよ」

ヤナには、前の人生のことは何も伝えていない。オリアナは人目も憚らず、ヴィンセントに好意を向けるほど大好きなのだと、ヤナは思っているはずだ。

（いや、大好きなのは大好きなんだけど……ええい！　なんだ！　どこでどうばれた!?）

ふふふ、と笑う美しいヤナに、何かをつっこめる気がしなくて、オリアナは「ふぇあい……」と張りのない返事をした。

女子寮まで戻ると、入り口でアズラクが別れの礼をとる。

「アズラク」

いつもはアズラクを労うとすぐに別れるのに、ヤナは今日、珍しく彼を引き留めた。

「なんでしょう」

「聞いておきたかったの。お前に、蛍の求愛の話を聞かせたのは、誰？」

背後から照らす女子寮の光のせいで、ヤナの表情は見えにくい。アズラクは静かな声で一人の女生徒の名前を告げた。オリアナも当然知っていた。かつてオリアナがいた第二クラスの生徒の名前だったからだ。

「話を聞かせただけ……ではないわね。受け取ったの？」

「はい」

「そう、悪い子」

自分のことはラーゲン魔法学校の屋根よりも高く棚上げして、ヤナは笑った。だが、誰が反論できようか。相手はヤナ様なのだ。平伏するしかない。

喧嘩が始まったりしないかと、ドギマギしながら二人を見ていると、アズラクがふっと笑った。

「仕置きをいただきたく、申し上げました」

「まあ、驚いた。お前ってば、本当に悪い子だったのね」

ヤナはわざと驚いた顔をして、アズラクのおでこをペシンと叩いた。たいした痛みもないだろうに、アズラクは額に手を当て、顔を伏せる。

「今日もご苦労だったわ。よく休んでちょうだいね」

「ヤナ様も……。エルシャ、また明日な」

「えっ!? あ、うん。ごめん、なんか！　ごめんっ！」

気を利かせて、ちょっと離れていればよかったとオリアナが気付いたのは、ヤナが触れた額を愛《いと》おしそうにアズラクが撫でたのを見たあとだったのだから――もう、もうしょうがないのだ。

本当に、長いこと生きてたって何一つ理解してやしない。許してほしい。すまなかった。


…………


オリアナが二度目の人生を生きていると告げてからも、ヴィンセントは表面上、何も変わっていない振りをして過ごしてくれている。また口外もしていないらしく、ミゲルを含め、他の誰からも、奇異の目で見られることはなかった。

平穏な日々を過ごしていたとある種ノ日《げつようび》――いつも通りにヴィンセントを追いかけ回していたオリアナは、彼に耳元で囁かれた。

「少しいいか」

身をかがめたヴィンセントの髪が、オリアナの頬を撫でる。耳に吹きかかる吐息と、腰が砕けそうな低い小声に、オリアナはカクカクカクと首を縦に振ることしかできない。

ヴィンセントが肘を差し出す。オリアナは心臓が口から出そうだった。

（ヴィンセントから、触っていいって言ってきた）

何かが色々間違っていることはわかっている。エスコートは紳士の務めだ。

それでも、いつも一方的に触れてばかりだったヴィンセントから、腕を差し出されたことが天にも昇らんばかりに嬉しかった。日頃のスキンシップの方が、こんな行儀に塗《まみ》れた振る舞いよりもずっと密着しているのに、比にならないほどドキドキした。オリアナはそっと、肘に手を差し込む。

（めっちゃ近い……ヴィンセントの匂いがする……）

シダーウッドの香りだ。オリアナはこの香りが、前の人生の時からずっと好きだった。

七歳に巻き戻ってすぐの頃、ヴィンス恋しさから、オリアナは父にシダーウッド系の香水を強請《ねだ》った。すぐさま父が取り寄せてくれたいくつもの香水を嗅ぎ比べても、残念ながらヴィンスの香りとそっくり同じ調合のものは見つけられなかった。

もしかしたらヴィンセントの体臭と混ざり合って、この匂いになっているのかもしれない。オリアナはこの香りを嗅ぐと、無意識に子宮の奥がきゅんと疼《うず》く。

（やばい。廊下が長い）

早く辿り着けとそわそわした。触れる指先が熱い。でも、せっかくのヴィンセントのエスコートなのだ。この時間を心の底から堪能したい。なのにふわふわとしてしまって、全く集中できない。

人気《ひとけ》のない空き教室に入ったヴィンセントは、オリアナが教室に入るとドアを閉めた。

かと思うと、オリアナの目の前が暗くなる。目前に紙を突きつけられていたのだ。

「へ？」

あまりに近すぎて焦点も合わない。達筆が連なっていることが、ぼんやりとわかる。

（なんだろう。借用書？）

今までるんるん気分で着いてきていたオリアナは、まさか脅されるのかと急に不安になった。

「週末に帰宅し、診査してきた。医者の判定だ。心ゆくまで見るといい」

「！」

喜びと緊張が入り混じり、オリアナは弾けるように紙に手を伸ばす。こんなにすぐに、検査を受けてもらえるとは思ってもいなかった。指先が微かに震える。

上から順に項目を目で追う。前の人生では意味さえ知ろうとしなかった専門用語も、今のオリアナならわかる。ヴィンセントの症状を調べるために、医学書も読み漁ったからだ。

一つ一つ、結果を記載した欄に視線を向ける度に、心臓が早鐘を打ったかのように高鳴る。公爵家の長男に行われた最新の医学と魔法による検診は、今の世でできる最高品質のものだろう。

目を皿のようにして診断結果を読んだ。最後に書かれた「異常なし」という文字まで読み終えると、診断書を返してオリアナは泣き崩れた。

「……うっ、うう……よかった、本当に。本当によかった……」

安堵が全身を駆け巡る。ひとまず、差し迫った脅威はないのだ。ヴィンセントは健康そのもの。たったそれだけの事実が、オリアナは震えるほどに嬉しかった。

「何か自覚症状があるのかと、随分と訝しまれながらの診査だったが……それほど喜ぶのなら、受けてよかったよ」

「ヴィンセント……ありがとう！」

「ああ……っ、いや」

ヴィンセントは何故か照れたように頬を染めると、口元に手を当てて咳払いをした。

「それで……これからは定期的に診査を受けるつもりでいる」

「！　ありがとう、本当にっ！　嬉しい……ヴィンセント、大好き」

泣きながら笑うオリアナを見たヴィンセントは、一呼吸置いたあと、厳格な表情を浮かべる。

「――だからもう、君に守られる必要はない」

見開いた空色の瞳から、新しくこぼれた涙が一筋、頬に流れていく。晴れの日の雨のように。

「君の助けは、もう不要だ」

オリアナは言葉を探して口を開き、閉じた。

「他殺ではないんだろう？　なら、君にできることはない。今後、この件に関する一切の、君の関与を拒否する」

強い言葉だった。オリアナが、嫌だと言っても引っ込めてくれないだろうことは、刺さる視線の鋭さでわかった。

「……なんでか、聞きたい」

縋《すが》る目で見ると、頑なだったヴィンセントが少しだけ怯んだ気がした。

「お願い。教えて」

「……それが最善だと思ったからだ。それに、僕が嫌だ」

「心配するのは……迷惑？」

「そうだ……それと」

「それと？」

「――好きだのなんだの、もう、聞きたくない」

立ち上がるために膝をつき、片足を伸ばそうとする姿勢でオリアナは固まる。

好意を本気で拒絶された痛みで、身じろぎもできない。

「もういいだろう？　君は、僕を殺されたくなかった。僕は今後、死なないように万全の注意を払う。これ以上ないほどに、君の目的は達成できただろう？」

正論だった。オリアナも自覚していたほどに、彼女はこの四年間、なんの役にも立っていない。

悲しさを隠すことができずに、オリアナは濡れた瞳でヴィンセントを見上げた。ヴィンセントはばつが悪い顔をして、視線をそらす。立ち上がり、彼の前に立った。

そっと手を伸ばす。摑みかけた手は引っ込められた。火を恐れる獣のような俊敏さに愕然とする。

顔をくしゃりと歪ませて、オリアナは掠れた声で尋ねた。

「……そばにいちゃ、駄目ってこと？」

「──……は？」

ヴィンセントは訝しげに眉を上げると、顔を顰めて吐き捨てた。

「君がそう思うなら、そうなんじゃないか。そばにいる必要も、もうないだろうし」

「必要？　そんなの……だって、ただ好きなのに……」

「それは、先ほど言われたくないと言ったはずだ」

むぐ、とオリアナは口を噤《つぐ》んだ。むぐぐぐ、と唇を強く引き結ぶ。先ほどからヴィンセントは、一方的に自分の意思を伝えてばかりだ。オリアナの感情など、最初から切り捨てているかのように。

悲しみに負けたくなくて、オリアナは怒りで自分を奮い立たせると、ヴィンセントを睨んだ。

「でもそれは、ヴィンセントの勝手よね？」

「なんだと？」

「なら、私も勝手にする」

くるりと背を向けて、オリアナは教室から出ようと扉の方に向かった。

「おい――」

オリアナを止められないことは、ヴィンセントも知っている。学校の中に、身分の上下はない。学校内で二人は、ただの生徒同士である。お互いに強制力などない。

「……好きにしろ」

「するってば！」

ドアを開ける。二人で入ってきた教室から、オリアナは一人で飛び出した。


ヴィンセントと喧嘩をした。前の人生を合わせても、初めてのことだった。

「意味わかんない……三秒前までは、マイスウィートダーリンは天使だったのに」

しくしくしく、しくしくしくしく。ベッドにごろんと横になり、丸めた毛布に抱きつきながら、オリアナは真っ赤な目で泣き濡れていた。

「あら。追い払ってもらわないとね。泣き女《バンシー》が住み憑いてるわ」

二段ベッドの下に敷いた、異国情緒たっぷりの絨毯の上で柔軟をしていたヤナがおどけて言う。

「貴方達の不仲は、第二クラスまで届いてるわよ」

まだ喧嘩して一日も経っていないというのに、ヴィンセントとオリアナが仲違《なかたが》いしているという噂は、ラーゲン魔法学校に瞬く間に広まった。それもそのはず。これまでヴィンセントにべったりだったオリアナが、離れて行動しているのだ。誰もが驚き、二人に注目していた。「一体全体、あの紫竜《しりゅう》大好きオリアナ・エルシャに何があったんだと、記者気取りが押し寄せて来るのなんの」

「お世話になってます……」

「いいのよ。聞きたければアズラクに勝ちなさいと言ったら、誰一人寄りつかなくなったから」

そんなことに神聖な試練を使っていいのだろうか。罰当たりにも感じたが、オリアナは利口だったので、口を閉ざしていた。横になってめそめそし続けるオリアナの上に、ヤナの背が乗る。ヤナはそのままぐいーっと柔軟を続けた。器用なものである。

「でもまあ私にも、彼らに言えることはないものね。私も貴方から、何も聞けてないのだから」

非難を帯びている声に、オリアナはびくりと体を揺らした。密着しているヤナは気付いているだろう。長い藤色の髪がオリアナのベッドに広がる。

「口を割る気にならないの？」

「悪役の台詞だよ、それ」

ヤナが体を動かし、全体重を背中の一点にかけてきた。

「痛い痛い痛い！」

ヤナが王女の笑みを浮かべ、更に体重をかけた。

「生意気な村娘にはこうよ」

ヴィンセントが来年の春に死ぬ可能性があることも、オリアナが二度目の人生を生きていることもヤナは知らない。そのため、「ヴィンセントからもう好きって言うな、と言われた」としか、喧嘩の理由を伝えていない。

「洗いざらいなんて言わなくていいわ。聞きたくもない。ただ、貴方がどう思っているのかだけ、知りたいのよ」

「どう思ってるって？」

「女としての自分を否定されて、これからどうするのかをもう決めたのか、って話よ」

女としての自分を否定──言葉にするとダメージが大きくて、オリアナは「づっ」っと呻いた。

「まだ恋人になろうと努力するのか、友達でい続けるつもりなのか、距離を置くのか」

「……そばにもいてほしくなさそうだった」

「それは、タンザインさんの都合ではないの？」

オリアナは困った。ヴィンセントに啖呵《たんか》を切ったくせに、実のところオリアナは、この人生をあまりにもヴィンセントのために生きすぎていて、自分がどうしたいのかもわからないのだ。

「でも、ヴィンセントの嫌がることはしたくない……これは、私の意思」

「そうね」と言うと、背中合わせだった体をくるりと回して、ヤナはオリアナの背に寝そべった。オリアナの髪を手慰みのように弄びながら、立てた足をぶらぶらと揺らす。

「……ねえ、オリアナ」

「うん」

「今すぐ進むべき道を決めることなんてないわ。ただ、貴方が迷っているその瞬間だって、私は傍らにいるのよと、言っているの」

恥ずかしくなったのか、ヤナはオリアナの髪からパッと指を離すと、オリアナの肩に顔を伏せた。

首をいくら捻っても、もうヤナの表情は見えない。

「……ヤナ」

「なあに」

「いいわね。今度パジャマパーティーしよう」

「今度と言わず、今夜にしましょ」

そう言ってヤナは、オリアナのベッドから降りた。

「腕で抱えるほどの大きなアイスを、アズラクに用意させるわ」


……　……　……　……


次の日もその次の日も、ヴィンセントの機嫌は戻らなかった。

他の生徒とは和《なご》やかに話しているのに、オリアナに対してだけ、全ての感情を忘れ去ったような、儀礼的な対応しかしないのだ。

一度、勇気を出していつもの席に座ってみたが、ヴィンセントは全くこちらを見ようとしなかった。反対隣のミゲルか、前ばかりを見ている。声をかけても無視。ミゲルが仲裁してくれようとしても無視。大人げないぐらいに、無視。下手《したて》に出ていたオリアナも、これにはへそを曲げた。

ヴィンセントが怒った理由なら、わかっている。

オリアナがヴィンセントの言い分を呑まずに、「好きにする」と意地を張ったからだ。

けれどオリアナだって、ヴィンセントの命令を聞いてばかりはいられない。好きな人のそばにいるのは、オリアナの自由だ。

それでも良心がチクチクしてしまうのは、ヴィンセントが「嫌だ」ということをし続けているからだ。

（ヴィンセントは、もう私はいらないって言ってた……。「好き」って、言われたくないとも）

心底落ち込んだが、そんな顔を見せて同情を引くのは嫌だった。

その授業の間はなんてことのない顔で隣に座り続けた。しかし次の授業では辛すぎて、ヴィンセントの隣に座るのを避けてしまった。

更に次の授業では、もう違う子が座っていた。あろうことか、その生徒は女子だった。

ヴィンセントの従姉妹のシャロン・ビーゼルだ。

成績優秀なシャロンは、前回の人生でも特待クラスだった。シャロンとは幼い頃一時的に婚約していたという話も、ヴィンスから聞いて知っていた。

隣が取られたのを見た時、座れないとわかりホッとした気持ちと、切ない気持ちが同時に湧いた。

（あの席は元々、私だけのものじゃない、って、わかっていたはずなのに）

ヴィンセントが嫌がっているにもかかわらず、図々しくも、居座り続けていただけだ。

「エルシャさん、こっち、こっち」

どこに座ろうかと教室をうろうろしていると、上の方から声がかかった。奥の席で、手招きしている男子生徒がいる。湾曲した机が並ぶ教室の床は、後ろへ行くにつれ、階段状に高くなっている。

「ターキーさん。ありがとう」

ひとまず席は決まった。オリアナはデリク・ターキーの隣に向かう。いくら他に関心を寄せないオリアナであっても、クラス長の彼とは何度か話をしたことがある。顔見知りといっていいだろう。今回の人生は、あまりにもヴィンセント中心に過ごしてきたため、他の生徒と深い付き合いをしていない。

胸を張って友人と呼べる人間はヤナぐらいだ。ミゲルも、顔見知りよりはちょっと友人寄りといっても、怒らないかもしれない。アズラクもきっと、笑って聞き流してくれる。

デリクのそばに行くと、複数の生徒に囲まれた。驚くオリアナに、我先にと質問が飛ぶ。

「なあ、なんでタンザインさんの隣に座らなかったんだい？」

「もしかして、振られちゃった？」

「喧嘩してるだけじゃない？」

「もしかしてタンザインさんって、シャロンと付き合うことにしたの？」

どの質問にも、オリアナは小さく肩をすくめるだけに留めた。平静を装っているが、最後の質問には内心、かなりの衝撃を受けた。ヴィンセントとシャロンが付き合うなんて、今の今まで考えたこともなかったからだ。

これまでは「ヴィンセントを死なせない」という使命があったから、隣にいる意味を深く考えていなかった。

（けどもしかしたら、私がそばにいたから、私以外との恋の邪魔をしてたのかも）

本音をいえばそんなもの、一つだって実ってほしくはない。だが彼の恋を妨害する権利は、元恋人のオリアナにはない。

「まあまあ——ほら。先生来ちゃうよ」

曖昧に笑うオリアナを不憫に思ったのか、デリクが助け船を出してクラスメイトを席に戻す。

「一気に話しかけられると、びっくりしちゃうよね」

デリクは人のいい笑顔で、オリアナが返事をできなかった理由を作ってくれた。

「ありがとう」

「いや、先生が来そうなのは本当だったし……ほら来た」

「はぁい、始めるわよ。悪たれどもー」と言いながら、占星術学のジスレーヌ先生が入ってきた。

「教科書、広げようか」

「うん」

穏やかな会話に、微かに頷く。ジスレーヌ先生が頭を押さえながら教卓の前に立った。

「今日はちょっと魔法史学の話から……あー……頭いった……」

「先生、大丈夫ですか？」

「だいじょばないー。二日酔いが……」

ジスレーヌ先生の大きな胸が、教卓に載った。男子生徒達が姿勢を正す。隣のデリクも背筋を伸ばしたのを見て、オリアナは自分の胸を見下ろした。ないことはないが、載るほどではない。

「今日はあー神話から入るわよ。占星術学と神話は結びつきが深いっていうのは、もうみんな知ってるわよねー。よちよち歩きのおこちゃま魔法使いでも知ってる〝竜の審判〟も、元々は星座からとった話よ」

〝竜の審判〟とは、アマネセル国に伝わる神話である。

――その昔、竜は人間にひどく怒ったことがあるという。

竜に加護されている立場である人間が、竜木を深く傷つけたからだ。

竜にとって人間は、人間にとっての猫のようなもので、基本的には何をされても本気で怒るような対象ではない――が、竜木を傷つけることは、彼らの誇りを傷つけることに繋がる。

そこで竜は、恋人である二人にいくつもの苦難を与えた。

竜の繰り出す難題は非力な人間にとって困難を極めたが、恋人達は手を取り合って〝竜の審判〟を乗り越えた。

その〝竜の審判〟を物語にした一つ一つが、アマネセル国の星座として、空に広がっている。

「最後の苦難で女が飛び降りたとされる滝がタキ座、水の流れを表す星を、西から――」

ジスレーヌ先生の話を聞く振りをしながら、オリアナは視線を下げた。

前の方に座るヴィンセントの後頭部が見える。彼はしっかりと前を見て、先生の話を聞いていた。

後ろに座るオリアナを気にする素振りもない。気になっているのはいつも、オリアナだけだ。

(――少しは仲よくなってきたと、思ってたのにな)

オリアナがそばにいる目的を知ったヴィンセントは、診査結果を手切れ金にすれば、オリアナを退けられると思ったのだろうか。

胸がズキリと痛んだ。ヴィンセントの隣に座る長い金髪の後頭部も、否応なしに視界に入る。

(……やだな)

ヴィンセントが、オリアナから離れたがっていた事実も、彼が誰か他の女の子の近くにいることも、どちらもどうしようもないほど、嫌だった。

――たったの数日で、オリアナはヴィンセントに完全に近付けなくなってしまった。

恋人だった頃のヴィンスは、オリアナに好意を隠さなかった。オリアナは恐縮し、近寄りがたさを感じていたが、すぐにその意識は薄れた。きっと意図的に、そういう風に扱ってくれていた。

『やっぱ別世界っていうか、近寄りがたいよね』

以前、クラスメイトとした世間話を思い出す。あの時オリアナは「ヴィンセントも私達と変わんない、ただの十七歳の男の子だよ」と答えた。二度の人生を通して、本当にそう感じていた。

だが、何故みんながヴィンセントに気軽に近付けないのか、彼から離れてみるとよくわかる。

ヴィンセントは孤高なのだ。

近付きたい、と思う者にとって、彼はとても遠い。

外から見るヴィンセントは、余裕があり、上品で、完璧だ。何も欲していない。何も足りないところがない。安易に近付いて許される理由が、見つけられない。

(付き合う前は、近付きたいなんて思ったことがなかった)

校内でヴィンスを見かけた時は、遠い空に輝く月を眺めるみたいに、そっと見ているだけだった。

(落ちてきた月は、柔らかくて温かくて……遠かったことなんてすぐに忘れた)

しかしいざ離れてみると、手を伸ばすことさえ馬鹿馬鹿しく思えるほどに、月は遠い。

オリアナが自習室で勉強していると、ヴィンセントとミゲル、そしてシャロンが入ってきた。

つい数日前までオリアナがいた場所は、変わらずシャロンが埋めている。

離れた席に座ったが、同じ空間にいるのが気まずくて、彼らにばれないようにそっと退室する。

（これからも、こんな惨めな時間を過ごすのかな）

出てきた中庭のベンチに座り、足を伸ばしながら、オリアナはぼうっと空を眺めた。

（ヴィンセントのそばにいられないなら……無理して勉強を頑張る必要もないのかも）

ふと、そんなことを思う。元々、オリアナは勉強が好きではない。頭のいい人達が当然に持つ、勉強に対する好奇心や向上心といったものが皆無だった。ただただ、要領の悪い頭を働かせ、微かに覚えている前回の人生の残骸を頼りに、必死に食らいついていただけだった。

（第二の教室に行って、みんなと仲よくなって――お化粧して。また前の人生みたいに……）

無意識に、膝を抱えていた。前の人生で大切だったものを沢山置き去りにして、後回しにして、がむしゃらに進んできたこの道が、突然どうしようもなく辛くなった。

（そんなこと思っちゃ駄目。全部と比べてもヴィンセントに生きてててほしかったんだから……）

そのことについて、オリアナは既に何度も自問自答している。そして何度だって、ヴィンセントを優先すると答えを出してきたのだ。覚悟はできている。

もし勉強をやめ、ランクが落ち、クラスが分かれてしまえば、まだ微かに残っているヴィンセントとの繋がりは完璧に潰《つい》える。

そうなってしまえば、簡単に顔を見られないほど遠くから、彼が無事に生き延びられるよう祈ることしかできなくなる。

（嫌だ……。たとえ避けられても、同じクラスにだけはいないと……）

「オーリアナ」

深く考え込んでいたオリアナを呼ぶ声がした。驚いて、ぐるんと振り返る。

「ミゲル……!?」

たった今、孤独に泣きべそをかいていたオリアナは、ベンチから立ち上がってミゲルの方に向かった。両手を広げるミゲルの胸に、つい駆け込みそうになる。

オリアナは無邪気だが、無垢ではない。

好きな男以外の腕に飛び込むのが、世間的にも、精神的にも、居心地のいいものではないことを知っている。

赤い三つ編みを揺らしながら、ミゲルが校舎から歩いてきた。ミゲルは柔らかな印象でつい忘れがちになるが、アズラクと同じほどの長身だ。ミゲルはオリアナの目の前に立つと、咥えたスティックキャンディの棒を揺らしながら、不機嫌な顔を作る。

「はくじょーもん」

「ええ?」

「ヴィンセントと友達やめても、俺まで切ることなくない?」

「ミッ、ミゲルゥ！」

人に飢えていたオリアナは、つい「好きぃ」と言いそうになってしまった。だが、言わないだけの分別はあった。ミゲルが女なら二百八十パーセントの確率で言っていた。

ミゲルの友情に感謝したオリアナは、先ほど座っていたベンチにミゲルを招く。

「私が淋しそうだったから、来てくれたの?」

「俺が淋しくなったから来たんだよ」

「これがっ……百戦錬磨のミゲルっ……！」

「何その、小説のタイトルみたいなあだ名」と、ミゲルが笑った。笑う拍子に、歯で咥えたスティックキャンディが見える。キャンディは、綺麗な夕日の色だった。

「お、飴いる？　俺が舐めてるのと、新しいのどっちがい？」

「新しいの」

オリアナの視線を察したミゲルが、ローブの裾から色とりどりのキャンディを取り出す。オリアナは遠慮なく選んだ。平べったくて、濃い葡萄色の、甘そうなスティックキャンディだ。

「食いなよ」

「え、今？」

「甘いもん食った方が、不安にならんで済むよ」

（……ミゲルが言うと説得力あるなあ）

ミゲルは自分のコントロールが抜群に上手い。オリアナは二度の人生で一度も、ミゲルが声を荒らげたり、怒ったりしている姿を見たことがなかった。

封を解いて口に入れる。甘さがじんわりと口に広がって、そのまま目から溶け出した。

舌を動かして唾液を出すのと連動するように、目からぽろぽろと涙がこぼれ落ちる。眉を顰め、むっすりとした顔で真正面を睨み付け、オリアナは飴をゆっくりと舐めた。

ミゲルはキャンディを渡したあとから、何も言わずに座っていた。ただ静かに隣にいて、オリアナが泣き止むのを待ってくれている。オリアナが泣くのは当然とでもいう風に、驚いてもいない。

「やばいミゲル……」

「どったの」

「私、今……猛烈にミゲルをパジャマパーティーに招待したい……」

じゅるじゅると流れる鼻水を、ローブから取り出したハンカチで拭く。ハンカチはくしゃくしゃだったが、鼻水さえ拭ければなんだっていい。

飴を咥え、涙を流し、鼻を真っ赤にして鼻水を拭うオリアナを見て、ミゲルはへらりと笑う。

「えーやるー？　超行きたい。可愛いパジャマ買いに行かんと」

「ミゲルの髪の毛編み込みして、ヤナと一緒に可愛いパジャマ着て、アズラクが買ってきてくれる大っきなアイスクリームのど真ん中に、スプーン入れちゃおう……？」

「いいな、それ」

本当に楽しみにしている、という風にミゲルが笑う。

「つか。編み込みぐらい、いつでもすりゃいいやん。ほら」

ハンカチで涙を拭き始めたオリアナに背を向け、ミゲルが三つ編みを解いた。後ろでゆったりと結ばれていた髪が解《ほど》ける。ブルブルとミゲルは獣のように頭を振って、髪を背に流した。

「えっ、いいの？」

「いいんじゃん？　別に今オリアナに、遠慮せんと駄目な男がいるわけじゃなかろうし」

何気なく的確にミゲルが刺してきた。オリアナは胸を押さえる。

「……グサッと来た」

「あ、パジャマパーティーの参加権利消えた？」

「大丈夫……招待状、送るね……もこもこのルームウェア、おそろいで着よう……？」

オリアナはよぼよぼとミゲルの髪に触れた。男の人の髪に、こんな風に触れるのは初めてだ。

なんだか悪いことをしている気になるが、先ほど言われたとおり、ヴィンセントに操《みさお》を立てていてもしょうがない。オリアナにはもう、不貞を咎《とが》めてくれる彼氏もいない。

赤褐色のミゲルの髪に手ぐしを入れる。夏場なので汗ばみ、地肌が蒸れている。とてもよく似合っているが、暑くないのだろうか。アマネセル国に髪の長い男性は珍しい。

「ミゲルってなんで髪、伸ばしてるの？」

「んー……長いと、自分がどれぐらい生きてるかわかるじゃん？」

予想しなかった言葉に、オリアナは「へ？」と言って手を止めた。後ろを軽く振り返ったミゲルが、犬歯を見せて笑う。

「オリアナは？」

「え、あぁ。えー？　私か。私、あんま自分の顔が好きじゃないんだけど、髪の色は好きでさー。できれば、こっちの面積を大きく見てほしいというか」

「変なこと考えてんなあ」

「え、それ今私が言われる方の立場⁈」

オリアナは編み込む手を動かした。ぴょんぴょん跳ねるミゲルの赤毛に言うことを聞かせようと、四苦八苦していると、ミゲルが前を向いたまま言った。

「これからどうするん？」

「何を？」

小指の端っこに赤髪を引っかけつつ、オリアナはなんとか声を出した。

「俺、そこそこ淋しいんだけど」

オリアナはピタリと手を止めた。両手で摑んでいた髪を片手にまとめると、広い背中の向こうの、ミゲルの顔を覗き込む。

「ミッ、ミゲルゥ……！」

「すげえ。それ一語一句変わらず、さっき聞いたわ」

割と本気で驚いているような顔で、ミゲルが笑う。

「簡単な喧嘩？　それとも結構深刻？　――まあ、深刻だよなあ。あのオリアナと、あのヴィンセントが意地張ってるぐらいだし」

「あの私、とは？」

「ヴィンセント馬鹿」

ぐぅの音も出ない的確なたとえに、オリアナは鼻の上に皺を寄せた。

「私は意地かもしれないけど、ヴィンセントは違うんじゃないかな……」

「ヴィンセントは誰にでも親切だから、ちょっとやそっとじゃ距離置かんよ。そうして今まで、甘く見てもらってたじゃん」

これもまた的確であった。オリアナはヴィンセントに認められていたわけでも、求められていたわけでもなく、ただただ彼の寛容さに甘えさせてもらっていただけである。わかっていたことなのに、ショックを受けた。しょぼしょぼしながら、ミゲルの髪を紐で結ぶ。

「できたよ」

ところどころ取りこぼしているが、概ね満足だった。なだらかな編み目は、ミゲルの魅力を最大限に引き立たせていた。正装にも合いそうだ。

「超可愛い。男子寮一の美人さん」

「さんきゅ。あとで見せびらかしてくるわ」

「暗い部屋に引きずり込まれないように、気をつけてね」

花なんかを編み込めば、きっともっと可愛いのだが……それはまた今度、ヤナにでも頼んでやらせてもらおう。髪の毛でも遊び終わり、二人とも手持ち無沙汰になる。

「……まぁつまり。手を貸すために、来たんだけど」

ミゲルがちょっと照れくさそうに言う。オリアナは、胸を押さえてその場にしゃがみ込んだ。

「無理可愛い。連れて帰りたい」

「まじで。そこそこな飼育費よ？」

「任せて！　可愛くパパにおねだりするから！　パパ、娘に甘いから！」

「なあ。はぐらかしてる？」

いつまでもまともに返事をしないオリアナに焦れ、ミゲルがこちらに体を向けた。探るような目をして、オリアナを見つめる。

先ほど言われた「淋しい」は、なんでも茶化すミゲルの珍しい本音だと、オリアナにもわかっていた。そしてミゲルは、そのためにわざわざ骨を折りに来てくれている。オリアナとヴィンセントを仲直りさせようとしてくれている。

オリアナは、心の中でミゲルに謝罪した。

以前、友達と呼んでいいのか迷ったことがあったからだ。心のページを開き、友人の欄に堂々と太字で、ミゲル・フェルベイラ、と書いた。

「ううん……そのつもりはー、ないんだけどぉ……」

「じゃあ、仲直りはしたくない、ってことか」

うううううん……とオリアナは唸った。ここで今、ヴィンセントの気持ちを無視して表面だけ仲直りをしても、彼に我慢をさせ続けることには変わらないのではないかと危惧しているからだ。

ヴィンセントの願いは、オリアナが関わってこないことなのだから。

「そんな器用なら、ここまでこじれんわな」

ミゲルがベンチから立ち上がり、ぐしゃぐしゃとオリアナの頭を撫でた。

「ま、わかったろ。女子会したくなったら、誰に招待状送ればいいのか」

立ち上がったミゲルの髪が、ゆらりと揺れる。

毛繕いされる猫のように静かに待ってくれていたミゲル。辛抱強くオリアナの——オリアナ自身も上手く表現できない気持ちを、ほぐそうとしてくれたミゲル。好きな時に、自分に助けを求めてもいいのだと、伝えにきてくれたミゲル。

「……うん、わかった。ミゲル、最後にこれだけ言わせて」

「ん？」

オリアナは立ち上がった。そして誰に憚《はばか》ることもなく、拳を握る。

「愛してる……！」

「おうおう、今まで我慢できてたのになあ」

スティックキャンディを歯で噛んだミゲルが、カラッと笑った。

：：：：

夕焼けが差し込む自室の隅から隅へ、ヴィンセントはうろうろと歩き回る。

胸にわだかまる悶々とした気持ちを持て余じているると、ドアが開いた。ノックもなく開けるのは、この二人部屋に住むヴィンセントのルームメイトのみだ。

「……随分と、ご機嫌だな」

晴れやかな顔をして帰ってきたミゲルに、ヴィンセントは苦虫を嚙みつぶしたような顔をした。

ヴィントセントが自習室に赴いた時、オリアナがいたのは知っていた。あの時間にオリアナが自習室にいることを知っていて入ったのだから当然だ。

入学以降、常にヴィンセントにまとわりついていたオリアナだが、勉学を疎《おろそ》かにすることは決してなかった。

そういうところを好ましく思っていたが、オリアナの努力は全て、ヴィンセントを殺さないためだと知った今では、罪悪感と少しの疎外感に胸にずしりと石を詰め込まれたみたいだった。

「ここ最近では一番楽しかったかな。小うるさい雌鶏《めんどり》もいなかったし」

ミゲルはローブを脱ぎ、ハンガーに掛けた。雌鶏とは、近頃ヴィンセントに親しげな態度を見せるシャロン・ビーゼルのことを言っているのだろう。

「僕だって、好きで話しかけられているわけじゃない」

彼女とは、親戚という接点の他に、少しばかり因縁がある。

外部に知られていないほどの短期間、シャロンとは婚約めいた期間があったのだ。

既に破棄されているが、まつわる事情により幾分か親しい距離を許さなければならない。紳士は淑女に恥をかかせてはならないと、ヴィンセントは幼い頃から徹底して教え込まれている。

「くちばしを閉じる方法を知っている者がいれば、喜んで頭を下げるさ」

「そうな。ヴィンセントはどんだけ相手がうるさくても、ある程度は我慢する」

ドキッとさせられた。ミゲルが、ヴィンセントのオリアナへの態度を咎めたからだ。

ヴィンセントは、人生で初めて喧嘩というものをした。仲直りの仕方なんか、知るはずもない。

彼女がいつも座っていた場所にシャロンが座り、オリアナが他の生徒の元へ行った時――ヴィンセントは取り返しのつかないことになったと感じた。

そして、その予感は当たっていた。

オリアナはヴィンセント以外の友人と接するようになり、ヴィンセントを避けるようにすらなっていた。

オリアナが隣に座ってくれた時に、きちんと対応すべきだったと気付いてもあとの祭りだ。

どうしても上手く話せる気がしなくて、無視をした。

そんな稚拙な反抗心から、オリアナを失ってしまった。

幼い頃から、「感情に流されてはいけない」と家庭教師《チューター》に口酸っぱく言われていたことを思い出した。上流階級の古い気質の人々の間では、感情は抑制すべき悪しきものとして扱われている。

(幼い頃は聞き流していたが……年を重ねるごとに、大人が言っていた一言一言が身に染みる)

感情に支配された結果がこれだ。馬鹿すぎて、哀れみさえ覚えない。

他の人には寛容に接することができるのに、ヴィンセントは何故かオリアナにだけは、上手く対応することができない。

「……エルシャに何か言われたのか？　仲を取り持ってほしい、とか」

ミゲルはこれまで、自分とオリアナの不仲に気付いていても、一度も言及することはなかった。

突然こんな風に切り込んで来たということは、オリアナから何か言われたのかと、心が急《せ》く。

「いんや。取り持ってやるとまで言ったんだけどねー」

（それなのに……オリアナは頼まなかったのか？）

自分勝手にも、ヴィンセントはかなり落ち込んだ。

（オリアナはやはり、元々……それほど、僕のそばにいたかったわけじゃないんだろうな）

ヴィンセントを求める振りをして、実質よく考えれば、ヴィンセントが許すギリギリのところまでしか踏み込むことはなかった——健康の診査を受けろと、言うまでは。

（オリアナが本気で求めていたのは、この体の安全のみ）

椅子を引き、ドカッと座った。窓枠に肘をついて、外をぼんやりと眺める。

医者の検査表を渡したヴィンセントは、「もう守ってくれるな」とオリアナに伝えた。

女の子に守ってもらわなければならないような軟弱者と思われているなど、我慢できるはずもない。ヴィンセントには、その高貴な身分と同じほど、高いプライドがある。

そして、オリアナが一番気にしていた「ヴィンセントの死」に、もう関与するなと伝えた。

診査の結果を見て安心したこともあるし、定期的に診査を受ければ、更にオリアナは安心するだろうと思った。彼女が安心するのなら、一日二日拘束されようが、体に意味のわからない針を刺されようが一切気にならなかった。

だが死因が病死でなければ、他殺ということになる。

その時、何かを探っている風なオリアナがいれば、犯人を刺激することになるだろう。オリアナまで危険に晒されるかもしれない。それだけは、絶対に阻止しなければならない。

（そう考えると……そばにいないのは、逆にいいのかもしれない。僕の死に巻き込まずに済む。もし僕を助けられなくても、ヴィンスの時ほど悲しむこともないはずだ）

安心するべきなのに、また苛々とした得体の知れない感情が胸に広がる。

彼女の巻き戻りの話を聞いてからというもの、オリアナに「好き」と言われることに耐えられなくなった。

彼女の示す好意は、ヴィンセントのそばにいるための虚言だ。

彼女が好いているのは、ヴィンセントが知らない――今後、知ることもあり得ない――ヴィンスなのだから。

そんな、気にする価値もないような他愛ない嘘で傷つけられ続けていることが不可解で――とにかく、あと一度だって聞きたくなかった。

ともあれ、ヴィンセントが伝えたのはそれだけだ。

――ヴィンセントを守るのはやめてくれ。

――死に関する心配をやめてくれ。

――好きと言うのをやめてくれ。

やめてほしかったのはこの三つ。

なのにオリアナは――

『……そばにいちゃ駄目ってこと？』

ヴィンセントは「そばにいてはいけない」なんて、一度も言ってもいない。

「そばに来るな」なんて、口が裂けても言わない。

言外にその三つができないのなら、ヴィンセントのそばにいる意味もないと彼女は言ったのだ。

思い出すだけで悔しかった。これほどの悔しさを人生で味わったことは、一度もない。

（あれほど好きだなんだと言っていながら――僕自身には、かけらほどの興味も好意もなかった）

苛ついて、髪の毛をかき乱した。ぼさぼさになったヴィンセントの髪とは対照的に、綺麗に編み込まれた赤毛が視界に入ってくる。

「見ろよ。可愛いだろ。結ってもらった」

「見ていた。知っていたんだろう」

「うーん、まぁ。だいぶ」

ヴィンセントはむすっとする。わざわざ自慢してくれずとも、ミゲルも気付いていた通り、自習室の窓からずっと見ていた。

ご丁寧にもミゲルは自習室に顔を向けて座り、楽しそうな姿をずっと見せつけてくれていた。オリアナは気付いていなかったようだが、ミゲルはヴィンセントが目を離せないと知りながら、オリアナにあれこれとさせていたのだ。

「じゃあ、愛してるって言ってもらったのも聞こえてた？」

「はあ？？」

ヴィンセントは思わずミゲルに視線をやった。ミゲルの顔がにやけている。こちらの反応を見たいがために、嘘をついたのかもしれない。いやこんな、わかりやすい嘘はつかないだろう。

　ということは、本当に？

「……はあ⁉」

　もう一度声が出た。随分と、情けない声だった。

（オリアナが……ミゲルに？　愛してると？　――僕にさえ言わなかったのに？）

　意味がわからずにフリーズする。次にヴィンセントが口を開くまで、ミゲルはただ飴を舐めて待っていた。

「……伯爵家はどうするんだ。長男だろう？　商家の娘と結婚しなければならないほど、困窮しているという話も聞かないし……エルシャは平民だぞ。娶るなんて無理だろう？」

「いやそれこそ、俺が『はあ？』だよ。なんで結婚まで話が飛躍すんの」

　ヴィンセントは言葉を詰まらせる。焦りのあまり、自分が常々悩んでいた種を暴露してしまった。

（あまりにオリアナが、好きだ好きだと言うから）

　だから、彼女との道がどこかにあるのではないかと、そんなことばかりを考えていた時期が、ヴィンセントにはあったのだ。

「大体それこそ、ヴィンセントはあーだこーだ言う権利ないだろ」

　その通り過ぎて、ヴィンセントは窓枠にもたれかかった。必死に自分を救おうとしてくれていたオリアナには悪いが……もう死にたい。何から何まで、上手くいかない。

　こんなに派手な喧嘩をするつもりはなかった。ただ冷静になるまで彼女と距離を置きたかった。少し距離を置いてもすぐ元に戻れると高をくくっていた。

彼女が好きなのは自分ではないと突きつけられたくせに、その心地から抜けられていなかった。

「……エルシャは、本気で言ったのか？」

ヴィンスだけで手一杯なのに、ミゲルのことまで考えたくない。

「オリアナがもし本気で言ったなら、他人に言ったりするほど、俺も甲斐性なしじゃねえよ」

「……」

その通りだ。もう、本当に一度、地面に埋まりたい。

「わかってる？　ヴィンセント。お前今、大分面倒くさい男になってんの」

「……わかってる」

（そして絶望している）

ヴィンセントは顔を覆った。もう何も言いたくないし、何も見たくないし、何も考えたくない。

「ヴィンセントがここまで面倒くさくなるとは思ってなかったわ」

「こう言ってはなんだが、僕もだ」

自分の気持ちをコントロールすることも、正しい選択をすることも得意なつもりでいたのに――何故、オリアナに関してだけ、こうも上手くいかないのか。

「でもさー、俺。三人でいるの、結構好きだったんだよね」

（そんなの、僕だって同じだ）

ミゲルが、咥えていたスティックキャンディを手に取った。夕日の光が飴に透けて、キラキラと光る。飴の部分は、もう随分小さくなっていた。

⁙　⁙　⁙　⁙

魔法使いにとって、杖とは生涯の相棒である。

魔法使い見習い自ら選んだ杖は、魔法使いと共に時を刻む。それぞれに違う手癖を、杖が何年もかけて覚えていくのだ。

そうやって卒業までに、ただ一つ、自分だけの杖が仕立て上がる。

竜木の枝を杖に仕上げるのは、魔法使い自身の手だ。

竜木の枝さえ核に使っていればどんな装飾も自由だ。ある者は鉄の札をつけ、ある者は宝石をつけ、またある者は花を飾った。そして杖の加工は、ラーゲン魔法学校の授業課目でもある。

「エルシャさんは何にするの？」

「んー、インク型にしようと思ってて」

「いいね。やっぱり定番なだけあって使いやすいし」

魔法道具工作授業は技術室で行われる。技術室では班に分かれ、大きな長方形の机を四人で使う。

机の上には、沢山の本やプリントが散らばっている。杖の作図のために開いた資料には、歴代の杖の見本イラストや、持ち主の魔法使いの個性などが記載されていた。

ヴィンセントとミゲルと離れたら一人きりになると思っていたオリアナだったが、クラスメイト達はそこまで薄情ではなかった。あれほど一心不乱にヴィンセントばかりを追いかけていたというのに、ハブることもなく、こんなオリアナにさえ優しく接してくれる。

（みんな天使……）

アマネセル国の誇る竜持ちの子息に、あれほど礼儀知らずに接していたことも、誰もオリアナを責めなかった。ヴィンセントとの仲違いについて質問攻めにされたのも最初の内だけで、今はクラスメイトの一人として、自然に付き合ってくれている。

（全てを捨ててヴィンセントを取ったつもりだったけど、みんなと仲よくできるの嬉しいな……）

まさかクラスメイトらが「オリアナが静かになって物足りない。また騒ぎ出さないかな」などと考えているだなんて夢にも思わず、優しくされる度に鼻を啜りたくなる。

「みんなはどんなのにするの？」

「僕は水晶を埋め込もうかなって」

オリアナの質問に、デリク・ターキーが答えた。

美しい石は竜の好物だ。一説によれば、竜は宝石を食べるといわれている。といっても、竜の姿を見た者はいない。本当に存在したのかもわからないほどに、遠い昔の話だ。

「いいね。竜の力を借りやすくなるかも」

「私は天然型かな～」

「僕は複合にするつもり」

デリクに続いて、マリーナ・ルロワ、そしてデリクの隣に座る男子生徒が答えた。

杖の装飾はある程度、型が決まっている。

インク型、宝石型、天然型、加護型、複合型――が選ばれやすい型である。

インク型は杖にインク壺とペンを収納する箇所を作る。杖さえあれば外でも陣を描くことができるオーソドックスな型だ。

宝石型とは杖の上部に宝石を埋め込む型だ。宝石という目印があれば、竜は魔法使いを認識しやすくなり、竜道から魔力を吸い上げる助けをしてくれると信じられている。

主に、精密なコントロールなどが必要な職種に就きたい人に好まれる型である。

天然型は、竜木の枝を削ったり研磨したりしてそのまま使う型だ。竜木を傷つけることは固く禁じられているが、寿命で落ちた枝はそれには当てはまらない。

杖を加工するための設備は学校で貸してもらえるが、材料費は実費である。天然型は、基本的にこの費用を抑えたい者が選ぶ。いうまでもなく、中には木の質感が好きで天然型を選ぶ者もいる。

また稀に、自分の身長ほども長い枝を杖として拾ってくる者がいる。大きな枝を見つけられた者は、竜の加護を得られるという。

落ちた枝は加工を許されているとはいえ、竜から与えられた慈悲を小さくするのは、縁起が悪いとされる。拾った者は、大きな竜木の枝を持ちやすいように最小限の加工を施し、枝の形を保ったまま使う。これを、加護型と呼ぶ。

複合型は、その名の通り、二つ以上のタイプを合わせた型だ。一般的なのは、インク型と宝石型の混合タイプで、一度違うタイプにしていても、あとからこの型にする魔法使いも少なくない。

「エルシャさんは宝石か、複合かと思ってたな」

デリクの言葉に、オリアナは体を強張らせた。オリアナは当初、複合型を作る予定だった。一度目の人生では宝石型を選んでいる。オリアナはみんなから目を逸らして、床を見た。

「ちょっと……注文していた石に、問題がありまして……」

言葉を濁しても理由は正確に伝わってしまったようだ。デリクが「あー……」と頭をかいた。

「タンザナイトだったんだね……」

「うっ……」

「どんまい。恋に浮かれてる時なんて、そんなもんだよ」

「ううっ……」

慰めの言葉が痛い。オリアナは机に突っ伏した。

オリアナが父に頼んで取り寄せてもらっていたのは、紫色の美しい宝石――タンザナイトだった。オリアナの拳の半分ほども大きさがあり、透明度が高く、色は柔らかい紫だ。タンザナイトには珍しく、線状のインクルージョンが入り、まるで流れ星のように美しい。

一目惚れだった。名前が似ている。彼の瞳の色と似ている。

恋に浮かれぽんちなオリアナが、選んでしまっても――仕方がない。

かなり頑張って手に入れてくれた父の手前、他の宝石がいいとも言えず、オリアナは今日まで悩み続けた。そして――やっぱり、ひとまず、とりま、付けるのはやめておくことにした。

（さすがに今、あれを付ける勇気がない……）

これを付けた杖を見たヴィンセントがどんな反応をするか、想像するのも怖かった。蔑《さげす》まれても、嗤《わら》われても、無視されても辛い。

現在タンザナイトは、何重にも布を巻き、自室のクローゼットに放り込んでいる。最早、封じられた呪具と同じ扱いだ。

（でも、気付きもしなかったかも……最近、目さえ合わないし）

テーブルに突っ伏したまま、しくしくしくと泣き真似をするオリアナの頭を、マリーナがよしよしと撫でてくれる。優しい。やっぱりマリーナは天使に違いない。

「辛い時は、逃げるのも手だよ～」

「この際もう、タンザインさんでなくとも……淋しいんだよねえ。エルシャさんが静かだと」

「エルシャさん可愛いし、新しい恋人探してみたら？　きっとすぐに見つかる――よ……」

何がこの際で、何が淋しいのかはわからなかったが、尻すぼみになっていったクラスメイトの声が気に掛かり、オリアナは顔を上げた。

オリアナを撫でていたマリーナの手は止まり、前の席に座っている男子二人は硬直している。二人は冷や汗をかいて目を見開き、空中を見ていた。

なんの気なしに、彼らの視線を追う。マリーナの真後ろまで視線を動かしたオリアナは、口をわわわわと戦慄《わなな》かせた。

そこには、今まさに思い出していた宝石と、同じ目の色をした男が立っている。

ヴィンセントの視線は「〝冷〟って描いた魔法紙《まほうし》でも貼り付けました？」と言いたくなるほど冷たい。絶対零度だ。

久々に目が合ったヴィンセントに、何か話しかけようと口を開くが、何も言葉が出てこない。

端正な顔立ちを歪めることも、崩すこともなく、ヴィンセントはそのままスイッと立ち去った。

短い金髪が、彼が歩く度に微かに揺れる。

「な、なによう……」

（今まで、ちらりとも見なかったくせに）

数日間、全く目が合わなかった男の気まぐれに、オリアナは心の中でひっそりと愚痴った。

「──リアナ、オリアナッ」

ぱちり、と目を開くと、目の前に砂漠の星が輝いていた。

二段ベッドの上で眠っているはずのルームメイトが、何故かオリアナの顔を覗き込んでいる。

「……どうしたの？」

起きたばかりのオリアナの声は掠れていて、少し舌がもつれた。

「どうしたのもこうしたのも、貴方。いつもならもう用意を終えている時間よ」

「えっ嘘っ──?!」

「嘘であるものですか。柔軟をしている間も散々声をかけたのよ？」

サーッと顔から血の気が引いた。オリアナはベッドから飛び降りると、大急ぎで用意する。

「寝坊なんて珍しいわね。昨日、眠れなかったの？」

「ううん、そんなところ」

昨日どころか、ここ最近ろくに眠れていなかった。ヤナはオリアナよりも早く寝るため、オリアナが上手く寝付けずにベッドの上をゴロゴロしていることに気付いていなかったようだ。

鏡台に座り、鏡を覗いた。そして愕然とする。

「駄目だ。くまが凄い……これカバーするの、ちょっと時間かかるわ」

オリアナは陶器のうつわの蓋を開け、くるくると太い筆を回して微細な粉を纏わせた。オリアナの肌の色に合わせて作られたファンデーションだ。

「ヤナ、先に行ってて。私今日、朝食べない」

「美しさを追求するのは私も賛成だけど、朝ご飯を食べないことも、結果的に美を損なうわよ？」

「うっ……後々《のちのち》の自分も綺麗にしてあげたいけど、ひとまず今の自分を先に整えることにするっ……！」

ヤナは「それじゃあ、先に行ってるわ」と肩を竦《すく》めた。ヤナのこういうところが好きだ。

鏡を見ながら、ファンデーションを顔に載せる。真珠の粉末が含まれるファンデーションは、光を反射しキラキラと輝く。目の外側から下まぶたに重ねて載せると、くまが少しましになった。

オリアナは、ほんのちょっとだけ同年代よりもメイクを自然にこなせる。二度目の人生の、ひょんな恩恵である。

前の人生で一通りの失敗を経験しているおかげで、眉毛を豪快に剃りすぎることも、紅をがたがたに引くこともなかった。元々、商家の娘として最先端の化粧品に触れ慣れていたオリアナは、二度目の入学の際、しっかりと化粧道具を持参していた。

一度化粧した自分に慣れてしまうと、化粧をしないと不安になる。それに、やっぱり化粧をした顔の方が可愛い。ヴィンセントと会うのだから、一番可愛い自分でいたいのは当然だ。

化粧に慣れたオリアナに助言を求めにくる女生徒もそこそこにいるほど、メイクには慣れていた――というのに、今日は化粧ののりが悪い。それにファンデーションも浮いている。

「んー？　付けすぎたかな？」

そんな失敗を久しくしていなかったため、オリアナは訝しみつつ鏡を覗いた。やはりいつもと違うが、直している時間はない。オリアナはため息をついて化粧道具をしまった。

「ねえ。これ、エルシャさんのじゃなかった？」

放課後、廊下で呼び止められたオリアナは、デリクから手渡された資料を見て慌てた。

「わっ、ごめん私のだ。わざわざ探しに来てくれたの？　ごめんね。ありがとう」

先ほど授業を受けていた教室からかなり移動していたオリアナは、追いかけて来てくれたデリクに礼を言う。

「明日期限のレポートに使うかなって」

「そうなの。今からちょうどしようと思ってて」

「自習室？　僕も行っていい？」

「うん。もちろん」

資料もなしに自習室に行っても、レポートに取りかかることさえできなかっただろう。何をやっているんだと、自分に呆れる。

（なんだか今日は、ミスばっかりだなぁ）

沈む気持ちに引きずられ、心なしか体まで重くなっていく。デリクと、他愛ない会話をしながら足を動かす。

階段を上っていると、上の階の廊下にミゲルとヴィンセントが見えた。あっ、と思う間もなく、オリアナは目を見開く。

廊下を横切ろうとしたヴィンセントの腕には、シャロンがくっついていた。

（――やばい、やばいやばいやばい）

一体全体、どうしてしまったんだ。体が一ミリも動かなくなってしまった。

「エルシャさん？」

後ろから階段を上っていたデリクが、突然立ち止まったオリアナを不思議そうに見上げる。オリアナの体から顔を出し、彼女の視線の先を見たデリクは「あちゃあ……」と小さく呟いた。

デリクがオリアナを呼ぶ声が聞こえたのか、ヴィンセントがこちらを向く。

彼の表情を見る前に、オリアナはぐるーーんとその場でターンした。

青ざめた顔で口をパクパクする。そんなオリアナを見て、デリクは覚悟を決めた顔をした。

「――仕方ない。毒を食らわば皿まで、だ」

何が毒で何が皿なのか。デリクはオリアナの手を取ると「走って」と耳元で言い、今上ったばかりの階段を駆け下りた。オリアナは動かない頭のままデリクに手を握られ、ついていく。

（――やばい、だって）

階段をこけないように下りながら、オリアナは鼻の奥がツンとするのを感じていた。

（やばい、やばいやばい、やばい）

カクン、と体が浮いたような感覚がした。いつの間にか、階段を下り終えていたようだ。バランスを崩したオリアナの体を支えるようにデリクが腕を伸ばして、心配そうに覗き込む。

「エルシャさん、大丈夫？」

大丈夫な、訳がなかった。

けれどオリアナは、息切れしながらも、にこりと笑う。

「うん、大丈夫。ありがとう。ごめんちょっと、びっくりしちゃって」

痛ましそうな顔を一瞬だけ浮かべたデリクは、小さく頭を振るとオリアナに尋ねた。

「どうする？　違う部屋を探す？　それとも……」

「少し、一人になりたいかな」

「わかった。それとさっきは、手を繋いじゃったりしてごめんね。驚いただろうけど、こけると危ないと思って」

「ううん。とっても助かった！　じゃあ、行くね」

デリクから見えない位置まで歩くと、オリアナは走った。足がもつれてこけても、また起き上がって走った。

（あれは、泣く）

ローブについた土を払い落としもせずに、また走った。

オリアナは結局のところ、自分が一番、女子の中でヴィンセントに近いと思っていた。隣に立つのも、体を触るのも、自分だけが許されていると思っていた。

（だってなんだかんだで、この四年間、ヴィンセントはずっと許してくれていた。心から拒絶されたのは――この間が、初めてだった）

『――好きだのなんだの、もう、聞きたくない』

あれがヴィンセントの心からの拒絶だとわかったからこそ、オリアナは引き下がった。

そして、シャロンは隣に居続けている。今日は、ぺったりと寄り添っていた。

（ああ、駄目だ駄目だ駄目だ。考えるな！）

無我夢中でオリアナは走った。向かう先は、一つしかなかった。

⁂⁂⁂⁂

（は？　手？）

オリアナとデリクが仲よく逃避行した姿を見たヴィンセントは、呆然とした。

（手？）

「ヴィンセント。どうかしたの？」

シャロンが上目遣いで尋ねてくる。先ほど足首を捻ってしまったシャロンが、体重をかけるようにしてヴィンセントの腕に寄りかかっている。

学校の中で貴賤はないとはいえ、生まれ持った義務が消えるわけではない。貴族は、礼儀を尽くさなければならない人間にほど、完璧なエスコートを求められる。彼女とわだかまりがあろうとも――いや、あるからこそ寛容さを示すために――負傷した女性に手を貸すのは当然のことだ。

「いや……」

ヴィンセントはかろうじて返事をしたが、それ以上続かなかった。頭の中がまるっきり整理できていないからだ。

あまりにも衝撃的過ぎて、ヴィンセントは自分が立ち止まっていることにも気付いていなかった。

（今、手を繋いでいたのか？　オリアナとターキーが？　何故？　――僕とさえ手を繋いだことなんて、ないのに？）

オリアナは、ヴィンセントの背に乗っかってきたり、腰にしがみついてきたり、腕を絡ませてきたりすることはあっても――手を繋いできたことは、一度もなかった。

まるで節度を保っているから、怒らないでと言わんばかりに。

手袋もしていない学校生活では、手を繋げば当然、互いの素肌が触れあう。素肌の触れあいは、言うまでもなく非常に親密な行為だ。平民とはいえ、あのエルシャ家の娘が、そのことを教育されていない訳がない。

（たった数日しか離れていないのに？　誰にでもそんなことを？）

混乱した頭は何故か先日、杖作りの実習中に楽しそうに会話しているオリアナを思い出した。

タンザナイトという単語が聞こえ、心が弾んだ。タンザナイトは、紫竜《しりゅう》公爵家の守護石だ。

ヴィンセントの瞳の色そっくりの石をオリアナが用意した意味を、ヴィンセントは好意的に受け取った。

だが、いざ近付いていくと、なんといって彼女に話しかければいいのかまるでわからなかった。

更には、オリアナは周りのクラスメイトに、新しい恋人を作れと勧められていた。

（それが、ターキーだとでも？）

話しかける口実ができたと喜んでいた分、ヴィンセントは現実に打ちのめされた。オリアナはもうヴィンセントのことなんか忘れて、他の男に目を向け始めているのかもしれない。

胸が焼け付くように痛む。どうしようもないほどに、落ち込んでいた。

こんなにショックを受けている自分が、ヴィンセントは一番意味がわからなかった。

どう言ってミゲルとシャロンと別れたか、ヴィンセントは覚えていない。

ぼんやりとしながら、ヴィンセントが無意識の内に向かったのは、いつもの東棟の小さな談話室だった。

入ってすぐのところにあるソファに、ドカリと座り、項垂れる。

（頼れるのはザレナだけで、愛してると告げるのはミゲルで、手を繋ぐのはターキーで……僕には、命の心配だけ）

ヴィンセントは深い息を肺から吐き出した。ゆっくりとソファの背もたれに体を埋めつつ、顔を上げると、まん丸の二つの目と、目が合った。

「……」

「……」

「ご、ごめん。自習室に行ってるみたいだったから、まさかこっちに、来るとは思ってなくて」

オリアナだった。暖炉の前の、一人がけのソファに座っていたらしい。音もなく座っていたため、先に入室されていたことに気付いていなかった。

（……ようやく入ってきたのか）

皮肉なことだ。あれほど、いつ入ってくるのだろうかと思い続けていたオリアナが、ヴィンセントに用がなくなった頃に入ってきている。

「……君が使っていたのなら、僕は遠慮しよう。ゆっくりしていくといい」

息を呑んだあと、オリアナが貼り付けた笑みは、彼女らしくなく下手くそだった。

よく見ると、目の周りを真っ赤にしている。

（泣いていたのか……こんなところで、一人で）

助けてやりたい。慰めてやりたいと、心底思った。だが、オリアナが今、ヴィンセントと会話を望んでいるとは思えない。

ソファから数歩もない出口に辿り着く。ドアノブに手をかけ、ヴィンセントは逡巡《しゅんじゅん》した。

意地を張り、喧嘩になってしまったのが自分の責任だと、ヴィンセントはわかっている。

その後も上手く話しかけることもできずに、ヴィンセントがいなくても楽しそうなオリアナを見ることができずに、それとなく避けていたのも自分だ。話しかける口実を見つけたのに、勝手に腹を立てて立ち去ったのもまた、自分だ。

そんな自分に何をされても、オリアナは不快に違いない。

(わかっている。わかっているが――)

身の内の勇気を余すことなくかき集めると、決意を持って振り返った。

「……僕に何か、できることはあるか？」

(ないだろう。わかっている)

けれど、聞かずにいられなかった。

(出て行ってほしそうな空気は伝わってる。大丈夫。嫌ならすぐに、立ち去るから)

途方に暮れた顔をしたオリアナが、こちらを見ている。下がった眉に、赤い眦《まなじり》。

心から、何かしてやりたいと思った。助けてやりたかった。

(すげなく断られても、僕が恥をかけばいいだけだ)

涙を隠し、必死に取り繕うオリアナの力になることなら、どんなことだって厭《いと》わずにやる。

オリアナは摩訶不思議な呪文を耳にしたとでもいうように、ぱちぱちと瞬きをした。

「……お願いを、聞いてくれるの？」

「ああ」

「……なら、ならっ。行かないでほしい」

懇願するような強い響きがヴィンセントの心を揺さぶった。そんなことでいいなら、いくらでも聞いてやるのに。ヴィンセントはドアノブから手を離した。

「わかった。どこに座ればいい？」

「……じゃあ、そこ」

オリアナが指さしたのは、自分の座るソファから、テーブル一つ分離れたソファだった。

言われたとおりの場所に、ヴィンセントは大人しく腰掛けた。

ヴィンセントが素直にいうことを聞くと思っていなかったのか、オリアナは何故かオロオロとした。居心地悪そうに視線をさ迷わせたあと、そっと自分の座っていたソファに座り直す。

沈黙が流れる。けれど不思議と居心地はよく、ここ数日間で一番穏やかな時間だった。

先ほどまで、むしゃくしゃして仕方がなかったのに、嘘のように心が満たされていた。

この空間には、オリアナとヴィンセントの二人しかいない。

もしかしたら、ずっと眠った振りをして、オリアナがこの談話室に入ってくるのを待っていたのは、自分は無害だと主張したかったからかもしれないと、唐突に思った。

（いや違う。そんなはずはない。害があったのは、オリアナの方だ。いつも抱きついてきたり、思わせぶりなことを言ったり……。だから、一人になりたくて、ここにいた）

オリアナを見る。彼女は一人がけのソファの肘置きに手を置いて、ぼんやりと自分の膝を眺めていた。どうしたらいいのか迷っているような、途方に暮れたような表情だ。

（僕は気にならないが……この沈黙はオリアナには気まずいだろうか。だが、気の利いた言葉が出てこない。何故泣いていたのか聞いていいのかもわからないし……）

一遍にきまりが悪くなってしまった。傷つけたくない相手に優しさを与えるのがどれほど難しいことなのか、ヴィンセントは初めて知った。

（聞きたいことなら山ほどある……ミゲルと何を話していたんだとか、ターキーとは親しいのかとか……最近、困ったことは起きていないかとか……）

その全てが、今話すのに適切な話題かもわからない。あれでもないこれでもないと考えを巡らせたあと、ヴィンセントは乾いた唇を舌で舐め、緊張から掠れた声で言った。

「……薬草畑で」

「へぇあっ」

話しかけたヴィンセントに驚いたらしく、オリアナはソファが揺れるほどびくりとした。

一瞬で、心が挫《くじ》けそうになる。だが、まだうっすらと残っていた勇気を引っ張り出してきて、ヴィンセントは続けた。

「以前、魔法薬学の授業中に、出土した物があっただろう」

「あ、うん。ヴィンセントが見つけたやつ」

（僕が発見したと、知っているのか）

きっと喧嘩をする前だったら、それほど気にならなかった。だが今は、オリアナが知ってくれていたのが誇らしかった。

「あれは竜ではなかったようだ」

「そうなんだ」

「ユニコーンの角の一部じゃないかと聞いた。生え替わりの時期に、ちょうどこのあたりに来ていたんだろう」

魔法生物は人間の前に滅多に姿を現さないが、竜木を好む。ふとした折りに、人間に見られないように立ち寄っているようだった。竜木の近くには、魔法生物の落とす毛や糞が稀に落ちている。

「そっか……見たかったな。ユニコーン」

「僕はごめんだけどね」

魔法生物であるユニコーンは知性が高い故に気難しく、男に懐くことはほぼない。女性、それも処女にしか気を許さず、男が触ろうとすれば、額に生えた鋭い角で刺してくる。

「まだ死ねない」

（来年の春を生き延びて、オリアナを安心させるまでは、死ねない）

言葉の響きから何かを感じ取ったのか、オリアナはぽかんとしてヴィンセントを見たのち、自分の手元に視線を戻した。頰がほんのりと赤みを帯びている。

会話がまた途切れてしまった。軽い話をしようとしていたのに、不用意なことを言ってしまったと、ヴィンセントは後悔する。

「……ひっく」

次はどう話しかけようかと頭を悩ませていると、小さなしゃっくりのような声が聞こえた。

オリアナを見ると、空色の瞳からぼろぼろと涙が流れていた。頰を伝い、顎からこぼれ落ちる。

握りしめた両手は、指先が白くなるほど強く力が込められている。唇は固く結ばれ、嗚咽を堪えようとしているのがわかる。ヴィンセントは咄嗟に腰を浮かし――もう一度腰掛けた。

参っていた。完全にお手上げだった。

自分の失態で泣いたのはわかる。だが、何を言うべきかわからなかった。

自分は死なないから安心しろ？　そんな言葉、一番信用できないのは、オリアナだろう。

世界中の全ての人が信じても、オリアナがその言葉を信じることはない。

（これほど真剣に、彼女の前の人生を自分は信じているんだな……）

信じているつもりだった。正確に言えば、信じようとしていた。彼女の初めての「お願い」だったからだ。だが、心の底から信じていたのかと問われれば、頷くことができなかったかもしれない。

「なん、で……」

涙の隙間から、オリアナの声がこぼれる。

ヴィンセントはハッとして彼女を見た。

「信じてくれるの？　なんでヴィンセントは、いつも、そんなに優しいの？」

体中の熱が、一気に失われていく感覚を初めて味わった。ヴィンセントは背もたれに寄りかかり、目を閉じた。体の内を駆け巡る激情を堪えようと必死だった。

（いつも……？　いつもだって？）

勇気を振り絞ってそばにいたのに。嫌われないかと怯えながら、ようやく優しくできたのに。

これほど真剣に誰かのことに悩み、考え、行動したのは、あとにも先にもこれ一度きりだ。

ヴィンセントがオリアナに優しくしたのは、初めてだ。――なのに。

「君の言う優しい僕は、僕じゃなくてヴィンスだろう」

これまで一人で頑張っていた彼女を責めたくないと、ずっと我慢していた言葉が口をつく。

「君が優しいと思い込んでいるのは、前の人生で君の恋人だった、ヴィンスだ」

（君が好きだと言っている相手も、僕じゃない。僕はただの、ヴィンスの身代わり）

「君が望んでいる、ヴィンスはどこにもいない」

「……やめて」

「この世界には、最初から、どこにもいない！」

「やめて！」

オリアナが叫んだ。血を吐きそうなほどの悲痛な声だった。

膝を抱き、小さくなって丸まる。あまりにも痛ましい姿に、ヴィンセントは歯を噛みしめた。自分で追い詰めたくせに、抱き寄せて、撫でたかった。できる限りの優しさで包んでやりたかった。

だけど、できるはずもない。オリアナがそうしてもらいたいのはただ一人、ヴィンスだけなのだ。

（知っていたはずなのに、突きつけられるとこんなに辛い）

我慢していた思いを告げたというのに、あるのは爽快感ではなく、後悔ばかりだった。

（言わなければよかった）

これほど苦しいなんて、想像もしていなかった。オリアナを傷つけたことの苦しみ。オリアナが愛していたのは本当に自分じゃなかったという苦しみ。そして――

（まさか、僕がオリアナを好きになっていたなんて）

こんな時に、気付かなくてもいいじゃないか。

苦しくて仕方がなかった。

オリアナは、ヴィンスが好きなのだ。

ヴィンスは優しい人間だったんだろう。入学式で会った、すげなくするヴィンセントに、オリアナはどれほど落胆しただろうか。

オリアナはヴィンスから受けた優しさを糧《かて》に、ヴィンセントに付き合っていたに過ぎない。

（オリアナがずっと愛していたのは、彼女に優しくしてやらなかった僕じゃなくて、その男だ）

ヴィンスと比較されれば、悪いところばかりが目立つだろう。きっと彼との思い出は、素敵なものばかりが残っているはずだ。

一生、勝てる相手ではない。

（けれど絶対に、ヴィンスのようには振る舞いたくない。――今、オリアナと対峙《たいじ》しているのはヴィンスじゃない。僕だ）

傷つけたことへの申し訳なさと、慰めてやりたい愛情と、ヴィンスへの嫉妬心がない交ぜになる。

ヴィンスがどんなふうにオリアナの名前を呼んで触れたかなんて、見当もつかない。ついたところで、真似してやるつもりもない。

どれだけ彼女が求めても、ヴィンスらしい優しさは、絶対に与えてやるつもりはなかった。

「……ヴィンセントは」

しばらく膝を抱いていたオリアナが、ゆるゆると顔を上げた。

「……前の貴方と今の貴方が別の人だと思ってるの？　だから、あんなこと言ったの？　私が貴方を通して、ヴィンスを見てると思ってるから？」

「……ああ」

（相づちを打つ度に、思い出す）

オリアナが「ああ」と言う、ヴィンセントの言葉が好きだと言ったことを。

あの時、体中が痺れそうなほど、嬉しかったことを。

（「ああ」なんて相づち、癖のようなものだ。ヴィンスも言ったのかもしれない）

けれどあの時——多分初めて——オリアナはヴィンセントを見た。

「……出会ったかたちや順番が違うだけで、ヴィンスはヴィンセントだよ」

「君の口ぶりからすると、とてもそうは思えないな」

自分でもわかるほどにその声は拗《す》ねていて、ヴィンセントは恥ずかしくなった。案の定、オリアナが困った表情を浮かべる。

「でも……私は、貴方のことも好きなんだよ」

「ああ、そう。それはどうもありがとう。とっても嬉しいね」

皮肉に聞こえるよう、精一杯虚勢を張る。ヴィンセントは顔を伏せた。

（この世界のどこに、好きな女に「貴方のことも好き」だなんて言われて、喜ぶ男がいる？）

心では悪態をついているのに、顔は正直だった。二の腕で、顔を隠す。

（くそっ）

たった一言で、このところずっと溜まっていた心の淀みが消えていく。

ヴィンスを好きな彼女が、もしかしたら自分のことも好きになってくれる未来があるんじゃないかと——そんな風に頑張ってもいいんじゃないかと、期待してしまう。

「ヴィンセント」

「なんだ」

「違う人を重ねられるのは、いい気分じゃなかったと思う。私の態度がそう思わせてたなら、これからは気をつける。だから……」

　オリアナの声に引き寄せられるように、ヴィンセントはオリアナの顔を見た。頬も唇も、美味しそうなほどに赤かった。

「だから、仲直り、しよう……？」

　オリアナの震えた声が、ヴィンセントの胸を叩く。大きな瞳が、また潤み始めた。

（何故ヴィンスが、覚悟を決めて彼女と恋人になったのか、今はっきりとわかった）

　元が自分と同じなら、気まぐれにオリアナに手を出してはいないはずだ。

　男と違い、女性の評判が落ちるのはたやすく、取り返しがつかない。

　ということは、ヴィンスはオリアナとの将来まで視野に入れて、恋人になったに違いない。

　これまでそこを上手く呑み込めていなかった。ヴィンセントには、抱える物が多すぎたからだ。

　土地、領民、家族の期待、血統――その全てとどう折り合いをつけて、ヴィンスが彼女を恋人にしたのか、よくわかっていなかった。

（だけどオリアナはきっと、僕を埋める。僕に足りないことを、埋めてくれる）

　だからヴィンスは決断したのだ。

（他人に全てを求められる僕が、唯一、自分から求めるものを、彼女に決めた）

　抱きしめたくて仕方がなかった。だけどまだ、その権利は、自分にはない。

　眉間に深く皺を寄せ、ヴィンセントは項垂れる。

「僕から言うべき言葉だった。君に言わせた。すまない」

「喧嘩のことを、ごめんね、って意味？」

「そう、取れなくもない……」

「じゃあ、元に戻れる？」

「元には戻りたくない」

オリアナがショックを受けた顔をする。

「言ったとおり、もう君に守られたくない。僕の死に関係することにも、関わってほしくない。それと、好きだとも、やはりまだ言われたくない」

ヴィンセントの主張が何も変わっていないことがわかると、オリアナはむっとしたように口をへの字にした。

「……じゃあ、なんでごめんねって言ったの」

謝るということは、反省したからだ。反省したということは、言っていたことを取り下げるという意味ではないのかという思いが、オリアナのじっとりとした目から伝わってくる。

すい、とヴィンセントはオリアナから視線を逸らす。

「――僕が謝るべきだったと言ったのは、君の誤解を否定しなかったからだ」

「なんの？」

「……そばにいるなとは、言っていない」

小さな反抗心だった。

それがここまで、事態をややこしくした。

だからヴィンセントは素直に言った。こんなに真っ直ぐな言葉を使うのは、慣れていなかった。自分の顔に血が集まっていくのがわかる。熱くて仕方がない。

いつまでたっても、オリアナは何も言わなかった。不審に思い、ヴィンセントが顔を上げる。

オリアナはじっと、ヴィンセントを見ていた。真っ赤な顔をして、目を潤ませて、体中の力が抜けたような、柔らかくも甘い笑顔を浮かべて。

「……ありがとうっ。ヴィンセント！」

「っ――」

ヴィンセントは咄嗟に顔を逸らした。直視できるはずもない。喉を生唾が通る。

(くそっ……たまらなく、オリアナにキスがしたい)

抱き寄せて、キスをしたかった。髪に手を入れ、彼女の香りを嗅いでみたい。

いつの間にか息を止めていたことに気付いて、気付かれないようにそっと吐き出した。浅く呼吸を繰り返し、オリアナに視線を戻す。

オリアナを見た瞬間、跳ね回っていた気持ちが、落ち着きをみせた。

彼女はソファの肘掛けにもたれかかるようにして、体を預けている。

「……どうした？」

「なんか、ほっとしたのか……体が、だるくて」

その声は微かに震えていた。ヴィンセントは慌てて立ち上がり、オリアナの体を支える。

「触れるぞ」

一声かけると、オリアナがこくんと頷く。手のひらをそっと、彼女の額に当てた。

「熱い。君、熱があるじゃないか」

「そうだったんだ……朝からなんか、ちょっと変だなとは思ってて」

額は熱く、汗ばんでいた。呼吸は浅く、呼気も熱い。首元が汗に濡れ、髪が張り付いている。目が潤んでいたのも、唇や頬が赤かったのも、熱のせいだったのだろう。

十六歳の男子としての健康な情欲を隅に追いやり、ヴィンセントはオリアナに尋ねる。

「立てるか？　医務室に行こう」

「ちょっと……今は無理かも。もう少し落ち着いたら、行く」

だから、ヴィンセントは先に帰っててもいいよ。掠れた声で続ける。

ヴィンセントはかなりイラッとした。オリアナは、こんな風になっている人間を、ヴィンセントが置いて行くのだと思っている。

（いやそれも、僕の接し方のせいだ……）

置いて行くはずがないのに。

ヴィンセントはオリアナのそばに膝をついた。ローブを脱ぎ、オリアナのスカートの上にかける。

「なるべく触れないようにする」

「へ？」

ヴィンセントはローブでオリアナの足を包むと、膝の裏に手を入れた。背中にも手を回し、ぐいっとソファからオリアナを持ち上げる。

「……!?」

オリアナは目を白黒させて、ヴィンセントを見た。ヴィンセントの胸元にあるオリアナの顔が、どんどんと赤くなっていく。

「ななな、なななな」

「悠長にしていたら、医務室が閉まる」

「そん、ななん、ななな」

オリアナは両手を突っぱねて、ヴィンセントの胸を押した。予想していなかったオリアナの動きで、さすがにヴィンセントもバランスを崩す。

その隙を逃さず、オリアナは地面に降り立った。しかしそのまま、膝が崩れ落ちるようにへたり込む。慌ててヴィンセントが支えなければ、ソファやテーブルに顔を打ち付けていただろう。

「危ないっ……何をしてるんだ」

「だって、だって」

「だっても何もない。歩けないんだろう？」

（いつもは自分から抱きついてくるくせに、何を言っているんだ）

呆れたヴィンセントがもう一度抱き上げ、露出したオリアナの肌にローブを掛ける。オリアナは自分の顔を、両手で覆った。

「嘘。無理、本当に無理。お願い、そうだ。ミゲル、ミゲルを呼んできて……！」

「……――は？」

震えながら切望するオリアナに、ヴィンセントは低い声を出してしまった。しかしそんなことも気にならないようで、オリアナはヴィンセントの腕の中で、なんとか丸まろうとする。

「ここで待ってる。ミゲルを呼んできてくれれば、ちゃんとだっこされて行くから」

「……」

「お願い無理、ほんとに、無理」

ヴィンセントは無言で歩き始めた。振動からわかったのだろう。オリアナがついに泣き始めた。

「無理って、無理って言ったのに」

「僕は無理じゃない」

(何が嬉しくて、好きな女を他の男に任せなければいけないんだ)

苛々しつつ、ヴィンセントは大股で歩いた。バランスを保ったまま、小さな談話室のドアをなんとか開け、廊下に出る。

「うっ、うっ、やだ、やだよう。無理」

ヴィンセントの胸に顔を埋めながら泣くオリアナに、額に青筋を浮かべた。

「抱きにくいから、手を回してくれないか」

「無理……無理……」

いつまでもヴィンセントを受け入れないオリアナにじれ、ヴィンセントは立ち止まった。片方の足を上げ、オリアナを落とさないように気をつけながら、彼女の手首を握る。びっくりするほど熱く、力が入っていない彼女の腕を、ヴィンセントは引っ張った。手のひらで隠されていたオリアナの顔があらわになる。

オリアナの表情を見て、ヴィンセントは息を呑む。

熱のせいだけとは思えない真っ赤な顔で、オリアナがヴィンセントを見上げている。

瞳は潤み、眉は下がりきっていて、唇は吸い付きたくなるほど甘そうだった。

「む、無理……だから、無理って言ったのに」

ポロポロポロと、また涙がこぼれる。

「け、化粧も落ちちゃって、絶対ファンデ浮いてるし、絶対パンダだし……こんな髪で、やだ、やだよう……」

「……君は、いつだって可愛い」

「嘘だー！　ずっと言ってほしかったのに、こんな場面で言うわけない！　絶対慰めだもん、わかってるもん、やだ、うう……やだー」

「やだやだ言わないでくれ……」

どう慰めていいかわからず、途方に暮れた声が出た。あまりにも可愛い姿に、苛立ちなんて、とっくに消え去っていた。

「わかった。なるべく顔は見ない。だから、腕は回せるな。な？」

「ううう……」

オリアナが呻き声を上げながら、ヴィンセントの首に手を回す。ヴィンセントは、宝物を抱くほど慎重に抱えなおすと、ゆっくりと歩き出した。ヴィンセントの首元に顔を寄せたオリアナが、熱い吐息を漏らす。オリアナの髪や息が触れる感覚に、鳥肌がおさまらない。

「うっ、うう、ミゲル……」

（ああ、だから）

頼むからもう、他の男の名前を呼ばないでくれ。

　　　　∴　∴　∴　∴

医務室のベッドで横になっているオリアナを、ヴィンセントは椅子に座って見ていた。校医のサイラス先生は、オリアナを医務室に宿泊させるための手配に出ている。

医務室に着く前に、オリアナはヴィンセントの腕の中で眠りについた。眠ったオリアナを抱えたヴィンセントにサイラス先生は驚いていたが、彼女の症状を見るとすぐにベッドを用意してくれた。

ただの風邪とのことだ。心身が疲弊していたのだろうと続いた診断に、ヴィンセントは心を痛めた。自分との軋轢《あつれき》が、彼女にどれほどのストレスを与えていたのかを知る。

眠っているのに、オリアナの呼吸は荒かった。額に浮かぶ汗を、せっせと濡れた布巾で拭き取る。耳の裏の汗をとっている時、手首を摑まれた。声が出そうなほどに驚く。ふとオリアナの顔を見ると、真っ赤な顔がこちらを見つめていた。

息は荒く、眉は苦しそうに歪んでいるのに、オリアナは世界一幸せだとでもいうように笑った。

「……ヴィンス」

息が止まる。体が硬直していた。

「ヴィンスッ……」

オリアナが起き上がろうとする。ヴィンセントは慌てて肩を押して、ベッドに留めた。髪が無造作に枕の上に広がる。押し倒している格好も手伝い、ひどく扇情的に映った。

「やっと会えた。ずっと……会いたくて……」

握っていたヴィンセントの手首を動かし、オリアナは自分の口元に持って行った。ヴィンスの気配を、少しでも多く吸い込もうとするかのように。

ヴィンセントの心は乱れていた。

先ほどお互いに本音をぶつけ合って話したことが、無駄だったとは思いたくない。

だが、どれほどヴィンセントが願っても、言葉を尽くして伝えても、きっとオリアナがヴィンスを求めない日は来ないことを、明確に突きつけられた。

自分の気持ちに折り合いがつけられず、ヴィンセントはされるがままだった。

オリアナがしたいようにすればいいと、半ば投げやりな気持ちで手を差し出す。

手にかかる息の熱さ。濡れた唇の感触。話す度に触れる歯。その全てを味わいたくなかった。

苦々しい思いで我慢をしていると、オリアナの口からぽつりと言葉がこぼれた。

「ヴィンス――ごめんね」

オリアナの肺が、布団越しでもわかるほど、大きく上下している。

「ごめんね、助けてあげられなくて」

オリアナの声は掠れ、震えていた。荒い呼吸が、言葉の隅々に挟まれる。

「もっと早く……私が、私が行っていたら。ヴィンス……ヴィンス……」

我慢ならなかった。悲痛な胸の内に、ヴィンセントの胸が締め付けられる。

（それは僕ではない）

けれど――

「オリアナ」

初めて呼んだ彼女の名前は、何故か驚くほど、自分の声にしっくりときた。

「何も心配はいらない。僕はここにいる」

「ヴィンス……」

「そうだ」

ヴィンセントは握られていない方の手で、オリアナの髪を撫でた。一つの恐怖も不安も感じさせないほど、優しく甘い声を出す。

「大丈夫。しー……ほら、おやすみ」

「ヴィンス……ヴィンス……」

「ああ……」

ああ、ともう一度呟いた。オリアナに握られている手に力を込める。

（オリアナに前世を打ち明けられたあの日、僕はこう言ってあげなければいけなかったんだ……）

自分の不甲斐なさに、吐き気がしそうだった。

「僕が死んだのは、君のせいじゃない」

ヴィンセントは、できる限り優しくオリアナの髪や頬を撫でた。

「君に使命なんてない。記憶を持ったままもう一度巻き戻ったとしても君がしなきゃいけないことなんて、何もないんだ。君はただ、幸せになっていい――幸せになってほしい、オリアナ」

（この言葉を言えるのは、僕だけだったのに）

涙を流しながらオリアナがゆっくりと笑い、目を閉じる。

しばらく待っても、その目は開かなかった。呼吸はまだ荒いが、眠れているのだろう。

息をついた。とても長く、重い息だった。

ヴィンセントは、サイラス先生が戻ってくるまで、オリアナの髪を撫で続けた。
オリアナがただ穏やかに眠れることだけを、祈っていた。

四章　最高の誕生日

冬の細やかな日差しが床を照らす。王都にあるエルシャ邸の自室で、オリアナは空色の瞳を輝かせながら、一枚の封筒をぷるぷると震える両手で握っていた。

「へ、返事が、来た……」

オリアナ・エルシャ。本日十七歳になったばかりの、ぴちぴちの魔法女学生である。

ラーゲン魔法学校は長期休暇がある。アマネセル国の社交にあわせ、シーズンオフの秋の中月《じゅうがつ》から冬の始月《じゅうにがつ》までの三ヶ月間だ。遠方から通っている生徒も、この時ばかりは故郷で家族と過ごす。

生徒達は主に、魔法で動く船で帰省する。船といっても、海上を走るわけではない。国にぐるりと敷かれた線路の上をすいすいと進む船は魔船路《ませんろ》と呼ばれ、特等、一等、二等とランク別に客席が設けられている。魔法で動く船は速くて快適だ。天候にも左右されないため、国の代表的な交通手段として広く利用されていた。

線路は国の端から端まで網羅しているわけではないが、主要な都市は必ず通るように設計されていて、ヴィンセントの地元でもある紫竜領《しりゅうりょう》にも魔船路が停まる駅がある。

その紫竜領から魔船路に載ってえんやこらと、この手紙はやってきた。

「オリアナ、ちょっといいかしら。――あら。手紙？」

オリアナの部屋に入ってきたのはヤナだ。近隣国からの留学生である彼女は往復に時間がかかるといって、長期休暇でも帰国しない。この数年、長期休暇中はホテル滞在をしていたヤナを「最後なんだし、うちに泊まってよ」とオリアナは誘った。

ラーゲン魔法学校で過ごす最後の長期休暇の間、ヤナとアズラクはエルシャ家に滞在している。

「えへ……えっへへっへ……」

「ふふふ」

しまりのない笑みが抑えられないオリアナを見て、ヤナもくすくすと笑う。

「タンザインさんから、ようやく返事が届いたのね」

オリアナはにこっと笑って頷いた。そう。長期休暇中、飽きもせずせっせこせっせせことヴィンセントに宛てた手紙の返事が届いたのだ。まさかの今日、この日に。

なんて素敵な誕生日だろうか。山のように積まれた誕生日プレゼントを受け取り、家族とヤナ達に祝ってもらえただけでも嬉しかったというのに、これ以上ないプレゼントをもらってしまった。

手紙を送っていたにもかかわらず、オリアナは返事が来るとは思っていなかった。これまで接してきた四年間でそんな期待は跡形もなく消え失せていたし、オリアナ自身もたいしたことを手紙に書いていなかったからだ。

そして、更に、手紙を持ってきた人物にもオリアナは驚いていた。

「ミゲルが持ってきてくれたの」

「フェルベイラさんが？　まあ。ならゆっくり読んでいて。私がお相手をしておくわ」

手紙を持ってきてくれたのは、ミゲル・フェルベイラだった。フェルベイラ家の治めるヒドランジア伯爵領は、紫竜《しりゅう》領に隣接している。幼馴染みでもある二人は、こまめにやりとりをしているのだろう。用事があったのか田舎に飽きたのか、一足先に王都に戻って来たミゲルが、ヴィンセントからの返事を持ってきてくれたのだ。

「ありがとう！　ヤナ、ありがとう！　好き！」

「ふふ、私もよ」

ヤナが軽い足取りで部屋を出て行く。客人をほったらかして自室に上がるというとんでもないマナー違反をしたのは、ひとえにミゲルが「読んできていいよ」と言ってくれたからである。

「そんな、でも、だって」とは言いつつ、足先がドアに向かっていたオリアナに、ミゲルは手を振ってくれた。オリアナはもちろん、大きく手を振り返して、階段を走って上った。

ペーパーナイフでゆっくりと封を切る。ピリリ、と乾いた音がして便せんが開く。

ミゲルがわざわざエルシャ家に寄り、手紙を持ってきてくれたのは、一番にオリアナに読む権利を与えてくれるためだろう。

普通に投函してしまえば、まず読むのはエルシャ家に届く手紙を全て管理している、執事になる。中身を確認するのは執事の大切な仕事だ。文句はない。文句はないが、やはり愛しいヴィンセントからの手紙は一番に読みたいのが乙女心というものだ。

あの談話室での一件があってから――あの羞恥で死にそうな格好で医務室に連れて行ってもらっている途中からの記憶が、ありがたいことにオリアナにはないのだが――オリアナとヴィンセントは、割と上手くいっている、と思う。

全てが完璧に元通り――というわけでは、もちろんない。だが新しい関係が生まれた。

ヴィンセントはオリアナのことをオリアナと呼ぶようになり、友人として接してくれるようになった。これがオリアナは、心底嬉しかった。

彼はオリアナを邪険に扱うことをやめ、オリアナはヴィンセントの主張を受け入れた。互いに思っていたことを伝えられたからか、気兼ねも随分となくなっていた。

特にオリアナは、ヴィンセントのそばにいるため——彼を守るためと四六時中気を張っていたのがなくなった。あれほど強い切迫感が、何故か随分と和らいでいたのだ。

ビンビンに神経を尖らせながら抱えていた事情を、半分ヴィンセントが背負ってくれたからかもしれない。先の見えない暗闇の中を歩いている心地だったオリアナの手を引き、隣を歩いてくれるヴィンセントがいる。それだけで、本当に救われる思いだった。

オリアナは確かな充足感を覚えながら、便せんを取り出す。

オリアナへ——元気だろうか？　随分と賑やかな手紙をありがとう。

あまりにも毎日手紙が届くものだから、領内で少し騒ぎになってしまった僕の苦労も知らず、君は毎日楽しく過ごしていることだろう。

ついにヴィンセントが返事を書かなくてはならない事態になったのは、どうやら連投したオリアナの手紙のせいだったらしい。どういう騒ぎになったかはわからないが、これほど手紙が届いているのに、一通も返事を書いていないヴィンセントを見て、誰かからの忠言があったのだろう。

いい気味だ。にやけた顔のまま、オリアナは続きを読んだ。

おかげで、僕の返信に領内中の関心が寄せられている。

このまま郵便局に預けると、次の日には中身が全て国中に伝わりそうだったため、丁度そちらに戻るミゲルに託すことにした。彼なら君のためにも、封を開けることはないだろう。

そんな友人思いのミゲルを、炭酸ジュースとともに客間に置き去りにしてきたことを思い出し、オリアナは階下に向けて手を合わせておいた。

君への苦情はこんなところにするとして……。実を言えば、君に何を書けばいいのかわからず、返事ができずにいた。君のように面白い毎日を送っている訳でもないし、舞踏会の招待に対する返信のようなものは、求めていないだろう？

そもそも、僕は君がこの手紙に返事を求めているのかもわからなかった。

ヴィンセントに書いていた手紙は、確かに返事がしづらそうな内容だったかもしれない。

果物でジュースを作ったことや、狙っていた織物が安く手に入ったこと、今日食べた麺の種類、ヤナが近所の男の子（五歳）に告白されたこと、それを見たアズラクが決闘を申し込もうとしたこと、爪染めが上手くできたこと、父の真珠の養殖事業が軌道に乗り始めていることなんかを、覚え書きのようにして書いた。オリアナだって、ヴィンセントに毎日手紙を書くネタなんかないのだ。

返事も中身もない手紙を書き続けていたのは、ただ繋がっていたかったからだ。だからオリアナは、内容なんか関係なく、ヴィンセントが返事をくれたことが堪らなく嬉しかった。それに、ヴィンセントがこんな風に自分の本心を言ってくれるようになったことも。


それと……君が心配しないよう、こちらでも医師の診査は欠かしていない。安心してほしい。

始業式の三日前までには、王都に戻る予定だ。

では、また学校で。

——追伸　僕の今日の朝食は、マフィンです。レモンが載っていました。


「はぁ……好き……!!」

手紙を抱き寄せ、面と向かっては言えない言葉を呟く。ヴィンセントに直接「好き」と言えないのが、日々辛くなっていた。

(マフィン、可愛い。死んじゃう。追伸に、わざわざマフィン、書いてくる？　レモン。嬉しかったんだな。可愛い。死んじゃう)

オリアナはもう一度手紙の末尾を読んだ。


——追伸　僕の今日の朝食は、マフィンです。レモンが載っていました。


「あああ、可愛い、好き……!!」

手紙を持ったまま、オリアナは身もだえた。

　……………


「ミゲルッ！　ありがとう！　改めて、いらっしゃい！」

手紙を読み終えたオリアナは、飛び跳ねるようにして客間に入った。

ヴィンセントとの仲直りの副産物に、もちろんミゲルとの交友の復活も入っている。

「さっきも言ったけど、元気そうでよかった」

客間に入ったオリアナを立って出迎えたミゲルにスカートの裾を持って礼を示すと、ミゲルも手を胸元に当て、腰を折る。

「元気元気！　ヤナとアズラクがいてくれるから毎日楽しいし。どうぞ座って」

ミゲルはにまーと笑うと長椅子に腰掛けた。女の子の家を訪ねるからか、いつもより丁寧に髪を梳《す》き、友人の家を訪れるに相応しい服装をしていた。飴も咥えていない。

「ザレナもいたんだ」

「そりゃもちろん。ヤナがいるんだもん。アズラクは厩舎かな？」

「そう。こちらの馬の飼育法を教わっているの。国ではいつも馬で駆けていたから、馬と一緒にいられて、アズラクも楽しそうよ」

ミゲルの接待役を引き受けてくれていたヤナの隣に、オリアナも腰掛ける。使用人により、すぐにオリアナの分の紅茶も運ばれてきた。

「ミゲルはどうしてこっちに？」

「親父に用事を言いつけられた。わざわざもう一度領地に戻るのも馬鹿らしいし、こっちに戻ってくることにしたんだ。にしても、オリアナん家、でかくて新しくてびっくりした。うちもでかいけど、もう何百年も使ってるから、むちゃくちゃ古いんだよね」

高貴な人々ほど、古い文化に重きを置く。魔船路の開通が予定より随分と遅れたのは、脈々と血筋を受け継ぐ貴族からの反発があったせいだというのは有名な話だ。

エルシャ家は所謂《いわゆる》成金だ。しかし父は、商人であることに引け目を感じていない。そのため、貴族にどれほど嫌な顔をされようとも、王都に最新の建築法で豪邸を建てた。

「えへへ。パパが頑張ってくれてるから。もしよければパパにも会ってあげてよ。きっと喜ぶ」

「俺でよければいつでも。未来の旦那様として紹介する？」

「……っは！　ミゲルが金髪のカツラを被って、ヴィンセント・タンザインですって名乗って、外堀を埋めちゃうっていうのはどう……？」

「オリアナ。穴しかないわ、その作戦」

美味しい紅茶と菓子に舌鼓を打ちながら、三人がしばらく他愛のない会話を楽しんでいると、ミゲルがオリアナをじっと見つめた。

「どうかした？」

「実はねオーリィ。俺がここに来たのは、ヴィンセントの手紙を届けるためだけじゃないんだよね」

「お父様から言付かった用事があったのでしょう？」

「それは王都に戻ってきた理由。オリアナの家には、また違う理由で来たんだ」

じっと見つめるミゲルの視線は、オリアナから外れない。オリアナも見返した。ミゲルはヴィンセントと並んでいても引けを取らない美貌の持ち主で、王立劇団の主役に選ばれてもおかしくないほど整った顔立ちだ。あまりの熱視線に、オリアナは居心地が悪くなる。

「えっと……それじゃあ、他の用事って？」

「オリアナ。俺の恥ずかしい告白、聞いてくれる？」

オリアナはソファの上でびくんと跳ねた。隣に座るヤナの瞳が、キランと光る。

「え、う、うん」

ミゲルは真顔でオリアナを見つめ続けている。

（えっ何その表情……えっ、告白って、いや、いやいやいや、そんな空気になったことないし、え？　ヤナも隣にいるし、うちの客間だし、いや、まさか……ねえ?!）

オリアナは冷や汗をかいた。もし万が一ミゲルに告白なんてされてしまったら、オリアナは大事な友人を一人失ってしまうのだ。

「俺――」

（どうしよう、告白されるぐらいなら、席を立ちたい。不誠実だってわかってるけど、ミゲルとはどうか、友人のままでいたい）

「実は――」

「ミゲル、あの――」

「パジャマ。持ってきたんだ」

オリアナは弾かれたように顔を上げた。ミゲルはにっと口の端をつり上げている。彼の表情を見た瞬間全てを悟ったオリアナは、拳を握りしめた。

（絶対っ……私に勘違いさせるつもりで言った……！　絶対言った……!!）

このいたずらっ子の頭をペシンと殴ってやりたかったが我慢した。オリアナちゃんは優しい女の子なのである。

「……ん？　パジャマ？」

遊ばれて憤慨していたオリアナは、首を傾げた。目の前のミゲルも、同じポーズをとっている。

くそう、可愛い。可愛いミゲルを見て、いつだかの記憶がよみがえる。

『ま、わかったろ。女子会したくなったら、誰に招待状送ればいいのか』

「ミ……ミゲル！」

ヴィンセントと喧嘩をしていた時、ミゲルはわざわざオリアナを追いかけてきてくれた。そして、味方をしてくれると言いに来てくれたのだ。

あの時の感動が蘇り、感極まってぷるぷる震えるオリアナに、ミゲルが照れくさそうに笑う。

「招待もされてないのに来ちゃったけど」

「忘れないで、ミゲル。長期休暇中の私はただの商人の娘で、貴方は由緒正しいヒドランジア伯爵家の長男。女子会の招待状を送るには、ちょっと高値の花すぎる」

身分の垣根がないラーゲン魔法学校内とは違い、長期休暇は皆、己の身分にあった生活を送っている。伯爵家の嫡男に個人的に遊びに来いと誘うには、オリアナの身分が竜木一本分ほど足りない。

「来てくれて嬉しい。何が好き？　シャンパン？　それともワイン？　父の秘蔵のブランデーでも、なんでも出すよ！」

オリアナが満面の笑みで言った。

第一回、パジャマパーティーinエルシャ家の開催が決定した瞬間である。

庭に広げた絨毯《じゅうたん》に、木から垂れ下げられた何枚もの布。地面には花びらが撒かれ、近くにある噴水からせせらぎが聞こえてくる。室内からはソファが運び出され、テーブルに乗り切らないほどの菓子や軽食が並べられた。ガラスのグラスに注がれているのは色の濃い果実酒。異国から取り寄せた香炉からは、スパイシーでいて甘い香りが庭に煙る。

無数の小さな魔法灯《ランプ》が枝や衝立にかけられ、ふんわりと場を照らした。

パジャマパーティーをしてもいいか、とオリアナは気軽に父に許可をもらいに行ったのだが、随分と大がかりなものになってしまった。

それもそのはず。招待するのは、伯爵家の嫡男と他国の王女だ。エルシャ家が主催する〝パーティー〟と名がつく場で、貧相なものは許されない。

とはいえパジャマパーティーだ。晩餐会や舞踏会のような会場を設営するのもおかしな話だろう。そこでヤナが、エテ・カリマ国でよくある形の、庭での座卓式の会席はどうかと提案してくれた。

会場の出来映えに、ミゲルとヤナは満足してくれているようだった。

屋敷中から集めたクッションを置き、パジャマ姿でオリアナは絨毯の上に座っている。

「お誕生日おめでとう、オリアナ」

「おめでとう」

「ありがとう。会えただけで嬉しかったのに、こんな風に祝ってもらえてめっちゃ嬉しい」

カチン、と果実酒の入ったグラスを交わし、それぞれが口をつける。

「そのパジャマ、とても可愛いわね」

「新品を下ろしてみました！」

ヤナに笑顔を向けると、オリアナは立ち上がり、くるんと回って見せた。オリアナもヤナも、それぞれ一番好きなパジャマを着て、記念すべき第一回パジャマパーティーに臨んだ。ヤナはアズラクによって、パジャマの上から分厚いカーディガンを羽織らされている。

「ヤナもミゲルもめっちゃ似合ってる」

既にオリアナによって編み込まれている髪を、ミゲルが手でぴょこりと揺らす。彼が持参したパジャマは中性的なデザインで、男性の寝間着姿という雰囲気ではなかった。ミゲルのことだから、配慮してくれたのだろう。

「ねえ。なんでミゲルはそんなに気が利いて、顔も格好よくて背が高くて伯爵家の息子なのに、浮いた話の一つもないの？」

年頃の男の子にしては不自然なほどに、ミゲルから恋の気配を感じたことがなかった。

ミゲルの色恋沙汰を耳にしても、大抵は噂が一人歩きしているだけというオチだ。既に相手が決まっているのかと思ったが、婚約者はいないらしい。

「ヴィンセントにべったりだから？」

「えっ……。ミゲルってば、オリアナちゃんの超強力なライバルになっちゃったりする……？」

ミゲル相手に勝てる気はしない。絶望するオリアナにミゲルは笑う。

「オリアナのこと応援してるよ」

上手く躱《かわ》された気がする。自分の恋愛のことは話したくないのかもしれない。ミゲルとの友情のために、話を変えることにした。オリアナはグラスの中の果実酒を揺らす。

「パジャマパーティー略してパジャパに、アズラクも参加しちゃえばよかったのに」

果実酒が喉に流れる。甘く、スッとした香りが口に広がった。

「編み込める髪があればよかったのにな」

「まぁ。アズラクにフェルベイラさんと同じ愛想を期待するのは、酷というものよ」

女子会と聞いて潔く参加を辞退したアズラクを見る。彼は少し離れた場所に立ち、使用人達とこちらを見守っている。

（参加はしないけど、ヤナを止めもしないんだよなぁ）

愛想はないが融通は利く。アズラクが頭が固いばかりのただの護衛でないのは確かだ。そして、ヤナを大切に思っていることも。

「せっかくの席なんだし、是非ミゲルと呼んでほしいな」

「ありがとう、ミゲル。私もヤナでかまわなくてよ。同じ、オリアナの初めてをもらった者同士、仲よくしましょう」

「ヤナ、言い方。含みが凄い」

初めてなのはパーティーの主催なのだが、なんだかいかがわしい会話に聞こえる。ヤナは「ふふふ」と笑うだけで流してしまった。

オリアナはナッツに手を伸ばす。少し炙ったナッツは香ばしくて美味しい。

「そういえばミゲルは、アズラクの試練に挑戦しないの？」

ふと、試練は男子生徒の間では有名だという話を思い出した。基本的に、ヤナはいつも決闘に立ち会う。真剣を使わないとはいえ、荒事であるには変わりない。ヤナは決闘で少しでもアズラクが怪我を負っていれば、必ず医務室まで付き添った。

「ヤナをお嫁さんにもらえるってやつ？　俺は、可愛い女の子から求婚されたい派だからなー」

「あら、挑んでくれないの？　残念だわ」

「姫の望みとあらば、いつでも参戦致しますよ」

果実酒の入ったグラスを掲げたミゲルに、ヤナも笑いながらグラスを当てる。

チンッと綺麗な音が、宵闇の庭に響く。乾杯は何度してもよいものだ。

「ふふ、なら私の騎士に特別な情報よ。アズラクは朝が弱いの。挑戦するのなら早い時間が狙い目よ」

オリアナは一度、朝早くにアズラクを頼ってしまったことを思い出し、申し訳なさからそっとアズラクを見た。直立したアズラクは、無表情のままじっとこちらを見つめている。

「それでもザレナが負けるわけないって、信じてるんだ。愛だね」

ミゲルが、ここにだけ聞こえるような小さな声で、そう言った。オリアナはヤナを見る。

ヤナは笑っていた。これまで見たどんな笑顔よりも柔らかく、優しい笑みを浮かべている。

ヤナの周りで光るランプが、彼女をよりふんわりと照らす。

「ええ」

酒に溶けるような声だった。優しくて、何故かとても切なくて——オリアナは果実酒をぐいっと飲んで、ヤナの隠したがっている気持ちに気付かない振りをした。

その後もそれぞれのペースでゆったりパーティーを楽しんでいると、執事が声をかけてきた。

「お嬢様。玄関にお客様がいらっしゃってます」

「こんな時間に、私に？」

「お断りしたのですが……では客間にと勧めても、すぐに帰るからと固辞なさっていて……」

「わかった。すぐに行く」

オリアナが立ち上がると、酔いで少しばかり体が揺れた。オリアナを心配したミゲルが咄嗟に手を伸ばす。

「ありがと。ちょっとごめん。すぐ戻るね」

「ゆっくりしてきていいよ」

「ええ～？　私抜きで何かいいことする気なの？」

手を振るミゲルに笑って言うと、オリアナは執事と共に室内へと戻った。

正面玄関まで歩いている最中に、オリアナは悲鳴を上げる。

「わぁ～～～!?」

執事は驚いて立ち止まり、オリアナを振り返ったが、その場にオリアナはもういなかった。興奮した犬よりも速く執事の横を通り過ぎ、玄関にいる人物に飛びかかっていたからだ。

「ヴィンセント～!?」

「オリアナ、なんて格好でっ――――！」

「なんで!?　どうして!?　わー！　やったー！　嬉しい～！」

走ってきたオリアナを難なく受け止めたヴィンセントは、目を白黒させながらオリアナの背を叩くと肩を押し、体を引き剝がした。

またしがみつこうとしたが、腕を突っ張られて止められる。友人と認められてからというもの、接触は禁止されていたが、たまには黙認されることもある。しかし今日は完全にＮＧのようだ。ヴィンセントの表情は厳しく、突っ張った腕は断固として曲がらない。

舌打ちしてオリアナが引き下がる。ヴィンセントはあからさまにほっとした。自分の上着を脱ぎ、パジャマ姿を隠すように、オリアナの肩にかける。

その様子で、オリアナは自分が着ていた服を思い出した。ヴィンセントのかけてくれたコートを開いて、パジャマを見せつける。

「見てこれ。可愛くない？　おニューなの」

「ああ、可愛い可愛い」

顔を逸らして目を閉じたまま言うヴィンセントに、オリアナが詰め寄る。

「見てないよね⁇　ちゃんと見て⁇」

「もう見た。わかった。とても可愛い。頼むから前を閉じてくれ」

薄目でちらりと見てまた目を瞑ったヴィンセントに、仕方なくオリアナは従った。パジャマと言っても露出が多いわけでもない、ただのルームウェアだ。

（せっかく、いつもは見てもらえない私を見てもらおうと思ったのに）

オリアナが渋々従ったのが表情から伝わったのだろう。前をしっかりと留めたオリアナに、ヴィンセントが苦笑を向ける。

「先触れもなく、夜分にすまない。ミゲルがお邪魔していると聞いて……」

「ヴィンセントならいつでも大歓迎だよ。ミゲルに用事？　呼んでこようか？」

「あいつ、本当にまだ……すまなかった。すぐに連れて帰る」

ミゲルに用事があったのか。オリアナは後ろで待機していた執事に目線を送る。執事は心得たように礼をし、庭に向かった。

「ミゲルが来るまで、客間で待とうよ。温かいのと冷たいの、どっちがいい？」

飲み物を用意させようとするオリアナに、ヴィンセントはかぶりを振った。

「いや、すぐに暇《いとま》する」

「急いでるの？」

「もう夜も遅い」

「気にしないのに」

「気にしてくれ」

どうやら折れなさそうだ。オリアナは玄関にある長椅子に座り、隣の席を叩く。ヴィンセントはやむを得ず、オリアナの隣に座った。

「ねえ、レモンのマフィンはいつ食べたの？」

ミゲルが来るまで、二人きりだ。オリアナは足をぶらぶらさせながら聞いた。ヴィンセントが目を見開いてオリアナを見る。椅子は短く、二人の距離はかなり近い。ヴィンセントが顔をこちらに向けた際に、肩と肩が触れあった。

「もう読んだのか」

「もちろん。とっても嬉しかった。お返事ありがとう」

既に読まれているとは思っていなかったのか、ヴィンセントはまごまごとした。

「……食べたのは、昨日だ」

「え？　じゃあ本当に急に、王都に帰って来たんだね」

昨日書いたという手紙には、まだあと二週間ほどは領地にいると書かれていた。

「……まあな」

「ミゲルが必要な用事だったの？」

「そうとも言える」

「またそうやって、ふわふわした返事なんだから」

唇を突き出すと、ヴィンセントが狼狽《うろた》える。その時、執事がミゲルを連れてきた。

「よっ、ヴィンセント」

「ミゲル……。君まで、なんて格好を……！」

ヴィンセントが立ち上がり、のんびりやってきたパジャマ姿のミゲルに頭を抱えた。

「思ってたより早かったな。今日は間に合わないと思ってた」

「魔船路《ませんろ》の最終便に無理矢理ねじ込んだ」

「そんな慌てて来なくてもよかったのにー」

「君がエルシャの家に泊まるだなんだと、手紙を送ってきたんだろうっ……！　迷惑をかけているのかと思って――」

どうやらミゲルが迷惑をかけていると思って、慌てて来たようだ。

（そんなことのために、わざわざ領地から⁉）

ぽかんとしてオリアナはミゲルとヴィンセントを見た。確かに今日、オリアナはミゲルを泊めるつもりでいた。晩餐会や舞踏会が開かれた屋敷に客人が宿泊するのは珍しいことではない。

「ミゲル、帰るぞ」

聞いたこともないほど低い声で、ヴィンセントが言う。

「え、やだよ。俺、お泊まりの許可もらってるし」

「帰るぞ」

「えー」

「……」

「ちぇっ」

ミゲルは不服そうな顔をすると、体をぐるんとオリアナの方に向けた。

「じゃあなオリアナ。また学校で。ヤナとザレナにもよろしく言っといて」

「あ、うん。たいしたおもてなしもできなくて……？」

突然の流れについていけていないオリアナを、ミゲルは喉を鳴らして笑った。そしてオリアナの耳に顔を近づける。少しお酒くさい吐息とともに、小さな声が届いた。

「オリアナ、ハッピーバースデー」

オリアナは目をぱちぱちとさせた。

そしてミゲルの言葉の意味がわかると、体中に鳥肌が立つほどの喜びが駆け巡る。

「ミゲルッ……‼　貴方って、本当に最高っ……‼」

「知ってる」

オリアナは親愛の意味を込め、できる限りの笑顔を返す。

（最高の、誕生日プレゼントをもらってしまった）

ミゲルは今日、誕生日のオリアナのために、ヴィンセントを呼んでくれたのだ。

ヴィンセントを領地から誘い出すために、どんな内容を手紙に書いたのかオリアナには見当もつかないが、ミゲルの巧妙な作戦が成功したことだけは確かだ。なんて幸せな誕生日だろう。

上機嫌に口笛を鳴らしながら、ミゲルが屋敷から出て行った。正面のポーチに停めてある、ヴィンセントが乗ってきた馬車のもとまで行ったのだろう。

「では僕も」

二人の意味深な会話を不機嫌そうに聞いていたヴィンセントが、形ばかりの別れの礼を取る。

「待ってヴィンセント。馬車まで見送る」

（このまま別れたくない）

数歩の距離しかないが、そんな短い時間でも、一緒にいたかった。

つい勢いで言ってしまったが、断られると思っていた。だが意外にもヴィンセントは小さく頷く。

「……では、頼もうか」

「……うん！」

（喧嘩って凄い。仲直りって凄い。友達って凄い）

これまでいかに自分が一方的に好意を押しつけ、無理矢理彼の隣にいたのかをまざまざと思い知らされた。今までの彼なら決して、同行を許さなかっただろう。

執事が持ってきたカーディガンを受け取る。借りていたコートを脱いで、ヴィンセントに返したオリアナは、カーディガンを素早く羽織って外に出た。

後ろをヴィンセントがついてくる。木枯らしが吹き、冬の風が頬を撫でる。泣きたいほどの幸福感が、オリアナの胸に広がった。焦れるほどゆっくりと歩いていても、ヴィンセントは急き立てない。隣にやってきたヴィンセントが、同じ歩幅でオリアナの隣を歩く。

ヴィンセントがオリアナを見下ろした。そして理解しがたい、という顔をして尋ねる。

「……こんな格好で、何をしていたんだ」

「酒池肉林」

「しゅ……しゅち……?!」

「冗談だよ。ヤナの国の伝統に倣《なら》って、庭で宴を開いていたの。パジャマパーティーだから、参加者はパジャマだっただけだよ」

ヴィンセントは典型的な貴族だ。もちろん悪いことではないが、慣習を蔑《ないがし》ろにすることを嫌う。

案の定ヴィンセントは渋面を作った。何か言おうと口を開き、閉じる。そして赤らんだオリアナの顔を見た。

「飲んでいるのか?」

「ほんの少し。女子はパパが許した物だけ」

「本当に?」と尋ねながらも、ヴィンセントは答えを知っているようだった。

十七にもなって、親の言うことをいい子に聞くはずがないと、経験則として知っているのだろう。

「——内緒にしててね。ほんとは、ほんの少し、ミゲル用のも舐めさせてもらったの」

「僕は今、子どももいないのに、全国の父親の苦悩を知った気分だ」

共犯者の笑みを浮かべたあとに、ヴィンセントは苦笑した。

「制限するにはそれなりの理由がある」

「男の子はミゲルだけだったし、周りには使用人が沢山いたんだよ?」

「相手が僕じゃない限り、百パーセント安全とは言い切れない」

なんて言い草だ。本当に父親のようなことを言い出した。

「じゃあ今度は、ヴィンセントを誘う」

「そうしてくれ」

鼻で笑われると思っていたのに、ヴィンセントは頷いた。驚いて顔を見ると、やけっぱちな表情をしている。年相応のヴィンセントの表情に、オリアナは言葉がつかえる。

「ほ、本気の本気の本気で誘っちゃうからね⁇」

「いいよ」

「そのいい、は、いいですよ、のいい? それとも、誘わなくてもいい、のいい⁇」

「しつこい。僕はもう帰る」

今までちんたら歩くのに付き合ってくれていたのに、突然ヴィンセントが大股になった。

「待って、待って待って。誘っていい、の、いい、なのね! ありがとう! 言質《げんち》をとったから!」

ヴィンセントの腕を掴み、両足を地面で踏ん張って、引き留める。必死なオリアナを振り返り、ヴィンセントはくしゃっと笑った。

「――死んじゃう……!!」

「ああ」

（めっちゃ好きかよ……いやめっちゃ好き……思わず好きっていうとこだった……）

禁止されている「好き」を言うわけにもいかず、かといってこの感情を自分だけではどうすることもできなかった。

瀕死のモンスターのようになっているオリアナは手をわきわきさせながら、苦悩の表情で身を捩《よじ》る。

ヴィンセントはどこか呆れた目で見た。

「君はそれが素だったんだな……」

「素？　素って？」

「僕のそばにいるために、無理して好意を伝えていたのだろうと思っていた」

「好きって?? 無理して言うにはハードルが高すぎない??」

「そうだな……」

無理していても無理していなくても、あまり嬉しいことではないと思っているらしいことが、ヴィンセントの表情から伝わってきた。

オリアナはヴィンスを愛していた。だから、当然ヴィンセントも好きだった。

そして、ヴィンセントの与えてくれる言動一つ一つにも「好きだな」と強く感じる。

出会ってからずっと、「好き」は増える一方だ。

（なのに言えない。辛すぎる）

ヴィンセントのそばにいたければ、オリアナは友人として許された距離感を守るしかない。

先ほどまでの、身から弾け出しそうな喜びが、しゅんと萎《しぼ》む。それに、いつの間にか馬車まであと数歩というところまで来てしまっていた。

（あーあ……もうたったの、これだけしか一緒にいられない）

今日別れれば、またしばらく会うことはできないだろう。始業式がこれほど待ち遠しいのは初めてだ。御者が馬車の扉を開けるのを合図に、ヴィンセントはオリアナに告げる。

「ここまでありがとう。寒いから、もう屋敷に――」

「ヴィンセント！」

別れを切り出されそうなのが怖くて、焦って勢いだけで叫んでしまった。

既に馬車に意識を向けていたヴィンセントは、ゆっくりとオリアナの方に体を向けた。

「ん？」

優しい声だった。

こんなに優しいヴィンセントの声を聞いたのは、初めてかもしれない。涙が滲む。

彼は、オリアナの言葉を待ってくれている。

こんなに大切で、尊くて、優しい時間を、オリアナは知らなかった。

必死に涙を堪え、オリアナは無理矢理笑う。

「あのね。私、今日誕生日なの」

「そうなのか」

ヴィンセントが驚いた顔をする。馬車に目を向けたヴィンセントは、先に座って待っていたミゲルが手を振るのを見て、苦々しい表情を浮かべる。

「なるほど……僕はミゲルに感謝しなければならないようだ。誕生日おめでとう、オリアナ」

「ありがとう。今日会えて嬉しかった」

「僕もだ」

「それでね、ええと……お誕生日プレゼント、ちょうだい？」

時間を引き延ばすために、苦し紛れに言った言葉だったが、ヴィンセントは心底申し訳なさそうに顔を歪めた。

「すまない。身一つで来てしまって、今は持ち合わせが……後日必ず用意しよう」

「駄目。いや。今日もらう」

「……何か、望むものがあるのか？」

貴重なヴィンセントの困り顔に、オリアナは胸をきゅんとときめかせた。これだけでも、引き延ばした甲斐があるというものだ。

だがオリアナはヴィンセントの困った顔を見て、ピンと閃《ひらめ》いていた。

(ほしいものなら、見つかった)

「うん！」

「なんだ？」

「今日だけ、好きって言わせてほしい！」

できる限り、真剣な声にならないよう、明るい酔っ払いを装ってオリアナは言った。

オリアナはにこにこと笑う。ヴィンセントが友情に厚い男だと知っている。勝利は確信していた。

案の定、下がった眉を更に下がらせたヴィンセントが、参ったように言う。

「……絶妙に断りにくいところを突いてくるな」

「えへへ」

「褒めていない」

「えへへ」

けれどやっぱり、ヴィンセントは断らなかった。

オリアナは表情を隠すように少し俯くと、ヴィンセントのコートをきゅっと掴んだ。もう少し首を傾ければ、ヴィンセントの胸にあたる。それはさすがに、友情範囲外だ。

「ヴィンセント」

「ああ」

「大好き！」

できる限り、感情は込めなかった。

ヴィンセントが「好き」を受け取ってくれたことだけでも、涙が出そうなほど嬉しかった。

「……ああ」

「……誕生日、おめでとう」

ヴィンセントは途方に暮れたような声で言うと、オリアナの頭を撫でた。慎重な手つきだ。どこまでが友情かを、計りかねているように感じた。

ヴィンセントが撫でやすいように、オリアナは更に下を向いた。ぶるりと体が震える。嬉しさが、つま先から、頭まで、一瞬で駆け抜けた。

「えへへ……」

この愛が滲み出さない内に、誤魔化すために笑った。

エルシャ邸のポーチから、馬車が走り出すのを、オリアナは手を振って見送った。
最高の誕生日だった。

五章　ドレスと恋と花束と

冬の中月《いちがつ》から、最終学年が始まった――五年生の醍醐味は、なんといっても舞踏会である。

魔法学校に通う全ての者が注目するイベント、それが春の中月《しがつ》に開催される舞踏会だ。

豪華な装飾や魔法で飾り立てられた会場は、夢かと見まごう美しさである。

舞踏会に出席できる生徒は、最終学年である五年生と、五年生のパートナーに選ばれた他学年の生徒のみだ。舞踏会の参加は自由で、のんびりと寮で羽を伸ばす者もいる。

また舞踏会には、男女ペアでの参加が義務付けられている。他学年のパートナーを選ぶことも可能なため、この時期は全校生徒が気もそぞろだ。

この時ばかりはひよっこ魔法使いらもローブを脱ぎ、煌《きら》びやかな正装で出席する。

早ければ一年前から準備を進めている家もあるくらい、魔法学校の生徒はこの舞踏会に力を注ぐ。

それほどに学生にとって、また学生の生家にとって、舞踏会での成功は大きな意味を持っていた。


「わあ……ちょー綺麗……！」

「本当に美しいわね。王に感謝しなくては」

エテ・カリマ国から届いたばかりのヤナのドレスを、女子寮の自室でオリアナとヤナは覗き込んでいた。さすが王女のドレスである。一年かけて生地から取り寄せ、王宮お抱えの針子に作らせた一級品だ。

手に取ってみると、背中が透けているのがわかる。向こう側が見えるほど極薄い生地に、ビーズと宝石で、繊細でいて大きな模様が描かれているのだ。背中一面に宝石を貼り付けたような、豪華で大胆な衣装だ。

「アズラクにまた、カーディガン着せられそうね」

「ふふ、そうね。その時は大人しく、彼の上着を借りておくわ」

ヤナのダンスのパートナーは既に決まっている。試練が絡むヤナの場合、アズラク以外を選んだら、それはそれで問題になりそうなので、さもありなんである。

「いいな〜！　ヤナはパートナー決まってて……」

まだ杖の枝も選んでいないひよっこ一年生達がうろうろとする校舎では、パートナーが決まるまで、生徒達は皆そわそわと落ち着きをなくす。

誰かを誘うにしろ誘われるにしろ、異性全ての行動が気になって仕方がないのだろう。

オリアナも、このパートナー選びのせいで舞踏会は欠席したいレベルで嫌な行事である。

この浮かれた場と、胃がキリキリとする日々が、耐えられない。同じく耐えられない者、ペアになれなかった者、また金銭的にドレスを調達できない者達は、当日寮の談話室で大きなチキンを食べる習慣があった。

「私もチキン食べに行きたい……」

もちろん、新進気鋭の商人エルシャ家の娘として言語道断である。最先端の技術で作ったドレスを、舞踏会で見せびらかして来いと父から厳命を下されている。

「オリアナはタンザインさんを誘うのではないの？」

「えー。誘わない」

　きっぱり言い切ると、ゴロンと絨毯の上に転がる。絨毯の上でヨガをするヤナのために、この部屋は土足厳禁だ。

（前の人生では、誰を誘おうとしてたんだったかな……。ルシアンはないし、カイだったかな……いやでもカイは……）

　かつての友人らを思い出し、オリアナはそっと目を閉じる。

（あぁ、そっか……胃がキリキリし始めたと思ったら、割とすぐにヴィンスに誘ってもらったから、あんまり悩まずに済んだんだっけ……）

　新学期が始まってすぐに、パートナーになってほしいと、花束を抱えて申し込んでくれたヴィンス。その時まで、オリアナにとってヴィンスは「ミゲルの友人」だった。

　ヴィンスとは、廊下で会ったら一言二言話す程度の仲だった。そのため、舞踏会のペアとして誘われた時は非常に驚いた。しかし、いつも会った時には誠実に対応してくれる人柄と、熱そうなほどの耳の赤さに胸を打たれ、オリアナは花束を受け取った。

　思えば、ヴィンスと付き合っていたのは短い期間だった。冬の中月《いちがつ》から、春の中月《しがつ》までの、三ヶ月間。その中でオリアナは、人生で初めてのことをいくつも知った。

　人を愛する優しさも強さも苦しさも――失う悲しみも。

　オリアナにとって舞踏会は、楽しみなだけのイベントではない。舞踏会が終わってすぐに、ヴィンスは死んでしまった。どうしても、彼の死を連想してしまう。

「どうして、ペアに誘わないの？」

「えっ……」

ヤナからつっこんで聞かれると思っていなかったオリアナは、びっくりして体を起こした。

「ヴィンセント、私から『好き』って言われたくないんだって。ペアに誘うのなんて、言ってるも同然じゃん」

「あら。私とアズラクは恋仲じゃないけれど、一緒に行くわよ」

（この世界で、互いに互いしか座れない椅子を持っている人達と、同じ土台にあげないでほしい）

オリアナの胸中を察したのか、ヤナが笑う。

「誘ってみるだけ、誘ってみたらどう？　好きだと言われたくないと彼が言えるなら、断られるだけじゃない」

「……ん～。でももう、嫌がられたり、断られたりするのに耐えたくない」

再び床にぐでんと転がる。

（ヴィンセントのそばにいなきゃいけなかった時は、自分にさえ言い訳ができていた。そばにいるために誘ってるだけだから、是非は問わない。そう思えてた……でも今は）

そもそもオリアナは、ヴィンスからあんな態度をされたことはなかった。誰よりも愛し、愛されていた男に邪険にされ続けるのは、想像を絶する苦しみだった。

前まではどれだけ邪険にされても、自分の痛みよりも優先すべきことがあったから耐えられていた。言わずもがな、ヴィンセントを守り抜くことだ。

だがヴィンセント自身が協力してくれることになり、彼の安全はぐっと増した。健康にも身辺にも気をつけてくれている。無理にそばにいなくても彼はきっと安全で、無理にそばにいようとしなくても、彼は友人としてオリアナを大事にしてくれる。

――好意を押しつけて無理矢理近くにいた時、ヴィンセントの心は遠かった。

けれど今は、オリアナがオリアナらしくヴィンセントと接していても、なんとなくふんわり許してもらえている気がする。そばにいるのも、そっと抱きつくのも、ヴィンセントのことが好きで過剰に反応するのも、目を瞑ってくれている。

オリアナが「好き」とさえ言わなければ、ヴィンセントは心を近づけてくれる。

(だから、これでいい。他の人よりちょっと近くて、少し甘やかしてもらえるこの位置で)

「ヤナ～ヤナヤナヤナヤナ～」

「はいはい。甘えたさんね」

座っていたヤナの腰にしがみつき、ぐりぐりと顔をこすりつける。女の子同士だからと、なんでも話せるわけでも、どこまでも触れられるわけでもない。仲よくなって、長期休みに泊まりにまで来てくれて、ふんわり色恋の話までしても、ヤナとの距離感だってまだ摑みかねている。

全身で甘える勇気も自信もない。結局人間なのだから、いつまでも計り続けるしかない。

「ヤナとアズラクは踊れるの？」

「ほんの少しだけ。けど踊れなくても関係ないわ。パーティーでは、美味しい食事をいただいておくから」

「練習するなら付き合うよ？」

「ありがとう。でも最近、アズラクが少し忙しいようだから――」

「え?!」

アズラクが忙しい。そんな言葉を、オリアナは初めて聞いた。暇人だと思っている訳ではないが、彼にヤナ以上の優先させる物があると思っていなかった。

「どうしたの?」

「最近、国から手紙が届いているみたい。手紙は珍しいことではないのだけれど、頻繁だから気にかかっていて……」

「返事を書くのに忙しいってこと?」

「そうね。それに少し、気もそぞろな時があるわ。悩み事でもあるみたい」

アズラクもヤナ以外のことで悩んだりするんだ。かなりめに失礼なことを考えるオリアナの頭を、ヤナがそっと撫でる。

「あまり無理はさせたくないの」

「そうだね」

詳しく聞かせてと言えなくて、ヤナの腰に頭をぐりぐりと押しつけた。今はこれで、精一杯。

「エルシャさん。ちょっと、いいかしら」

授業後、オリアナはクラスの女子に呼び出された。場所は校舎の裏。後ろぐらいことを行うには、ど定番な場所である。

校舎の壁に背をつけ、複数の女生徒に囲まれていたオリアナは冷や汗をかいた。

そんなオリアナの心境を知ってか知らずか、女生徒達は真剣な表情でオリアナを睨み付けている。

「エルシャさん！」

「はい！」

迫力のある声に背筋が伸びた。戦々恐々とするオリアナの前で、女子らが一斉に頭を下げた。

「どうか、助けてほしいの！」

予想していなかった展開に、オリアナはぱちぱちと目を瞬いた。

「……ど、どうしたの？」

「私達、長期休みの間に必死にダンスの特訓をしたんだけど……。教えてくれる人もいない状態じゃ、全然上手くいかなくって」

代表して言ったのは、今年も引き続き同じクラスになったマリーナ・ルロワだ。

ダンスやマナーは、四年生の時に基礎だけ授業で教えてもらえるが、あとは個人での特訓となる。昔は貴族しかこの学校に通っていなかったため、ダンスの授業など、形ばかりで十分だったからだ。皆、家で教育を済ませている。

しかし、平民は違う。ラーゲン魔法学校に通える程度の裕福な家庭の子が多いとはいえ、家でダンスレッスンを受けてきた者ばかりではない。

「魔法の勉強なら自信あるんだけど……運動は……ちょっと……」

「先生に特別レッスンを頼んだんだけど、慣例だからって許可してもらえなくて……」

「パートナーと練習しろって言われても、ねえ？　ダンスができなきゃ、ペアにだって誘えないじゃない？」

「私達だって魔法学校の生徒だもの。最終学年の思い出に、どうしても舞踏会に出たいの……！」

女の子達のキラキラした目がオリアナを見つめる。

（いじめでもカツアゲでも脅迫でもなかった……！　みんな、疑ってごめんなさい……!!）

前の人生では、こんな出来事はなかったので本気で心配してしまった。オリアナのいた第二クラスは基本的にクラスメイト同士の仲がよく、男女でもよく遊んでいたため、本格的ではなくとも互いに練習をしあえていたのだ。だが特待クラスの女子は、第二クラスよりも内向的な子が多い。気軽に男子に声をかけられないのだろう。

「エルシャさんはダンス得意でしょう？　教えてほしくって」

幼少時からダンスやマナーの家庭教師《ガヴァネス》がついていたオリアナだが、自信満々で人に教えるほど上手なわけではない。彼女達も、それは承知の上だろう。本当に摑める藁がオリアナしかないのだ。

「心当たりを……当たってみる」

「エルシャさん〜！」

ぎゅっとマリーナに抱きつかれたかと思うと、次々と女生徒達が抱きついてきた。

こんな青春みたいなことを、この人生で送れると思っていなかったオリアナは、はわわっと口を震わせる。そして力の限り、ひしっとみんなを抱き返した。


「――というわけで、男子諸君にお手伝いいただけないかと思いまして……」

「なるほど、理解した。それで、何故その話を持って行く相手がミゲルなんだ？」

ヴィンセントの圧を感じる。オリアナはぶるぶると震えながら目を逸らす。

放課後に女生徒達に持ちかけられた話をするため、オリアナは夕食後のミゲルを訪ねた。いつものようにスティックキャンディを舐めながら談話室でくつろぐミゲルの隣には、当然のようにヴィンセントもいた。

同席の許可をもらうと、オリアナはミゲルに頼み込んだ。

複数の女生徒がダンスの練習不足で困っている。ダンスに慣れた男子生徒に話をつけてほしいと。

魔法学校の生徒比率は男子生徒の方が多い。男女ペアで舞踏会に参加する場合も、下級生からパートナーを見つけない限り、男子生徒があぶれてしまう構図となっている。

ペアがまだ決まっていない男子生徒なら、パートナーとマッチングする場にもなるため、男子側にも得があるはずだと切々と続けるオリアナを、絶対零度の紫色の瞳が睨み付け――冒頭に戻る。

「あまり言いたくないが君、あまりにも気軽にミゲルを頼りすぎではないか？」

「おっしゃる通りで……」

「ミゲルは君のなんだ？　兄か？　従者か？」

「ひゃい……すみません……」

ヴィンセントから放たれるど正論に反論することもできず、オリアナは体を小さくする。

確かに、オリアナは簡単にミゲルを頼ろうとした。ミゲルならなんとかしてくれるだろうと思った上、ミゲルならきっと断らないだろうと踏んでいた。完全に甘えていた。

見返りもなく、簡単に人に頼るのは身を滅ぼすと、父にも口酸っぱく言われていたことだ。もっとも父は、見返りもなく助けてくれるのは家族だけだ、という意味を伝えたがっていたのだが。

「何って、一緒にパジャマパーティーした仲だよな？」

オリアナを睨み付けているヴィンセントの視線に、力がこもる。

「ミゲル……！　その助け船いらなかった……！　でも知ってて言ったよね。ミゲルってばそういう子だよ……！」

ヴィンセントの目を見ないようにミゲルに顔を向けると、ものすっごく楽しそうな顔をしていた。

（そんな顔をされたら、許してやりたくなっちゃうじゃんか！）

「オリアナ」

これ以上の助け船は期待できそうにない。そもそも泥船に放り込まれただけのような気がするが、オリアナは厳しい目を向けるヴィンセントがいる方に顔の向きを戻した。顔は上げられない。

「君はもう少し、筋道を立てて考えるべきだ」

「はい」

「相談されたのはクラスの女子からなんだろう？」

「はい」

「なら、クラス長に相談すべきだと、そうは思わなかったのか？」

（思いませんでした）

さすがにこのタイミングで、馬鹿正直にそんな本音を漏らすオリアナちゃんではない。

しかしオリアナが生み出した沈黙で、新クラス長に任命されたヴィンセントは、彼女の意思を察してしまったようだ。冷たい視線がオリアナを貫く。

（あっ。凍った。今、頭のてっぺん、絶対凍ってる）

何故ヴィンセントがこんなにご立腹なのか、甚《はなは》だ疑問である。オリアナはぶるぶる震える。

「でもヴィンセント、監督生は辞退したって聞いたから……！　忙しいのかなって……！」

「辞退したのは、監督生が大きな責任と名誉ある職で、適任の生徒が他にいると思ったから受けなかっただけだ。その点クラス長はただの教師の雑用係だから、僕なんかでも役に立てる」

ラーゲン魔法学校で監督生を経験すれば、経歴に箔がつく。ヴィンセントは既に抱えきれないほどの名誉を持っているため、他の──特に就職活動などで難儀する──平民の生徒に譲ってやりたかったのだろう。

ヴィンセントの思わぬ優しさを知り、胸がほこほこした。監督生になったデリクは平民だが、優しい人柄と面倒見のよさから下級生にも慕われ、いい監督生をやっていると専《もっぱ》らの評判だ。

「……なるほどわかった」

「何が？」

「ターキーさんに頼め、ってことね？」

一瞬の沈黙が落ちた。次の瞬間、笑い出したのはミゲルだった。

「筋が通っちゃったな」

ヴィンセントはミゲルを睨むと、不承不承オリアナの頭から視線を外して、ソファに腰掛けた。珍しく、だるそうに背もたれに寄りかかっている。

頭が凍っていないか、オリアナは咄嗟に触れて確認したが、髪がくしゃくしゃになった程度しか異変は起きていなかった。

「確かに、一番筋を通すとなるとそうなのだろう……」

ヴィンセントは嫌々認めたように言うと、悲しげな顔をしてオリアナを見た。

「なあ、オリアナ——僕に頼ろうとは、本当に一瞬も思わなかったのか？」

オリアナはヴィンセントの顔を見ていられなくて、顔を俯けた。

（そりゃあ、思ったに決まってる……）

クラス長に頼むという選択肢は、オリアナには生まれなかった。

だが、ミゲルに頼ろうと思った時点で当然、ヴィンセントのことも頭をよぎった。

（頼りたかったけど。頼りたかったけど〜……）

ヴィンセントに断られるのが嫌だった。

普通に断られても傷ついただろうが——舞踏会は男女ペアで参加する行事だ。

もし、ヴィンセントがパートナーとの事情を理由に断ったりしたら、助けを求めてきたクラスの女子達を恨んでしまうかもしれないと思った。きっと計り知れないショックを受けただろう。

だから、ヴィンセントが隣にいることを知りながら、ミゲルに相談した。

もし、ヴィンセントが乗り気なら、手助けしてくれるんじゃないかと卑怯にも考えたのだ。

いつも真っ直ぐなオリアナとて、自分の恋心を守るためなら、そのぐらいのこざかしい手は使う。

（でもこれは、ナンカチガウ……何故脅迫……何故怒られている……）

いや怒られたのは、ミゲルに頼りすぎたからなのだが。

「……ヴィンセントはクラス長だから、頼ってよかったよ、ってこと？」

「そうだ。——なんのためにこんな雑用係、引き受けたと思ってるんだ」

「え？　クラスと先生のため？」

「ああ、そうだろうな。全くその通りだ」

ヴィンセントがやけっぱちに言った。

その様子を見て、ミゲルがゲラゲラ笑っている。何がそれほど愉快なのかわかりたくもなかった。

喉に飴が落ちてしまえ、とオリアナはミゲルに呪いの視線を送り、余計に笑われる羽目になった。


次の日から早速、有志の男子生徒達による、女生徒へのダンスレッスンが始まった。

場所はヴィンセントが教師にかけあい、空き教室を確保してくれた。踊りの上手い品行方正な男子生徒も数人チョイスしてもらい、頭が上がらない。

参加者の中には、監督生になったばかりのデリクもいた。ダンスに自信がない生徒も、レッスンに参加したがったために、思っていたよりも大所帯となってしまった。

平民出身の男子生徒の多くは、ダンスに自信がないようだった。だがこういった機会でもなければ、やはり女子を自分から練習に誘ったりできなかったのだろう。オリアナはダンスが上手い女生徒を確保していなかったので、僭越《せんえつ》ではあるが自ら練習台になってやるつもりだ。

（場を提供したから、はいさようなら……じゃあ無責任だと思ってたし、監督がてらに丁度いい）

この人数に丁寧に教えていくには、オリアナ一人では無理だ。みんな基礎はできているので、まずは度胸をつけること、そして女の子に慣れることを優先して行う。

ミゲルも練習台として参加してくれることになった。イケメンで人当たりもよく、誰にでも優しいミゲルが練習に付き合ってくれると知り、女生徒達はきゃいきゃいと喜んでいる。

――が、問題はもう一人の方にあった。

そう。ヴィンセント・タンザインである。

「……ですからね。ヴィンセントさん」

「なんだ」

「ご協力は大変ありがたいんですが……」

「僕だってダンスぐらい踊れる」

「もちろん存じております」

「君も手ほどきをするのだろう？」

「そうなんだけど、でもそれは、ここに踊れる女子が少ないから……」

「同じ条件じゃないか」

「そうじゃなくて、そうじゃなくてね……人間には適材適所っていうものがあって……」

「だから、適材だろう」

不思議で仕方がないといった顔をして、ヴィンセントが言う。後ろで固唾を呑んでいる女子達が、たまらずオリアナに懇願の視線を向けた。

オリアナはわかっている、と伝えるように小さく頷く。

（こんなに美しい未来の公爵閣下の足を踏みたいと思う女生徒が、いるわけないじゃんっ……！）

ヴィンセントは自分の身分や責務についてはかなり正確に把握しているのに、何故今、自分の美貌と女生徒の羞恥心に対して、これほど無頓着なのだろうか。

ヴィンセントは、誰がどう見ても特別な生徒だ。冷静だが穏やかで、多少の失礼は水に流す――どころか、最初から無礼など働かれていなかったかのように接してくれる。平たく言えば、貴族なのに気取ったところがない。そのくせ、貴族としての責任は人一倍重んじる。

優秀な頭脳と魔力に、整った顔立ちと引き締まった長身、穏やかな話し方に、高貴な責任感。雨の日に、お試しで履くスリッパにするのは、あまりに似つかわしくない。

「……なら僕だけ、役立たずにここで見ていろと言うのか」

「役には立ってくれましたので……！　教室も取ってくれたし、男子も呼んでくれたし……」

「今の話をしている」

（なんなんだ。なんで突然、僕もお母さんのお手伝いしたいって言い始めた五歳児みたいになってるんだ……）

女生徒達は、ヴィンセントが不機嫌になったのではないかと、ハラハラとオリアナを見ている。オリアナなら、なんとか宥《なだ》めてくれるのではないかと思われているようだ。

彼女達の期待を背に、オリアナはおずおずと切り出した。

「ヴィンセントには、もっと適してる役割があって……」

「なんだ？」

拗ねているような顔をしたヴィンセントが、オリアナを見る。

（可愛いからやめてくれぇ……）

他の生徒達とは違う意味でオリアナはハラハラした。こんな可愛いヴィンセントを、他の誰にも見てほしくない。

オリアナは、ヴィンセントが手伝うと言い出した時から、密かに思いついていた案を出した。

「あのね――一番上達した女子にご褒美として、舞踏会本番で一曲目を踊ってあげてほしくって」

ヴィンセントがくいっと眉毛を上げた瞬間、後ろから悲鳴と喝采が聞こえた。驚いてオリアナが後ろを見ると、女生徒達が期待に満ちた目をして、胸の前で両手を握りしめている。

「エルシャさん、とても素敵な提案ですわ！」

「舞踏会で、タンザインさんと……？　私達、死を賭《と》して励みます！」

他の女生徒達も皆一様に顔を輝かせ、ぶんぶんと首を上下に振っている。

「……ほ、ほら！　みんなめっちゃ喜んでる」

「何故練習は駄目なのに……一度ならいいんだ？」

唖然としてヴィンセントが呟いた。

予想以上の喜びようではあったが、オリアナには女生徒達の気持ちが痛いほどにわかった。

ヴィンセントは、履きつぶす靴には相応しくない。

彼は、初めてのデートの日に、胸を躍らせながら下ろすミュールなのだ。

触れるのを憚られるほどに特別なヴィンセントと、自分が努力した結果にたった一度、奇跡のような瞬間を手に入れられる——それほどに素敵で最高な、青春の思い出があるだろうか。

誰かに、思い出にしたいというほどの気持ちを抱かせるのは半端なことではない。

けれどヴィンセント・タンザインは、ダンス一つで彼女達に夢を見せた。

「ということで、みんなのご褒美になってください」

「なんだか釈然としないな……だがそれが皆のためというのなら、甘んじて褒美となろう」

ヴィンセントは苦笑を浮かべて承諾した。女生徒達は興奮し、歓喜の悲鳴を上げてダンスの練習に励み始めた。

「……なんか、あれ。なんかあの、人数が、あれ？」

次の日の放課後、ダンスレッスンをしている空き教室を訪れたオリアナは首を傾げた。

明らかに、人数が増えている。それも女生徒の比が、かなり大きくなっている気がする。

教室にはごった返すほどの男女ペアができていた。新しく増えた女生徒の中には貴族出身の子達もいる。様子を見る限り、ダンスが苦手な男子生徒の練習台になってくれていたり、ダンスが苦手な女生徒に指導をしてくれたりしているようだった。

「入らせてもらってもいいかな？」

「あ、ごめん」

教室の入り口でぽかんと口を開けたまま見ていたオリアナは、後ろからやってきた男子生徒に道を譲るために端にそれた。そのまま教室の隅に行く。

「わっ、ごめ……ヴィンセント？」

生徒らが練習する光景を見ながら移動していたせいか、オリアナは同じく教室の隅に立っていたヴィンセントにぶつかってしまった。

「こんな隅で、何してるの？」

「君と同じ理由だ。邪魔にならないよう、身を寄せていた」

オリアナは微妙な顔で笑った。まるで箒かチリトリのごとく隅に追いやられている次期公爵に、なんと言えばいいかわからなかった。

「なんで急に人数が増えたんだろう……そんなにみんな、ダンスの練習に参加したかったとか？」

「さあ」

自分で言っていて「それはないな」と思った。新規に増えた大半が、そもそもダンスが上手い女生徒ばかりだ。その女生徒達を教室の隅から観察していると、えらく目が合うことに気付いた。いや、正確にいえば目が合っているのはオリアナではない——ヴィンセントだ。

新規に参加した女生徒達は皆、ヴィンセントをちらりちらりと盗み見ている。

(——！　ご褒美かっ！)

彼女達の狙いは、舞踏会でヴィンセント・タンザインと一曲目を踊る権利を手にすること。ヴィンセントが舞踏会で踊る条件は「女生徒の中で、一番上達した人」である。当然、レッスンに参加していなければ、条件をクリアしたことにはならない。逆にいえば、レッスンに参加していれば、ヴィンセントと踊る機会を手に入れるチャンスがあるということだ。

(な、なんて現金なんだ……)

いやしかし、踊れない男子生徒達の相手をしてくれるのは非常に助かる。思いもよらない展開だったが、ありがたい助太刀に感謝することにした。

「みんな、ヴィンセントと踊りたいみたいだね」

「そうか」

ヴィンセントに特に驚いた様子はない。

「え、もしかして気付いてた……？」

「こういう視線には慣れている」

壁に背を預け、淡々と言ったヴィンセントにオリアナは言葉を詰まらせた。これまで学校で見てきた彼とも、ヴィンスとも違う、見たことがない表情をしていた。

きっとこの表情は、貴族としての彼の顔なのだろう。

そして、貴族の彼は、あまりにも淋しそうに見えた。

「……ごめん。利用しようと思った訳じゃ、ないんだけど」

「褒美になった流れを知っているのだから、そんなこと思う訳がないだろう。それに、自分の価値はわかっているつもりだ。今更傷ついたりしないから、心配しなくていい」

オリアナがよほど情けない顔をしていたのか、ヴィンセントは隣に立つオリアナを見ると、ふっと吐息混じりに笑った。

「褒美に一曲踊れと君が言い出した時、商人の娘なんだなと感じたよ」

したいしたくないに関わらず、手を差し伸べられる者には差し伸べるよう、僕は教育を受けてきたから――とヴィンセントが続ける。

「君は人の求めるものを理解しているし、無意識とはいえ、人の興味を引き、巻き込む方法も知っている。謝ったりする必要はない。それは君にとって、誇るべき才能だ」

思いがけず褒められて、オリアナは目をきょろきょろさせた。顔中が熱い。そんな褒められ方をしたのは、前の人生を含めても、初めてだった。

赤い顔を両手で包み、心の中で「ひぃー！」と悲鳴を上げるオリアナの隣で、ヴィンセントは涼しい声で言った。

「――まあ、本当にかまわなかったんだ。クラスメイトの厚意は否定して、僕の価値にだけ目をつけたことに腹立たしさはあったが、こちらの方が得だと見込んで、承諾したのは僕なのだから」

「……え、こうなるって、わかってたの？」

途中恨み節も入っていたが、最後の言葉に驚いて顔を上げると、ヴィンセントはこちらを見もせずに言った。

「自分の価値は知っていると言っただろう」

「え、じゃあ、女子が一杯来るってわかってて、そっちのほうが得だと思って、話を受けたの？」

「そうだ」

オリアナはガーンとショックを受けた。ダンスの上手い子が沢山来たほうが得だなんて、ヴィンセントが言うとは思わなかった。初心者とは踊りたくないということだろうか。

この機会を逃せば、もう二度とヴィンセントと踊ることはできないだろう平民出身の子達を思って胸が痛む。彼女達がヴィンセントのご褒美を手に入れられる確率は、増えた女子のせいでぐんと下がったはずだ。

（それに、こんなこと言うとあれだけど、それが許されるなら私だって参加したかった……我慢したのに……私だって、ヴィンセントに一回でいいから、踊ってほしかったのに……）

「……せ、性格悪い……」

「悪くない。自分に正直なだけだ」

「でも、みんなご褒美のためにも頑張ろうって努力してるのに……」

「褒美を決めるのは、上達した幅でいいじゃないか。最初から上手い人間は、そんな短期間ではどうにもならない」

ちゃんと彼女達のことを考えてくれていたヴィンセントに、オリアナはほっとした。

「――――ん？　あれ。じゃあなんで女生徒が増えるのが嬉しいの？」

ヴィンセントは舌打ちをした。あのお上品なヴィンセントが舌打ちをしたのだ。

驚きすぎたオリアナは、つい二度見してしまった。

「……失敗したなと思ったんだ」

いかにも、やむなくといった具合にヴィンセントが口を開く。

「ダンスの苦手な男子を連れてきたことを。……彼らのためになるから後悔はしていないが、それでも個人的には連れてこなければよかったと思った」

「え？　なんで？　みんな助かるって喜んでたよ」

ヴィンセントは顔を顰めた。視線は相変わらず、前を向いたままだ。

「……踊れる女子は、君しかいなかったろう」

「うん」

「……君一人で、あの人数にダンスを教えるのは大変だ」

「あ、なるほど……？　ありがとう。そんなところまで気にかけてくれてて」

「だから、自分がしたいようにやっただけだと言っている」

ばつが悪そうに言ったヴィンセントは、それで会話を打ち切った。

彼に感謝していたオリアナのすぐそばの教室の扉が、突然開いた。びっくりして肩が揺れる。

入ってきたのは、ミゲルとヤナだった。二人の後ろにはアズラクと、魔法史学のウィルントン先生がいる。

「まぁ……なんてこと」

教室の中にいる三十人ほどの生徒達を見渡したウィルントン先生は、唖然として呟いた。

ダンスの練習をしていた生徒達が、ウィルントン先生に気付いて教室のドアを見る。

「この中に、このレッスンの代表の生徒はいますか？」

ウィルントン先生が神妙な顔つきで問うた。壁に背をつけていたオリアナは背筋を伸ばす。

わざわざ先生が足を運ぶなど、何か問題が起きたのかもしれない。もしくは、教室の貸し出しの許可を求めた時以上に生徒が集まっているせいで、お咎めを受けるのだろうか。

どちらにしろ、言い出しっぺは自分だ。オリアナはウィルントン先生に近付いた。

「はい、ウィルントン先生。私がみんなを集めました」

「男子生徒に声をかけたのは僕です。教室の貸し出し許可も、僕が取りました」

オリアナをかばうように、ヴィンセントが前に出る。

「オリアナ・エルシャ……ヴィンセント・タンザイン……」

ウィルントン先生はオリアナ達を見て目を潤ませると、ハンカチを取り出し、目頭を押さえた。

「これほど多くの生徒が助けを求めていたことを、恥ずかしながら知りませんでした……」

オリアナはぱちぱちと瞬きをした。どうやら怒られる流れではなさそうだ。

「こんな教室では満足にステップも踏めないはずです。私が講堂の使用許可を出しましょう」

ぎゅうぎゅう詰めの教室を見て、ウィルントン先生はきっぱりと言った。固唾を呑んで見守っていた生徒達から歓声が上がる。

「更に、舞踏会まで誰か一人教師についてもらえるよう、交渉してみます。私がついていられればいいのですが……通常の授業の他に舞踏会の準備もあるので、つきっきりというわけには……」

「十分です。ウィルントン先生、ご協力に感謝します。ありがとうございます」

部活でもないのに驚くほどの好条件だ。オリアナが両手を組んで感謝すると、ほっそりとしたウィルントン先生が「いいえ」と小さく頭を振る。

「感謝するのはこちらのほうです。本来ならば我々大人が、生徒の嘆願を受け止めてしかるべきでした――残念ながら今年は舞踏会までにカリキュラムを組み直す時間がありません。しかし来年からはより、生徒達の希望を取り入れると私が保証します。貴方達はもう……今年卒業ですがね」

何人もの生徒達を、何年もの間送り出してきた先生の瞳に、一瞬哀愁が漂った。けれどすぐにいつものウィルントン先生に戻ると、青白い顔にうっすらと笑みを浮かべる。

「さぁ皆さん。講堂に移動しましょう」


「ヤナがウィルントン先生を呼んできてくれたの？」

「いいえ、その逆よ」

広い講堂で、先ほどよりも悠々と生徒達はダンスの練習をしていた。オリアナとヤナは教室の隅に椅子を移動させ、腰掛けて練習を見ている。

「オリアナが面白そうなことを始めたと聞いたから、見に行こうとしたらウィルントン先生に捕まってしまって……貴方の始めたことが、どこまで教師の許可を取っているか定かじゃなかったから、一応撒いておこうと思ったのよ。けれど通りかかったミゲルが連れて行った方がいいと……」

「はぁ……いつもいつもフェルベイラさんちのご長男さんには、本当に頭が上がりませんなあ……」

「本当にねえ」

感心して言えば、ヤナも同じような声色で答えた。

「よく見ているわね。人も動きも——彼を国に連れて帰れば、王はさぞお喜びになるはず」

ヤナの言葉に、オリアナはぎょっとした。そばにいるアズラクも、目を見開いてヤナを見ている。

(ひ、引き抜きだっ——!!)

大変な言葉を耳にしてしまった。ミゲルは将来、ヒドランジア伯爵位を継ぐ。伯爵含む貴族は皆、アマネセル国の貴族院に議席を有し、領地の管理や政《まつりごと》を司《つかさど》る役目を持つ。

「ちょちょちょ、待って。ミゲルはアマネセルにも必要だから。絶対要るから。むしろヴィンセントの隣に要るから」

貴族としても必要だが、一番の本音はそれだった。友人らしい友人がミゲルしかいないヴィンセントから、ミゲルを取り上げないでやってほしい。

慌てるオリアナが面白かったのか、ヤナはコロコロと笑った。だがいつものように「冗談よ」とは言わず、講堂で女生徒に囲まれているミゲルを見ている。

「ダンスはワルツだったわね?」

「うん。舞踏会で踊るのはワルツだけ」

「せっかくだから私も、大人気の先生に手ほどきを受けてこようかしら」

「ヤヤヤヤヤナ?!」

オリアナが真意を聞く暇もなく、小鳥のような軽やかな足取りで、ヤナは人の波を抜けていった。

ミゲルのもとまで辿り着くと、ミゲルを囲んでいた人垣が割れる。ミゲルと一言二言話をすると、ヤナとミゲルはともに数歩前に出た。

ミゲルがホールドを取る。しなやかにヤナが寄り添った。ヤナの背が、ゆるやかに傾き、ミゲルの右腕にしなだれる。

そして、呼吸をし出すかのように自然に、二人が一歩を踏み出した。

一瞬で、その場の全員の注目を集めていた。二人とも、人に見られることになんの躊躇も戸惑いもないようで、堂々とステップを踏んでいる。

お似合いだった。高貴な身の上も美しさも、気高さも何もかも、二人は釣り合いが取れていた。

見惚れていたオリアナは、ハッとしてアズラクを見た。アズラクは、眩しいものを見るような目で、二人を見つめている。

かける言葉が見つからず、またかけていいとも思えず、オリアナは踊る二人に視線を戻した。ミゲルがヤナの耳元に口を寄せていて、何かを言って笑わせているようだ。

踊る二人がくるりと反転し、ヤナの表情がオリアナから見えるようになる。

――ヤナは、顔を真っ赤にしていた。

あんなに赤らんだヤナの顔を見るのは、初めてだった。

(ミゲルは、何を言ったの?)

ガタリと音が鳴り、オリアナは横を見た。アズラクがその場を離れようとしていたのだ。

「あっ……」

「エルシャ、すまない。用を思い出した。ヤナ様に何かあれば、廊下にいるので知らせてほしい」

「……うん、わかった」

学校の中で、ヤナとアズラクは四六時中一緒にいるわけじゃない。アズラクが離れることも普通にあることだ。

（でもアズラク……嘘が下手だよ。思い出した用事は、そんなすぐそばの廊下で、できることなの？）

オリアナはぎゅっと胸を押さえた。アズラクの気持ちが、痛いほどにわかった。

ミゲルと踊ってから、ヤナの周りは少し騒がしくなった。

周囲には、踊る二人が恋人のように見えたのだろう。日頃感情を表に出さないヤナの赤面を見れば、それも仕方がない。

そして、ヤナとミゲルの関係性が噂される上で、避けて通れなかった問題が、ヤナの試練である。

「――そこまで！」

ラーゲン魔法学校の中庭で、二人の男が向き合っていた。

その男達を、手を上げて制したのは、この決闘の立会人だ。立会人はいつも、信用のおけそうな人を見繕ってお願いしているらしい。今回の人もいつも同様、次に会っても覚えてなさそうな、平凡な男子だった。

地面に膝をつき、荒い息を吐きながら、四年生の男子生徒がアズラクを見上げていた。木剣を持っていた右手は、既に力が入らないようだ。今しがた殴られたばかりの腹を押さえる左手は、微かに震えている。

「勝者、アズラク・ザレナ」

立会人が告げると野次馬にどよめきが広がった。そして、拍手と喝采が起こる。

　アズラクは六日間連続で決闘を挑まれていた。勝負を一目見ようと、アズラク達を中心に輪となり、人垣ができている。

「よくやったわ、アズラク。怪我はない？」

「軽い打撲程度です。お気になさらず」

　試合を終えたアズラクにヤナが近付いていく。その所作は美しく、顔には隠しようのない誇らしさが滲み出ていた。

「では、お前を医務室に連れて行く名誉は、まだ私のものということね」

　微笑むヤナに、アズラクは苦笑を浮かべる。この程度の傷で、医務室に行きたくないのだろう。だがアズラクはもちろん、文句一つ言わない。

　同行するつもりがなかったオリアナは、ヤナ達を見送った。二人が連れ立って医務室へ行くと、オリアナは校舎へと向かう。

「オーリアナ。さっきの決闘、見てた？」

「マリーナ」

　校舎の手前の渡り廊下を歩いている時、同じクラスのマリーナがぴょんと飛び出してきた。ダンスレッスンを通じてかなり親しくなったマリーナとは、名前で呼び合う仲になっていた。

「砂漠の国の伝統なんですってね。びっくりしちゃった。男子の方では有名だったみたいだけど」

　マリーナは感心したように唸っている。秀才の彼女は、他国の伝統に興味をそそられたのだろう。

　これまで一部の生徒しか知らなかったヤナの試練は、ヤナとミゲルの噂をきっかけに、全校生徒に広まっていた。一大ブームとなり、挑戦者がアズラクのもとにひっきりなしに押し寄せている。

「あの二人、護衛と主人って雰囲気じゃないと思ってたら、お姫様と騎士だったのね」

「何か違うの？」

「あらあらあら。オリアナさんったら、わかってないんだから～」

もったいぶった言い方をするマリーナに、オリアナは気をつけをして聞く姿勢を見せた。

「いいですか？　オリアナさん。世のお姫様というのは、騎士に身も心も守られているものなんです。そう、相場が決まってるんです」

「はい」

「騎士は、姫への求婚者をちぎっては投げ、ちぎっては投げ」

「アズラクは挑戦者を投げはしたけど、ちぎってはないよ」

「もののたとえです」

「はい」

「つまりアズラク・ザレナはヤナ・ノヴァ・マハティーンの純潔をも守り続ける――彼女を永遠に未婚のままにできる、唯一の人物ってことです」

「なる、ほど？」

「永久の愛を誓うよりも現実的で、情熱的で、ロマンス感じちゃうでしょう？」

感じちゃうと、顔に出ちゃうのがオリアナである。オリアナは目を閉じ、感情を全て欠落させた表情を浮かべた。ひなたぼっこするタヌキのような、害のない顔である。

「どうしたのオリアナ」

「諸事情で……」

「諸事情？」

「のっぴきならない事情で……」

「ほぼ同じ意味ね」

オリアナは顔をむぎゅっと両手で潰した。

友達に明かされていない、彼女の心には気付いてはいけない気がする。

「よんどころない事情がおありのようだから、話を変えてさし上げます」

「ありがたき幸せ」

「それで、オリアナは」

「うん」

「いつ誘うの？」

「誰を？」

オリアナはきょとんとマリーナを見た。

「タンザインさんだよ」

「……え、何に？　決闘に？」

それは是非とも参加してほしくない案件である。アズラクを疑うわけではないが、万が一アズラクが負けてしまった場合、オリアナは秒で打ちひしがれる自信があった。

「話は変わったんだって！　むしろこっちが本題で探してたの！　いつペアに誘うの？」

マリーナのだだ漏れた本音に、「またその話か」と一瞬顔を曇らせた。これまでにも散々、オリアナは他の生徒にこの話題を振られている。

実際のところ、オリアナはペアのことを思い出したくない。

（だって全部、文句になる）

この最終学年から行うこと全てを、オリアナはかつてヴィンスと恋人として過ごしている。

これまでの、彼が横にいなかった人生とは違う。

一度目の人生のこの時期にはもう――ヴィンスは、オリアナの隣にいた。

だから頻繁に思い出す。

ヴィンスがペアに誘ってくれた日のことを――彼の声を、彼の顔を、彼の差し出す花束を、彼の頬の赤みを。

（だって仕方ないじゃん）

感情をぐちゃぐちゃに傷つけられて、苦しくなる。

（今回は、好いてもらえなかったんだから。好かれないって、そういうことなんでしょ？）

オリアナだけが特別じゃない。ヴィンセントに恋する全ての女生徒が、この苦しみを味わっている。オリアナも、そっち側になっただけ。

こんなドロドロした気持ちのかけらも見せないように、オリアナはなんてことのない声色を作る。

「誘わないよ～」

「えっ?!　誘わないの?!　なんで?!」

いつもあれほどひっついているのに、と言わんばかりだとオリアナが思った瞬間に「いつもあんなにくっついてるのに！」とマリーナが叫んだ。

「誘うつもりないもん」

「タンザインさん、女子のお誘いぜーんぶ断ってるらしいよ？」

オリアナは顔を引きつらせた。

そりゃ当然ヴィンセントのことだから、モテモテだろう。いや、でも、もしかしたら、よしんば、万が一、オリアナがヴィンセントと喧嘩した時に感じていた「近寄りがたさ」を理由に、誰も彼をペアにと誘えていないのではないだろうか……なんてことも考えてもいたのだ。

だが、舞踏会は最上の舞台であり、最後の思い出作りの場だ。

皆、これまでは遠巻きに見ているだけだった最高級の装飾品に、一度だけでもと手を伸ばしてみても、おかしいことはない。それこそ、ラーゲン魔法学校五年間のご褒美ですらある。

だからきっと、マリーナはびっくりしているのだ。日頃から簡単にご褒美を摘まんでいたオリアナが、今回ばかりは話題にさえ上らせないのだから。

「みんな断られてるなら、なおさら誘えないじゃん」

嫌がられるとわかっているのに、わざわざ傷つきにいくような真似はしたくない。

今日が誕生日だったら、もしかしたらヴィンセントも受け入れを考えてくれたかもしれないが、残念ながら誕生日プレゼント権は、ちょっと前に使ってしまった。

「みんな断ってるのはオリアナのためじゃないの？」

「あはは」

それが本当なら、ヴィンセントはもうオリアナを誘っているはずである。

（だって）

――前の人生では、彼から誘って来たのだから。

今よりもずっと、親しくない間柄だった。それでもヴィンスは、花束を抱えて誘いにきてくれた。ヴィンセントが誘ってこないということは、オリアナと行く意思はないということに他ならない。オリアナだけが、それを知っている。

「私は誘われてもないし、ヴィンセントと舞踏会には行かないよ」

「そっか——……じゃあ、シャロンの方なのかな」

「ビーゼルさん？」

マリーナの出した名前にドキリとする。それはオリアナがヴィンセントと喧嘩をしていた時に、常にヴィンセントの隣にいた女生徒の名前だ。

「長期休み前に、シャロンが言ってたのよね。舞踏会にはタンザインさんと行く約束をしてるって。だいぶ先の話だったから、あまり信じてはいなかったんだけど……」

オリアナは息を呑んだ。

現在のヴィンセントとシャロンの距離感は、クラスメイトのそれに戻っているようだが、元々彼らは親戚である。ペアを組むことは、大いにあり得る。それに二人は幼い頃に婚約していた。

（そっか……）

ショックを受ける、自分にがっかりだ。オリアナはなんとか心を奮い立たせた。

「……だから他の子は断ってるのかもね」

「そうだったのかも。ごめんねオリアナ」

「いいの」とオリアナは笑ったつもりだったが、上手く笑えたかは自信がなかった。

定期試験やダンスレッスンや、ヤナの試練のごたごたですっかり忘れていたが、オリアナ自身もパートナーを探さねばならない。父から必ず出席するように厳命されているし、オリアナはなんとしても、舞踏会で正装したヴィンセントが見たかった。

できるなら、シャンデリアに煌々《こうこう》と照らされる彼をずっと眺めていたい。たとえ隣にシャロンがいたとしても、輝かしい彼を見る機会を、逃す理由にはならない。

そのためには、とにもかくにもパートナーだ。

一番頼みやすいのは明らかにミゲルだが、男女ともに人気な彼がまだ売れ残っているとは到底思えなかった。それに以前「ミゲルを頼りすぎている」とヴィンセントに釘を刺された手前、ホイホイと頼りに行くのもどうかと思われた。

オリアナに、男子の知り合いは少ない。正確にいえば、一方的に知っている前の人生の知り合いなら、いる。だが今の人生では全員クラスが違う上に、話したことがあるかないか程度の付き合いしかない。そんな顔見知りとさえいえない状態で誘っても「うん」と言ってくれる訳もない。

「いや、ルシアンなら胸の一つも揉ませればいけ……いけるだろうけど、やりたくないな……」

女子――主に女体――に興味津々だったかつての友人を思い出したが、オリアナは首を横に振った。我が身が可愛いし、うっかり惚れられてしまって、困ったなんて思いたくない。

「う～～ん……」

考え抜いた末に、オリアナはダンスレッスンをしている講堂に向かって、歩き出した。

講堂に辿り着くと、教室の中をひょいと覗く。開け放たれた扉の横には監督の先生が座っていた。今日は魔法薬学の、だるだるハインツ先生だ。

「おう、立て役者。来たのか」

「はい、お邪魔します」

「タンザインならあそこだぞ」

煙草を咥えた先生が、生徒の群れを顎でしゃくる。そこには確かにヴィンセントがいた。男子生徒に、ペアの女生徒に合わせたホールドの高さについての説明をしているようだ。

ヴィンセントがこちらを見たため、オリアナはぎゅんっと首を回して顔を背けた。

そして講堂の中を見渡して、目当ての人を見つけると、足早に人の波を抜けていく。

講堂には沢山の人が集まっていた。ウィルントン先生公認でダンスレッスンをやっていると聞いた他の生徒らも集まり、一層の賑わいを見せていた。

よく見ると、練習をしている男女も固定し始めている。この分では本気で急がないと、パートナーを見つけるのは困難を極めるに違いない。

講堂の壁に寄せられたテーブルと椅子のところに、休憩しているデリク・ターキーがいた。オリアナは足早に駆け寄る。色々な人を思い浮かべたが、イエスと言ってくれそうな人はデリクしか思い浮かばなかったのだ。

(まあ、ターキーさんも相手が決まってるかもだけど……)

素朴で人がよく、監督生も務めている。

(ターキーさんになら、当たって砕けたって、別に全然苦しくもないのになあ)

多少気まずい思いを向こうにさせるかもしれない。そのぐらいの感覚だ。「この商品、お店にありますか?」と聞くのと、何も変わらない。

小走りで近付くオリアナに気付いたのだろう。デリクは首にかけた布で汗を拭きながら、オリアナを見つめている。

「エルシャさん？　何かあった？」

デリクはオリアナがまさかペアに誘おうとしているなんて、夢にも思っていないのだろう。単純に、何か問題が起きて、オリアナが伝えに来たのだとしか思っていないようだ。

（ターキーさんでさえこの反応……！　そのくらいしか交流がない人に私は何を頼もうと……！

五年間、ヴィンセントヴィンセント言ってきたツケが……！）

申し訳なさの極地に立ちながら、オリアナは眉を下げた。

「ごめんね。別に問題が起きた訳じゃなくって」

「そうなの？　よかった」

「ええと、ようは……舞踏会なんだけど。誰と行くか、ターキーさんはもう決まってる？」

「うぃえ？」

胃がひっくり返った人間って、多分こんな声を出す。そういう声がデリクから聞こえた。

「突然で、びっくりさせてごめんね」

何故自分が誘われているのか――完全にデリクの顔はそう物語っていた。啞然として口を開き、オリアナのいる方向をぽけっと見ている。心底いたたまれなくなり、オリアナは早口で言った。

「あのできればでいいんだけど、もし、まだ舞踏会のペアが決まってないなら――」

「オリアナ」

いつの間にかオリアナが見つめていたデリクの顔が、口を開いたまま蒼白になっていた。何か恐ろしい魔法生物でも見てしまったかのような表情だ。

ぱちぱちと瞬きしたオリアナは、後ろを振り返った。

そこには、焦った様子のヴィンセントが立っている。

「ヴィンセント？　今、呼んだ？」

「ああ」

「どうしたの？　何かあった？」

問題でも起きたのだろうか。奇《く》しくも先ほどのデリクと、同じ問いかけをしたことに、オリアナは自分で気付いた。ヴィンセントが苦々しげに顔を歪める。

「――すまない。少し確認したいことがあって」

「急ぎなの？」

「ああ、そうだ」

オリアナは微かに迷って、ヴィンセントとデリクを見比べた。ヴィンセントの前で彼を誘うのは、なんだか気まずい。

「少しあっちで待っててもらえない？」

「駄目だ」

間髪容《い》れずにヴィンセントが言う。それほど急いでいる用事なのだろうか。

オリアナは眉根を顰めた。自分の心に従ってしまう、自分に対してだ。

父に厳命された舞踏会には出ねばならない。それに、ヴィンセントの正装姿も見たい。そのためには、デリクを誘うしかない。

なのに、それを天秤にかけたとしても、今ヴィンセントについて行ってやりたいと思う気持ちの方が重いのだ。

「ごめんね、ターキーさん。もしよければ、またあとで話をさせて」

「あ、うん」

「すまない。少し借りるよ」

ヴィンセントがにこりと笑ってデリクに言うと、デリクはまるで自らの潔白を表すかのように、両手を挙げた。

ヴィンセントに連れられて講堂を出ると、数歩も歩かない内に引き留められる。

「ヴィンセント！」

ラーゲン魔法学校内で、ヴィンセントのことを名前で呼ぶ者は限られている。追いかけてきた生徒を見て、オリアナは身を固くした。ヴィンセントと同じ、輝くような金髪を靡《なび》かせているのはシャロン・ビーゼルだった。顔にはどこか、焦った表情を貼り付けている。

オリアナは、シャロンが嫌いではなかった。今回の人生では、同じクラスメイトとして四年以上を過ごした。高貴で淑女然としているが、誰にでも親切で優しくあろうとするシャロンに、やはりヴィンセントの血筋だなと感じ入ることもあった。

ヴィンセントと喧嘩する前も、シャロンはオリアナにとって少し特別な存在だった。二人が幼い頃——ほんの短期間だけといえども——婚約をしていたことが、ずっと心に引っかかっている。

親同士の取り決めとは聞いているが、オリアナが生涯もらえないであろう権利が、シャロンに与えられていたことだけは確かな事実だった。

「丁度よかった。話したいことがあって――」

「すまない。今は急いでいる」

「少しだけよ」

互いに、人に譲らせることに慣れている物言いだった。

『シャロンが言ってたんだよね。舞踏会にはタンザインさんと行く約束をしてるって』

先ほどのマリーナの言葉を、嫌でも思い出していた。

今生のヴィンセントは、オリアナと付き合っている訳じゃない。だから、誰に優しくしても、誰と二人きりで話しても、誰と舞踏会に行こうとも、オリアナには無関係だ。何も言う権利もない。

（なんの話だろ……舞踏会かな……）

だとすれば、聞きたい話題ではない。オリアナはスススと壁に寄る。

オリアナの動きに気付いたヴィンセントが、鋭い視線を向けた。

「どこに行くんだ」

「話、するんだろうと思って」

（聞くのが辛い。ヴィンセントとこうしてるのだって辛い。……そういうことを、言わせてもらえる関係でもない）

ヴィンセントに甘えた振りはできても、甘えることはできないのだ。

（付き合うって、単純に好きな人同士がそばにいるだけだと思ってた……でも、だいぶ甘やかしてもらってたんだな）

友人として接してくれるならなおさら、友人の域を超えてはいけない。友人はこんな時に「辛い」なんて言わない。

（詰め寄ったり、少し一人にしていてほしいと頼める権利もない）

一歩後ろに下がるオリアナを、ヴィンセントが睨み付ける。

「僕が話をするから？　ターキーのところに戻るつもりだったのか？」

（そりゃできれば、返事をもらいに行きたいけど……）

デリクの練習を何度も中断させるのも憚られる。質問に答えずにまごまごしていると、更にヴィンセントの視線が鋭くなる。

ヴィンセントの隣に立つシャロンは、すまなそうに眉を下げた。

「ごめんなさい、エルシャさん。少しヴィンセントを……いいかしら？」

「あ、はい。どうぞ」

オリアナは反射的に言った。意図的に作り出された沈黙に込められていたのは、きっと「借りて」ではなく「返して」だ。勝手に返事をしたオリアナを、叱りつけるようにヴィンセントが見る。

「少し待っていろ」

「うーん」

「ここにいるんだ」

「うーーん」

なんとも言えない返事を繰り返す。シャロンを優先させることに、やっぱりなと落胆する気持ちを見せたくないし、ここにいろという言葉にも従いたくない。

（なんか怒ってる気がするし。辛いし。怖いし。若干腹も立ってるし。逃げたい。話ならあとで聞

いてあげるから、今は逃げたい）

友人の不機嫌を直してやるのは、後回しにしたかった。今は自分がまずしゃんと立ち直らなければ、彼にこの感情をぶつけてしまう。

「ここにいてほしい」

渋い顔でうんうん言っているオリアナの手首を、ヴィンセントが摑んだ。

オリアナはヒュッと喉が鳴る音を聞いた。それは自分の喉から発されていた。

記憶にある限り――熱が出た非常事態を除いて――今回の人生で、ヴィンセントから触れられたことはなかった。へばりつくオリアナを妨害するために不可抗力で触れたり、抱きついたオリアナに対応したりということはあっても――彼の意思でオリアナを捕まえたのは、きっと初めてだ。

（だって紳士は、許可も取ってないのに、勝手に女性に触れたりしない）

もちろん魔法学校内でそんな規律はない。紳士だ淑女だというのが馬鹿らしくなるような接触が、日々起きている。

それでも、オリアナは知っているのだ。彼が頑なに、身分に相応しい振る舞いを心がけようとしていることを。

何が起きているのか理解ができず、目をまん丸にして、オリアナは摑まれている自分の手首を凝視した。オリアナがリードを付けた犬のように大人しくなったのを受け、ヴィンセントはシャロンに向き合う。

シャロンは二人の様子を静かに見たあと、ヴィンセントと淡々と話し始める。

できる限り意識をそらして聞かないように努めたが、これほど近くにいては無駄骨だ。

会話の内容はやはり舞踏会のことで、シャロンのドレスについて、ヴィンセントの意見を聞きたいらしい。ヴィンセントは緊急性を感じられなかったようで、明らかに機嫌を悪くしているが、礼儀に則《のっと》った応酬を続けている。急ぎの用があったとしても、頼られたからには女性をはねつけることはできないのだろう。

会話の内容が個人的なものすぎて、オリアナは居心地が悪かった。できる限り顔を逸らそうとするが、摑まれていた手に力が入って、食い止められた。

（別に逃げようとしたわけじゃない……逃げる振りをして、気を引こうとした訳でもない）

だが結果として、そう取られても仕方がないことをしてしまった。拗ねた子どもが、大人にだだをこねるような真似に見えたのだろう。シャロンが美しい顔についている眉を、くいっと上げた。

オリアナは大人しくしている他なかった。

（何を聞かされてるんだろう……）

ひどく、ヴィンセントに対して腹が立ちそうだった。

（お前に望みはないんだぞって、突きつけてるのかな……こんなことしなくても、ペアにしてなんて、馬鹿みたいなこと言ったりしないのに……）

「エルシャさん、ごめんなさいね」

ぼんやりとしていたら、ようやく会話が終わったようだ。オリアナはハッとしてシャロンを見た。

その瞬間、ぐいっとヴィンセントに引っ張られる。

「じゃあ」

ヴィンセントはシャロンの別れの挨拶も聞かずに足を踏み出した。引きずられ、オリアナも続く。

ぐいぐいと手を引かれる。性急なエスコートは、日頃の彼らしくない。

一度後ろを振り返ると、唇をきゅっと引き締めたシャロンが、オリアナを見つめていた。

シャロンの泣きそうな顔を見てしまったオリアナは、不安になってヴィンセントの背を見た。

自分よりもオリアナを優先させたように、シャロンには見えたに違いない。パートナーにウキウキとドレスの話を振ったのに袖にされてしまった彼女を思うと、僅かに残っていた良心が疼いた。

(ちゃんと説明はしてたのかな……私には、何か確認したいことがあるだけだって)

浮かんだ考えに自嘲する。ペアを組むほどなのだ。余計なお世話に違いない。

廊下を曲がり、庭を突っ切り、どこに行くのかとオリアナが不安になり始めた頃、人気のない校舎の裏でヴィンセントは足を止めた。

「……さっきのは従姉妹だ」

「え?」

「彼女の父には世話になっている。幼い頃からよく会いに来ていたから、気安いだけだろう。ドレスの柄なんて、僕には何も関係ないのに」

「なるほど……?」

オリアナの反応が想像と違ったのか、ヴィンセントは苦々しい表情で、焦ったように口早に言う。

「ほんの短期間、一瞬にも満たない間だけ婚約していたこともあった。だから未だに馴れ馴れしさが残っているんだろう。婚約は完全に、破棄されている」

「あ、うん。知ってる」

こくこくと頷いたオリアナに、ヴィンセントが戸惑ったような視線を向けた。

「――何故？　このことは親族でも……」

尋ねながら、何かに気付いたようにヴィンセントは言葉を止めた。そして、これまでの視線とは比べものにならないほど、きつい目でオリアナを見た。

「……ヴィンスに、聞いたのか」

オリアナはこくりと頷いた。重い沈黙があたりを包む。

ヴィンセントにとって大きな秘密だったのだろう。しかし元々オリアナが既に知っていたために、ヴィンセントの表情は憎々しげに歪んでしまった。

「でもヴィンセントは……シャロンと舞踏会に行くんだよね？」

「それもヴィンスに聞いたのか」

最近は前の人生のヴィンスの話題を、ヴィンセントとしていなかった。

だからこそ二人の関係は穏やかだったのだと、突如感じた。たった一瞬ヴィンスの影が覗いただけで、こんなにヴィンセントの心は荒れている。

「ではそうしよう。君の望み通り、彼女と踊る」

（望んでなんてない！　シャロンと行ってほしいなんて、言ってない）

ひどい言いがかりをされた気分になって、オリアナは眉根を寄せた。

なんと言い返していいのかわからず、言葉が出なかった。ぎゅむっと唇を引き結んだまま、オリアナは黙り込む。

「……――ちなみに」

先に沈黙に耐えきれなくなったのは、ヴィンセントだった。

「君は誰と踊ったんだ？　僕だけ知られているのは、フェアじゃないだろう」

忌ま忌ましそうな声で、決して聞きたくはなさそうに尋ねられた。

別に、オリアナがズルをしている訳でもないのに、非難がましいことこの上ない。オリアナはムッとしたことを隠しもせずに言う。

「貴方ですけど」

「――は？」

「だから。私が前の人生でペアになったのは、貴方ですけどって、言ったの！」

ヴィンセントは戸惑ったように眉根を寄せた。

「……僕はシャロンとペアになったんじゃないのか？」

「シャロンとペアになったのは、今の貴方でしょ？　前の貴方は、私に……っ」

オリアナは顔を赤く染め上げた。吸う息が熱い。本人に向かって、何を言おうとしているんだと冷静な自分がいる。けれど、胸に渦巻く、行き場のない怒りが勝った。

「貴方はっ、私に、花束を持って、告白してきてくれたんだもんっ……！」

これ以上ないほど、オリアナの顔が赤くなる。両手で頰を押さえて、恥ずかしさに身悶えた。

それを、ヴィンスとの懐かしい思い出に胸をときめかせているとでも思ったのだろうか。ヴィンセントが長いため息をつく。

「……僕は、何から何までヴィンスに勝てない」

怒ったり、貶《けな》されたりするかと思っていたのに、オリアナの予想に反して脱力した声だった。

怒りも照れも忘れ、ヴィンセントの様子を訝しんでいると、どこか覚悟を決めたような顔をして彼がこちらを見た。

「いいか。ここにいるんだ」

「へ？」

「絶対に、何があっても動かないでくれ」

「え……」

「頼むから、僕が帰ってくるまでここで待っていると、約束してくれ」

ヴィンセントの真剣な瞳がオリアナを貫く。

オリアナはおずおずと頷いた。よくわからないが、ここで待っていればいいのだろう。

「わかった。待ってる」

「できる限り、すぐに戻る」

そう言い残して、ヴィンセントはローブをはためかせながら去って行った。その足取りは既に早歩きなんてものじゃない。走っていた。

（ヴィンセントが走ってるところを見るの、初めてかも……）

格好いいななんて無意識に湧き出る自分と、ヴィンセントの格好よさにむかつきながら、オリアナは校舎の壁にもたれて座った。


次にヴィンセントが戻ってきた時、彼は片手にまとまるほどの、小さな花束を持っていた。よく見ると、野草や森に生える花ばかりだ。

その顔はどこか不満げだ。額から小粒の汗が流れ、いつも綺麗にまとまっている髪はほつれていた。ズボンの裾には泥や枯れ葉がくっついていて、どこかを走り回ってきたように見える。

「こんな小さなものしか用意できなかった」

不本意そうな声で毒づきながら、ヴィンセントがずいっと花束を差し出す。

オリアナはわけもわからず、よろよろと立ち上がった。

「これで僕と踊るんだろう？」

花束を受け取ったオリアナはしゃがみ込み、その場に膝をついた。

あまりにも勢いよく倒れ込んだものだから、ヴィンセントがもの凄く狼狽える。

「どうした！」

「ううう っ……踊るっ……！　行くますっ……！」

胸に大きなハートの矢が飛んできた気分だった。ズキュンと撃たれたら、人はこんなに息も絶え絶えになってしまうだろう。

顔中に皺を寄せ、声を絞り出したオリアナに、ヴィンセントは「ふん」と鼻を鳴らす。

その仕草まで可愛くて、好きで仕方がなくて、オリアナは地面に顔を埋めた。

ペアになれたことよりも、ヴィンセントに誘われたことよりも、彼がまた花束を持ってきてくれたことが最高に嬉しかった。

オリアナの二度の人生の中で、一番好きな瞬間だったから。

そしてそれをヴィンセントは否定もせずに、もう一度してくれた。

（抱きつきたい。手、繋ぎたい。キスしたい）

ヴィンセントとヴィンスは、違うところがある。けれどやっぱり、全部が違うわけじゃない。

（だから困る。こういう時、ヴィンスにはなんでも伝えられたし、甘えられた。今だって、隣にいるのに――）

「はあああ……」

大きな大きなため息をつく。オリアナを起こそうとしていたヴィンセントの手がびくりと震える。

「それはさすがに失礼すぎないか？」

「ううう……もうしゃべらないでほしい……」

「うるさい」

ヴィンセントがぐいっとオリアナの体を引っ張った。土だらけのオリアナの顔にぎょっとしながらも、持っていたハンカチで丁寧に拭き取ってくれる。

「ううう……」

「何故唸っている」

「あんまり近くで見ないでぇ……」

「またそれか。可愛いと言っただろう」

「うあああ！　やめて！　黙って！　もう見ないで、言わないで！」

「何故だ。ヴィンスと同じ顔で、同じ声だからか？　同じ人間なんだから、当たりま――」

「照れるからにっ、決まってるでしょっ!?」

拭いてもらっていたハンカチを取り上げて、オリアナは真っ赤な顔で叫んだ。

大きく開けた唇がわなわなと震え、涙がぶわあっと流れる。

「……」

「……」

叫ばれたヴィンセントも、何故か徐々に顔色を赤く染めて行き、二人で押し黙る。

「……」

「……そ、そうか」

「……」

「……うん……」

二人は揃って下を見た。顔はしばらく、上げられなかった。

六章　とっておきの謝罪

「あら、じゃあタンザインさんとペアになれたの？　よかったわね。おめでとう」

「えへへ。ありがとう」

寮の自室で、ヤナに今日の出来事を話す。カーテンの向こうは既に闇が濃い。階下の談話室では、まだ人が動いている気配があった。

ヤナは床の上で柔軟をしながら、オリアナにのほほんと聞く。

「なら、告白もされたのね？」

「告白は……されてない」

ヤナが微妙な顔になる。オリアナもそっくり同じ顔を返した。

「で、でもーヤナも言ってたじゃん。恋人じゃなくても、パートナーにはなれるって」

「けれど貴方達の雰囲気だと、恋人として選ばれたのかしらと思うじゃない？」

（まあそりゃぶっちゃけ正直、私も思ったけどっ）

部屋に飾っているヴィンセントからもらった花束を見て、オリアナは唇を突き出す。

「でも、何も言われてないんだもんー……」

不本意であることを隠しもせず、渋々と言った。

校舎の裏で互いに盛大に照れ合ったあと、オリアナとヴィンセントはぎくしゃくしたまま別れた。あの時は、それがベストな行動のように思われた。ペアに誘われた以上の話し合いをする余裕は、どちらにも残っていなかったからだ。

「自惚れていいのかなー。いいような気もするんだけどなー」

ヴィンスの時は、自惚れた。そして、それは正解だった。

だが、ヴィンセントが誘ってくれた理由が、はっきりとわからない。

(流れからすると、ヴィンスへの対抗心っていうのが一番合いそうだし……)

目を瞑って、うーんと頭を捻っていると、ヤナがため息混じりに言う。

「なら、シャロン・ビーゼルとペアになったという噂はどうなっていたの?」

「その噂、第二まで届いてたの? んー、多分、ただの噂だったっぽい」

あの口ぶりからすると、シャロンと一緒に行くつもりはなかったのだろう。

それに、まだペアの相手は決めていなかったはずだ。そうでなければ、売り言葉に買い言葉で、「シャロンと行く」とも言わないだろう。

マリーナがシャロンとヴィンセントが舞踏会に行く約束をしていたと言っていたのは、もしかしたら休暇中の社交の話だったのかもしれない。だとすれば、ヴィンセントが「ドレスの柄なんて、僕には何も関係ない」と言っていたのも頷ける。本当に、関係なかったのだ。

(――じゃあ、なんでビーゼルさんは話しかけて来たんだろ。舞踏会の話を振って、ヴィンセントに誘ってほしかったのかな……)

シャロンとは不仲ではないが、特別親しくもない。個人的にこんな話をする仲ではないため、憶測することしかできなかった。

「口うるさく尋ねる女は、総じて男に嫌われるものよ――でも、オリアナ。確かなものが欲しくはないの？」

ヨガをやめ、ヤナが神妙な顔でオリアナを見る。

「……もしかしたら、欲しくないのかも」

欲しいに決まっていると思っていたのに、口を突いて出たのは反対の言葉だった。

「好き」と言わないオリアナに、ヴィンセントは優しい。

気を許してくれて、困っていたら手を貸してくれて、たった一人のペアに選んでくれて、可愛いとまで言ってくれる。

――期待しない方が、馬鹿である。

もしかしたら、もう一度好きだと伝え直したら――何度も断ち切られた望みを、もう一度だけ持ってもいいんじゃないかと思う時もある。

（けど、また断られたら？）

そう思うと、足がすくんで動けない。

「好きと言うな」という言葉さえ撤回されていないのに、言葉を求める気にはなれなかった。

確かなものなんてない今のほうがずっと、ヴィンセントの近くにいられるのは間違いないのだ。

「ヤナは？」

「私？」

「確かなものが欲しいの？」

「――そうね。私も、欲しくないわ」

だから、ここにいるのよ。と、ヤナは小さな声で呟いた。

言葉を与えてしまうと、崩れてしまう関係性がある。

オリアナとヤナは、同じ細い綱の上に立っている同志だった。


…………


舞踏会の準備は順調に進んでいた。ヴィンセントとオリアナがペアを組んだことは、瞬く間に学校中に広まったが、かといって大きな混乱はなかった。

大多数の生徒達には「まあ、そうだろうな」という感想しか浮かばなかったからだ。

放課後にやっていたダンスレッスンも、順調に仕上げに向かっていた。

先日、ヴィンセントから褒美を賜る一名が、ウィルントン先生によって選ばれた。五年第二クラスの女生徒だ。講堂を手配し、融通を利かせてくれたウィルントン先生の決定に反発する者はおらず、誰もがその女生徒を祝福した。

父親は騎士の称号を持つが、彼女自身は平民だ。彼女は一曲目のダンスをヴィンセントにエスコートされ、会場のど真ん中で踊ることになる。美人で長身の彼女が、ヴィンセントと踊る姿を想像する。それは見事に違いない。前の人生での、オリアナの親しい友人でもあった女生徒を、オリアナは心から祝福した。

「――だから、待てと言っているだろう！」

「ごめんなさいごめんなさいごめんなさいー！」

舞踏会一色のラーゲン魔法学校の回廊に、不機嫌なヴィンセントの声と、オリアナの悲鳴が響く。

生徒達は何事かと立ち止まり、なんだいつもの二人かと興味を失ったように視線を逸らすが――多くの者がぎょっとして、もう一度見ることになった。いつもなら追いかけ回しているのがオリアナで、追いかけられているのがヴィンセントなのに、なんと今日はその立場が反対だったからだ。

カツカツカツ――いつもよりもずっと速く強い足音が、ヴィンセントの苛立ちを表す。オリアナは小走りで、ローブを翻しながら逃げていた。

「何故逃げるんだ！」

「まだちょっと、心の準備ができてなくって！」

「準備？　なんの準備が必要だと……こら、オリアナ！　待て！」

「ひえ～～！」

「一体何を逃げて……」

訝しげに眉を顰めたヴィンセントだったが、周囲の生徒がこちらを見ながらひそひそと小声で話しているのに気付き、言葉を止めた。生徒らの不審な視線に思い当たるところがあったらしく、頬を赤らめて彼らを睨み付ける。

「僕は彼女に――心の準備が必要になるような、不埒《ふらち》な真似を無理強いなどしていない！」

「も、もちろん信じています！　タンザインさん！」

「ただちょっと、逃げる女子を追いかけ回すタンザインさんが、その、珍しくって……」

生徒達は、しどろもどろに返事をする。憤懣《ふんまん》やるかたない表情を浮かべたヴィンセントが、オリアナを見た。

「オリアナ！　君のせいで散々だ！」

「ご、ごめんなさいってばー！」

しかしオリアナは止まることなく、ヴィンセントからまだ逃げていた。脱兎《だっと》の如く逃げまわるオリアナを、ヴィンセントも負けじと追いかけた。

ついに廊下の隅でヴィンセントに追い詰められる。これ以上逃がさないためにか、ヴィンセントが壁に手を突いてオリアナを囲う。

夢にまで見た壁ドンだというのに、オリアナはヴィンセントから逃れようと身を捩った。

「君は、さっきから何をしているんだ……」

ズモモモ――と効果音が聞こえてきそうなほど、ヴィンセントはご立腹である。

「だ、だって……でも……」

「だってもでもない。よく考えるんだ。僕はそんなに、君に無理難題を突きつけているか？」

「それはーそのー……」

「それとも何か？　君は僕と舞踏会に行くことを、前向きに考えていないと？」

「そ、そんな訳ない！」

「なら、何故逃げる」

ヴィンセントがオリアナを見下ろした。オリアナはぎゅっと目を瞑る。

「ただ、ドレスの色を聞いただけだろう！」

（それが、大問題なんだもん）

オリアナは両手で顔を覆って、しゃがみ込んだ。

アマネセル国の舞踏会には、ちょっとしたマナーがある。

必須ではないが、パートナーと揃いの意匠を身につけることを求められるのだ。

衣装の色味や素材、モチーフに共通点を作り、統一感を出すことで、舞踏会主催者へ敬意を表す。

特にラーゲン魔法学校の舞踏会は準備期間が長いこともあり、よほどの理由がない限りペアで衣装を合わせるのが慣例となっている。

パートナーが決まってから装飾品を変更する生徒もいれば、相手が決まるまで衣装を仕立てずにいる子もいる。張り切るペアは生地から合わせ、女子のドレスと、男子のベストを揃える、なんてこともある。

一番メジャーなのは、カフスボタン、スカーフ、ピアスといった装飾品を揃いの色にしたり、互いの瞳の色を取り入れたりすることだ。

——そしてオリアナはというと、実はそれを、既にやっちゃっているのである。

「だ、だから、ドレスの色は……その……当日にわかるじゃん？」

「いずれわかることを、何故出し渋る」

オリアナは泣いた。過去の——あの生地を選んだ時の——自分を、ぶん殴ってやりたくて仕方がなかった。

自分のドレスの色を思い出し、顔を赤らめたオリアナは、そっと両手から顔を出す。オリアナ同様しゃがみ込み、こちらを覗き込んでいたヴィンセントに、うるうるとした目を向ける。

「……どうしても言わなきゃ駄目？」

「……」

ヴィンセントは憎々しげな顔をしてオリアナを見た。何をぶりっこしているんだと思われているに違いない。視線だけで焼け焦げてしまいそうだ。

オリアナを見下ろしていたヴィンセントは、一度大きなため息をつくと、隣に座った。腰を据えて話し合おうというのか。オリアナはゴクリと生唾を飲む。

「それほど言いたくないのなら、何か理由があるんだろう。教えてくれないか？」

ヴィンセントの歩み寄りを感じ、オリアナは一気に決まりが悪くなった。

「別にそんなあれなあれじゃ、ないんですけどぉ……」

「ならなんだ。何故言えない」

たいした理由もないのに答えを引き延ばされていたヴィンセントが、眉をつり上げる。オリアナはひょえっと心の中で悲鳴を上げた。

「ヴィーンセーント」

語尾にハートマークでもついていそうな調子で、明るい声が会話に割り込んできた。このタイミングで飛び込んできた声に嫌な予感がして、オリアナはひくりと頬を引きつらせる。

「どうした」

そこにいたのはミゲルだった。いつから会話を聞いていたのか、いつものように飴を咥え、にんまりと笑っている。

「オリアナから話を聞き出したいなら、やり方変えなきゃーな」

「はあ？　なんだ。藪から棒に」

ミゲルは長い足であぐらをかき、ヴィンセントの横に座った。

「いいから耳、貸してみろって」

明らかに乗り気ではないヴィンセントの肩を抱いて、ミゲルがヴィンセントに耳打ちをした。不承不承ながらも体を寄せたヴィンセントは、言われた言葉に目を見開いてミゲルに怒鳴る。

「そんなこと、できる訳がないだろ！」

「えー。でも絶対オリアナ喜ぶのに」

「な、何々？　何話してたの？」

ついに好奇心に勝てず、オリアナも身を乗り出して会話に交ざった。

「んー？　オリアナには、可愛くお願いすれば一発だって教えてあげただけ」

「ぐっ」

踏みつけられた蛙のような声が出た。可愛くお願いしてくるヴィンセント。全くミゲルは、なんてものを召喚しようというのか。子ども同士の小競り合いで、竜を呼び寄せるようなものだ。

「しないからな」

「えー。しないの？」

「しないの？　本当に？」

身を乗り出したオリアナがキラキラと輝く目で見ると、ヴィンセントが顔を顰める。

「君は言いたくないんじゃなかったのか？」

「そうなんだけどぉ……！」

（でもだって、どう考えたって見たい）

そんなことをされれば不利になるとわかっていても、どうしても見たい気持ちを捨てきれない。

それに、可愛い振りをするだけと知っていれば耐えられる自信もあった。

期待を込めてちらちらとオリアナが見ていると、ヴィンセントは胡乱《うろん》げにミゲルを見た。

「……どうすればいいんだ」

「そこはほら、自分で考えないと。な？」

「ねー？」

二人まとめて睨まれて、オリアナはすぐにヴィンセントから顔を逸らす。

ヴィンセントはしばらく床を睨み付けたあと、覚悟を決めたようにオリアナの方を向いた。しかしすぐに顔を伏せる。それを何度か繰り返したのち、オリアナを見つめたヴィンセントは、苦渋に満ちた表情を浮かべていた。

「――オリアナ」

「はい」

ごくり、と緊張から喉が鳴る。一体どんな可愛い顔を見せてくれるというのだろうか。どんな顔をされたって絶対に言うものかと心に決めて、オリアナはヴィンセントを見返す。

真正面から見つめ合っていると、ヴィンセントの顔がどんどん赤く染まっていく。自分でもわかるのか、ヴィンセントは「くそっ」と言いながら、片手で顔を覆う。そしてもう一方の手で、オリアナのローブを摑んだ。

ぐいっとローブが引っ張られる。まるで「逃げないで待っていてほしい」という懇願のように見えるその手に、オリアナは内心で無茶苦茶動揺した。

真っ赤な顔をしたヴィンセントが、睨み付けるようにオリアナを見据える。

「……どうか僕に、君のドレスの色を教えてほしい。……――駄目か？」

「ピンクですッ!!」

オリアナは即答した。

もの凄く可愛かった。破壊力が桁違いだった。こんなの、我慢できるはずがない。

ぽかんとするヴィンセントの横で、ミゲルが一瞬で陥落したオリアナを笑っている。

「……そんな簡単に……？　いやそれよりも、ピンク？」

「はい。ピンク。ピンクです」

「いい色じゃないか。何を言い渋っていたんだ？」

呆れと困惑が混ざった声でヴィンセントが言うが、オリアナは返事ができずに口をむぐっと引き結んだ。

オリアナのドレスの色は、ピンクだ。大声でピンクと言い張れば、ピンクと認められる色である。

だが――非常に残念な事実ではあるが――人によっては、紫と呼ぶかもしれない。

ドレスを仕立てたのは、長期休暇中だ。ということは、ペアになる予定もなかったのに、ヴィンセントの瞳の色を意識して選んでいた生地である。

当時は全くの紫でないので大丈夫だろうと判断したのだが、オリアナを知っている者が見れば、誰を想っていたかは一目瞭然だろう。

（片思い特有の浮かれ具合って、あとで冷静になると死ぬほど恥ずかしい……）

オリアナは、先ほどのヴィンセントに負けないほど顔を真っ赤にして沈黙した。そんなオリアナに、ミゲルが追い打ちを掛ける。

「オリアナ。ピンクだけじゃ、ヴィンセントもわかんないって。青みがかってるとか、濃い色とか、くすんでるとか、教えてやんないと」

オリアナはぎゅんと顔を向けると、ミゲルを睨み付けた。この男、オリアナの選んだ生地の色を見ぬいているに違いない。むぐぐっと引き結びすぎた口が横に伸びているオリアナを見て、ミゲルが必死に笑うのを堪えている。

「それもそうだな。どんな色合いだ？」

オリアナは口をパクパクとした。全く、なんてことを聞くんだ。せっかくピンクで言い逃れできていたのに。オリアナは視線をさ迷わせる。

「ミ、ミゲルが言った色合いに近い、かもしれない」

「というと？　青みがかった濃いピンクで、くすんでいるということか？」

「そうかもしれない」

「曖昧だな」

当然だ。曖昧にしておきたいのである。

ついに吹き出したミゲルがオリアナの視界に入った。オリアナは立ち上がると、ミゲルのローブの裾を摑んで、苛立ち混じりにぺいっと彼の顔にかけた。

「ミゲルッ！」

「あはっ、あっははははっ！」

頭を隠されたというのに、いよいよ全開で笑い始めたミゲルを、オリアナはむきになってローブで押さえつける。自らのローブに封印されしミゲルは、楽しそうに腹を抱えて笑う。不格好なローブから出た長い足が、ふるふると震えている。

「オリアナ、そのくらいにするんだ」

蹲《うずくま》るミゲルを守るように、ヴィンセントがじゃれるオリアナの肩を摑んで引き剝がす。暴力的な女子だと引かれたのかもしれない。オリアナは「ううう……」と低く唸る。

「だっ、だから言いたくなかったのにっ……！」

八つ当たりするオリアナの声が余程悲痛だったのか、ヴィンセントがぎょっとしてオリアナを見た。ミゲルも瞬時にローブから抜け出して立ち上がる。

「おーい、オリアナ？　オリアナちゃん？」

「な、泣いているのか？」

別に泣いてはいなかったが、オリアナは両手で顔を覆った。

「えーん。ミゲルくんとヴィンセントくんがいじめるよぅ……」

オリアナの泣き真似に、二人はあからさまにほっとした顔をした。

「悪いヴィンセントだな。ミゲルくんがしっかり怒っといてやるからな」

「聞こえなかった？　ミゲルくんもオリアナちゃんをいじめてたんですけど？」

指の隙間からじろりと睨み付けると「ごめんごめん」とミゲルがオリアナに謝った。

「全く。女の子の秘密を無理に暴《あば》くなんて、紳士の風上にも置けない。誇り高きラーゲン魔法学校の男子生徒とは思えない所業だね」

調子にのってぷんすこと怒った真似を続けてみると、ミゲルが大きな体を曲げて、目線を合わせようとする。

「悪かったって。誠意見せるから。な？」

「おやや？　話くらいは聞きましょう？」

つんと顎を反らして澄まし顔をすると、ミゲルはヴィンセントの肩に両手を置いた。オリアナが泣き真似をした時から黙って成り行きを見守っていたヴィンセントは、驚いてミゲルを振り返る。

「なんだ？」

「尻拭いして」

「なんだって？」

「お願いっ！　ヴィンセント！　お前しか頼れない！」

「君に可愛く頼まれたところで、全然頼まれてやりたくない」

ひそひそ声で話しているが、全てまる聞こえだ。オリアナがじとっと見ると、ヴィンセントは居心地悪そうにミゲルに囁いた。

「どうしろと言うんだ」

最終的にはオリアナが自ら進んで白状したのだが、彼女の言い分に良心の呵責を感じたらしいヴィンセントは、神妙な表情を浮かべる。ミゲルも同じほど神妙な顔をしてヴィンセントに頷いた。

「よし。その意気だ。ちょっと頭撫でて『オリィは世界一可愛いね』って言ってこい。絶対許してもらえる」

「許しましょう。採用です」

盗み聞きしていたオリアナは、両手を頭の上に挙げて丸を作った。ヴィンセントがミゲルとオリアナを交互に睨む。

「こんな場っ——そんなこと、言う訳がないだろう！」

「そうだよね。わかってた。心から残念だけど、なら頭を撫でて『オリィ』って呼んでくれるだけで許しちゃおうかな」

オリアナの譲歩に見せかけた要求に、ヴィンセントは鼻の上に皺を寄せた。

「君はっ……本当に商人の娘だな」

「えへへ。へへっ」

褒められちゃった、と頭をかくオリアナを見て、ヴィンセントは覚悟を決めたようだった。嫌だと渋っても、やる時はやる男の子である。オリアナは、きゅんときめく。

ふーと大きく息を吐いたヴィンセントが、そわそわと待っているオリアナに一歩近付く。

「オリィ」

「はいっ！」

渋々呼ばれた名前に、にこにこと返事をする。犬なら尻尾がちぎれんばかりの喜びようである。

オリアナの様子に毒気を抜かれたのか、ヴィンセントは苦笑を浮かべた。

「おいで」

「ひぇっ……」

強めの火力の「おいで」にオリアナは悲鳴を上げた。

（そんなオプションついてくるなんて聞いてない……!!　お金払うから、お願いだからもう一回言ってほしい……！）

衝撃に耐えきれず、口元を隠してヴィンセントを指し、同意を求めてミゲルを見た。ミゲルは笑いながらうんうんと頷く。二人で仲よくヴィンセントの格好よさを共有していると、当の本人が苛立たしげに靴をコツコツと鳴らした。

「……さっきから二人して。なんなんだ？　僕は席を外そうか？」

「なんでもないですっ。ごめんなさいっ。すぐ行きますっ」

ヴィンセントがへそを曲げ始める前に、オリアナはそそくさと近付いた。すすすと差し出したオリアナの頭に、ヴィンセントが慎重に触れる。

大きな手のひらが、ゆっくりとオリアナの頭のカーブを撫でる。優しい感触にオリアナは思わずうっとりとして目を瞑った。

「……すまなかった。許してもらえるだろうか？」

「しょうがないから、許してあげます」

思わぬ収穫にオリアナはほくほくだ。「オリィ」と「おいで」と頭を撫でられる手の感触で胸が一杯すぎて、今日のご飯は入らないかもしれない。

「あーよかった。オリアナに恨まれたら、死んでも死に切れんし」

「ちょっとミゲルくん、死ぬとか冗談でもやめてください～」

死んでも死に切れていないオリアナが笑いながら言うと、ミゲルが笑って飴を揺らす。

「そいや、授業終わってすぐ追いかけっこ始めてたけど、昼食った？」

「あ、食べてないや」

「食堂行こ。今日ラーメンだって」

「ラーメン！　行こう！」

胸が一杯で今日のご飯が入らないとしても、ラーメンは別腹だ。

ミゲルの提案ににこにこと答えるオリアナの腕が、後ろからぐいっと引っ張られた。

「！」

バランスを崩すオリアナの背を支えたのは、彼女の腕を引っ張ったヴィンセントだった。ヴィンセントは背後からオリアナの耳に口を寄せると、ミゲルに聞こえないぐらいの小声で囁く。

「――ピンクのドレス、楽しみにしているから」

早口で言ったヴィンセントは、すぐに腕を離す。そして、前を歩くミゲルの隣に並んだ。

オリアナは呆然とし、ヴィンセントの吐息が掛かった耳を片手で覆うと、ずるずると床にしゃがみ込む。

「ん？　どったん、オリアナ？」

すぐ後ろにいたはずのオリアナがいないことに気付いたミゲルが、不思議そうに首を傾げる。

オリアナは耳を押さえたまま、真っ赤な顔で、「……こ、腰が抜けた」と呟いた。

七章　星の守護者

「――だからこそ、齢十にしてエテ・カリマの誇る四つの武術をマスターし、アズラクは国一番の戦士になったのよ」

楚々として微笑むヤナの頭上には、表情とは対照的に「ドヤァ」という文字が浮かぶ。

お昼休憩中、食堂でヤナとアズラクと食後の紅茶を飲んでいたオリアナは、目をキラキラと輝かせて斜め向かいのアズラクを見た。

「アズラク凄すぎでは⁉」

「姫の護衛には箔が必要だからな。うちの親族が大げさに吹聴している」

苦笑を浮かべるアズラクに、ヤナは「いいえ」と首を横に振る。

「アズラクは小さな頃から本当に凄かったのよ。子どもに戻れる魔法薬でもあれば、飲ませて証明してみせるのに……」

「そんな魔法薬新発見したら、調合方法吐くまでハインツ先生に監禁されそう」

「あら、つれないわね。オリアナは小さなアズラクを見たくはないの？」

オリアナはカップをソーサーに置いて、真顔で言った。

「見たい」

オリアナの本気を感じ取ったのだろう。ヤナは満足気に頷く。

「私ももう一度見たいわ。今はこんなに大きいけれど、あの頃はもっと線が細くて、鷹のように美しい少年だったのよ」

線が細くて美しい少年のアズラクが想像できずに、オリアナはアズラクをじっと見つめた。線が細くて美しいヴィンセントの少年時代なら、簡単に想像できるのに。

邪念の化身ショタヴィンセントを脳内から追い払ったオリアナは、真剣にアズラクを見つめ、彼の少年時代を想像する。アズラクは、オリアナに自分の少年時代を妄想されても痛くもかゆくもないようで、否定もせず照れもせず、涼しい顔で紅茶を飲んでいる。

「ヤナとアズラクって、そんな前からの付き合いなんだ」

「ええ。物心ついてからずっと一緒よ。小さな頃は、私がアズラクを追いかけ回していたの」

ヤナが椅子の背もたれではなく、すぐ横に座るアズラクの肩に寄りかかる。この二人は、驚くほどに距離感が近い。アズラクは当然のような顔をしてヤナを受け止めている。

「じゃあ……これからもずっと一緒だといいね」

「ええ、そうね」

ふんわりと微笑むヤナを、アズラクが目線だけで見下ろした。しかし、オリアナが気付く前に、すぐに視線は外される。

未来のことはあまり考えないようにしていたが、あと一年もしないで、オリアナ達はラーゲン魔法学校を卒業する。

卒業すれば、ヤナとアズラクとはお別れだ。残念だが、ヤナは王族としてエテ・カリマ国に帰るだろう。その時は今と同じように、アズラクが横にいるはずだ。

（ずっと一緒なの、いいなぁ）

「あっ――エルシャさん、いたいた！」

パタパタと騒々しい足音と共に、聞き慣れた声がやってきた。テーブルの隙間を縫って、監督生のデリク・ターキーがこちらにやってくる。

「休憩中にごめん。魔法陣学のレポートの提出、忘れてない？」

「――!!　わ、すれて、ました。ごめん、寮まで取りに帰るわ。待っててもらうのも申し訳ないし、私から先生に直接出すよ」

「クイーシー先生に、まとめて提出しろって言われてるから、できれば僕にもらえると嬉しいな」

オリアナは立ち上がりながら「急いで取ってくるから！」と顔を真っ青にして叫ぶ。

「いやいや、そんな気にしないで。僕も途中までついて行くよ」

「ほんとにごめん～～！　ヤナ、アズラク。ちょっと行ってくるね」

「行ってらっしゃい」

「気をつけて」

食べ終わっていた食器を小走りで運び、オリアナは慌ててデリクのもとに戻った。魔法陣学の準備室がある東棟は、食堂と女子寮の中間にある。東棟の前で待っていてもらうのが合理的だろう。

「言われるまで本気で忘れてた……教えてくれてありがとう」

女子寮への道を行きながら、オリアナはデリクに言った。

「全然いいよ。いつもお世話になってるし。エルシャさんが忘れるなんて初めてだろうし」

「最近楽しそうだもんね。タンザインさんと舞踏会のことでも話してたの？」

オリアナは盛大にこけた。咄嗟に支えようとしたデリクが持っていたレポートが、バサバサバサッと廊下に散らばる。両手を床に付き、目の前の紙の洪水に啞然とするオリアナの横で、デリクが大慌てでレポートを拾う。

「ごごごごめん」

正気に戻ったオリアナも、顔を真っ赤にしながらレポートを追いかける。

乱雑に重ねられたレポートを二人で覗き込みながら、廊下の隅で、上下や裏表を確認していく。

「動揺させちゃってごめんね。エルシャさんが最近楽しそうなのを見る度に『よかったねー』ってクラスで話題になってたから、つい」

「えっ!?　クラスで?!　なんで?!　やだ、やだやめて……」

この間の追いかけっこも見られていたのだろうか。今なら、恥ずかしさで死ねるかもしれない。

オリアナは気を紛らわすために、神経質なほど完璧にレポートの角を揃える。

「あはは。みんな、ようやくかな、って喜んでるんだよ」

「わ、私、見守られてたの!?」

「え？　知らなかったの？」

全く知らなかった。オリアナはヴィンセントしか見ていなかったし、祝福されるような関係性をクラスメイトと築けているとも思っていなかったからだ。みんな、オリアナが思っている以上に仲間意識を持ってくれていたらしい。嬉しいが、タイミング的に恥ずかしすぎる。

「待って、まだそういう、喜んでもらえるような関係じゃない」

「そうなんだ」

「そうなんです」

「わかりました」

表面上、オリアナの意見を尊重してはくれたが、デリクはあまり信じていないようだった。

それに、万が一オリアナとヴィンセントがまた恋人になれたとしても、ヤナとアズラクのように
ずっと一緒にいられる訳ではない。卒業すれば、彼もオリアナも、家のために動く身となる。

――「ずっと一緒」なんて、オリアナとヴィンセントにはあり得ない。

「こんなエルシャさんが見られる日が来るとは思ってなかったな。なんだかんだで、三つ四つ年上の先輩、って感じがしてたからな、エルシャさん」

「えっ!?　私が?!　なんで？」

思いもかけないことを言われ、オリアナは目を見開く。

「んー……。物事への構え方が、僕達と違うように見えたんだよね。何があってもずっしり構えて、余裕があるというか」

「ほぉ～へえ～」

オリアナは感心したように何度か頷いた。自分では年上風を吹かせているつもりはなかったが、二度目の人生だからこそその特徴が出ていたのかもしれない。

「だからこそ、恋してるエルシャさんが見られるの、なんか、こう……感慨深いよね」

「感慨深くならないで。厳密に言い切らないで」

まとめたレポートで顔を覆いながら、消え入るような声でオリアナが言う。

「あんなにところ構わず、好き好き言ってたのに」

本当にその通りだ。デリクの言葉に耳まで真っ赤にして、オリアナはレポートに隠れる。

「エルシャさん駄目駄目っ！　レポート、ぎゅって握っちゃ」

「あああ、ごめん、本当にごめんっ」

（もうっ！　何から何まで上手くいかない！）

皺が寄ったレポートを、オリアナは狼狽《ろうばい》しながら手で伸ばした。


「よっ、オリアナ」

校舎を出て、デリクと並んで東棟へ向かっていると、中庭を歩くミゲルに声をかけられた。

「ミゲルじゃん！　やっほ。何持ってるの？」

「聖剣。岩に刺さってるのぶち抜いてきたんだ」

「何それ、強そう」

「いいだろ」

にっと笑うミゲルは、片手に摑んだ二本の木剣をゆらゆらと揺らす。

「もしかして、マハティーンさんの試練に挑むのかい？」

オリアナの隣に立っていたデリクが、目を輝かせてミゲルに問うた。

「俺、いつの間にか砂漠の王女を籠絡《ろうらく》した、伯爵家の放蕩息子らしいから」

他人事のように面白がっている口ぶりのミゲルに、オリアナが笑った。

「貴方とヤナのお噂はかねがねよ。ミゲルは既に結婚指輪を渡してるとか、アズラクの目を盗んで頻繁にデートを重ねてるとか」

「そりゃ凄い。ザレナの目を掻い潜る実力があるなら、諜報員として重宝されるな」

「僕は既にマハティーンさんのお父上から、本国に呼ばれてるって聞いたな」

「呼びつけられるのは、どこの父親でも嫌な話だ」

デリクの話に、ミゲルはため息をついた。

「どうしたの？」

「呼ばれてたんだよ。家に帰ってた」

ラーゲン魔法学校の生徒は外出許可さえあれば、街に出ることが可能だ。基本的には休日に限られるが、理由があれば平日の外出も許可されていた。学校がある時期は、大抵の貴族も領地から王都へと出向いてきている。フェルベイラ伯爵も、王都の住まいにいるのだろう。

「呼び出し食らうような何かをしちゃったの？」

「放蕩息子に、お灸を据えに？」

「――まさか、ミゲルのお父様にまで噂が？　しかも、噂を信じちゃってるの？」

オリアナが啞然として尋ねると、ミゲルは飴を咥えた口の端をつり上げた。

「うちのお父ちゃまは、噂さえあれば十分だからな」

つまり、煙があるところに火をたたせようとしているのだ。

「えっ、じゃあ、今から試練に行くの!?」

「そう。まあ一回勝負しとけば、親父も諦めるだろ」

負けるのがわかっている口ぶりだった。それも仕方ない。アズラクは誰にも負けたことがない。

「えええええ、見たい！」

「俺が無様にザレナに踏みつけられるところを？　オリアナ、俺のこと応援してよ？」

「応援するする。ねえ、いつやるの？」

「今から。さっさと終わらせたいからな。昼休み中にやるよ。丁度いいところでオリアナ見つけたと思ってさ。ヤナ達が今どこにいるか知ってる？」

それで声をかけてきたのか。オリアナは肩を落とした。今からオリアナは女子寮に戻り、レポートを持って東棟へ行かなくてはならない。決闘は見られないだろう。

「残念……私が別れる時までは、食堂にいたよ。右側の窓際のところ」

「あんがと。んじゃーな」

ミゲルは二本の剣を肩にかけると、ひょいひょいっと大股で走り去った。

「見たかったね、決闘」

「ね～」と小さくぼやいて、オリアナは女子寮へと向かった。


デリクと共にレポートを提出し終えたオリアナは、運よくミゲルの決闘が見られないかなと、一人で食堂に向かった。先ほどヤナ達と別れた場所に戻ると、食堂の横スペースから、大きなどよめきが聞こえる。

なんだなんだとそちらを覗くと、生徒が集まっている一角があった。試練が行われているようだ。

（やった！　間に合ったかも）

足取り軽く、オリアナは向かった。まだ終わっていなければいいなと思ったのは、戦っているところなど見たことがないミゲルの勇姿を、ほんのちょっとでも見たかったからだ。

しかし先ほどのどよめき以降、観客はほぼ何も声を発さなかった。水を打ったかのように静かだ。既に決着が付いてしまっているにしろ、これほど静かな試合は珍しい。

人垣の隙間からひょこりと覗くと、野次馬達がオリアナに気付いた。皆一様に、微妙そうな顔をして、オリアナを見ている。

横入りに対する不満かと思ったが、どうも違うようだ。

集まっていた人達は皆、オリアナを見て戸惑うように道を開く。

——何故か、嫌な予感が湧いてくる。

導かれるままに、オリアナは人の波を抜けていった。ただの予感だというのに、心臓がドキンドキンと早鐘を打った。

真ん中にいる二人を見て、オリアナは息を呑む。

「……ミゲル？」

二人は戦いを終えたあとのようだった。木剣を掴んでいるミゲルの腕は、力なく垂れ下がっている。

ミゲルは、オリアナに気付くこともなく、呆然と目の前にしゃがみ込む男を見つめていた。

しゃがんでいたのは、アズラクだ。

それは、信じられない光景だった。

——あのアズラクが、挑戦者に対し従順に頭を垂れていたのだから。

「御見逸《おみそ》れした。私の負けだ」

アズラクの口からこぼれた言葉が、一瞬オリアナには理解できなかった。

心に受けた衝撃を、咀嚼《そしやく》する時間などなかった。

次にオリアナがしたことは、群衆のどこかにいるヤナを探すことだった。

見渡せば、ヤナはすぐに見つかった。ヤナの周りには少しスペースが空いており、誰もが腫れ物に触るかのような――それでいて、興味津々な顔で彼女を見ていた。

オリアナは走った。ヤナの隣に行くと、彼女の肩を抱きしめようとして――やめた。

彼女はあまりにも孤高に、その場に立っていた。

アズラクがこちらを向いた。正確には、アズラクの目にはきっと、ヤナしか入っていなかった。

「死力を尽くしましたが、力及ばず……。ご下命であれば、この命――」

「よい」

淡々とした応酬だった。アズラクの表情は、頭を垂れたせいでわからない。ただヤナの目は砂漠の夜のように冷ややかで、一切の感情を見せなかった。

「あいわかった。国に戻るか？」

「――お許し頂きますれば」

より一層、アズラクが頭を下げる。地面についた膝に額が触れそうなほどだった。

これだけの人数が集まっているというのに、誰も、何一つ声を上げることができなかった。

それは驚きからくるものではなかった。

この神聖な光景に、誰もが気圧されていたのだ。

「アズラク」

アズラクをただ一心に見つめていたヤナが、低い声で名を呼んだ。

「はっ」

「――大儀であった」

まるでそれが、別れの言葉かのように――

アズラクの返事を聞くこともなく、ヤナはくるりと踵を返した。ヤナの後ろに群がっていた生徒達が、こけそうになりながらも、はけていく。

背筋を伸ばし、顎を上げ、いつものように毅然とした表情で、ヤナがその場から立ち去る。

オリアナはヤナと、アズラクを見比べた。その後ろで呆然と立っているミゲルに視線をやると、彼はオリアナに気付いたようだった。

オリアナは咄嗟にミゲルに声をかけた。

「行くから」

「わかった」

短い言葉だったが、互いにそれで十分だった。オリアナはヤナを追いかけた。


護衛に打ち勝った者の妻になる――貴族ですら恋愛結婚をする者も出て来た昨今、時代錯誤だと言ってしまえばそれまでだ。

だが、ヤナはこの五年間、その試練に挑み続けてきた。誰よりも信頼できるアズラクとともに。

そして今日――アズラクが負けた。

オリアナは試合を見ていなかったが、アズラクはミゲルに負けた。

五年も挑み続けてきた試練を終えたというのに、アズラクもヤナも、声を荒らげることも、取り乱すこともなかった。それが不自然で、切なかった。

「ヤナ！」

途中から小走りになっていたヤナに追いつけたのは、竜木のそばまで来た時だった。

オリアナが追いかけていることに、気付いてもいなかったのだろう。自身の肩を抱きしめて震えていたヤナは、オリアナに名を呼ばれ、びくりと体を震わせた。

ゆっくりとヤナが振り返る。吸い込まれそうなほど見開かれたヤナの瞳に、オリアナが映る。

「ヤナ」

ヤナはいつものように笑おうとしたのか口角を上げた。だが、笑みを形作る前に唇が震え出した。弱音を漏らしてなるものかと思っているのかもしれない。唇が強く引き結ばれた。

深呼吸を二つ繰り返したところで、ヤナがなんとか声の調子を整える。

「恥ずかしいところを見せたわ」

「恥ずかしいところなんて、一つもなかった」

ヤナは懸命に自分の役目を全うした。

誰の前でも取り乱さなかった。負けたアズラクを詰ることもなく、勝ったミゲルを罵倒することもなかった。誰に八つ当たりをすることもできないから、こんな森の奥深くまで来て、一人で肩を抱きしめていたのだ。

恐る恐るオリアナが、ヤナの両肩を抱きしめた。棒のように硬直しているヤナは、オリアナの温もりにどう対応していいのかわからないようだった。

オリアナの腕の中で、ヤナの呼吸が荒くなる。

「――いつか、来るかもと思ってた」

ぽつりとヤナが呟いた。オリアナの肩に、ヤナの呼吸が当たる。

「ずっと思ってた。毎晩考えたわ。毎朝気にしていた。今日こそは、アズラクが負けるかもしれないと――」

ヤナの声が震え出す。呼吸がどんどん速さを増していった。

「試練を望んだのは私だわ。私はアズラクの五年を独り占めした。その報いを受けるだけ。ねえ、でもお願いオリアナ――」

ヤナがオリアナの肩にそっと額を載せた。体はまだ硬いままだ。体の力全てを使って、声を絞り出すように言う。

「アズラクは全力で戦ったと……どうか、そう言ってちょうだい」

オリアナはぎゅっとヤナを抱きしめた。ヤナの硬い体が、びくりと震えた。

ミゲルは立派な体軀をしている。アズラクと同じほど長身の男子は、この学校ではそれほど多くない。手足は長く、同年代の男子に比べればたくましい体格だ。

けれど尚、アズラクと戦って勝てるとは、思えない。

オリアナと比べるまでもなく、ヤナはアズラクの強さを知っている。無類の強さを誇った〝砂漠の星〟の守護者は、エテ・カリマ国一の戦士といわれるほどの強者だ。

アズラクが本気で戦って、ミゲルに負けるはずがない。

――ということは、アズラクは手を抜いたのだ。

ミゲルになら任せられると判断したアズラクは――彼の判断で、ヤナをミゲルに譲り渡した。

それは、アズラクに恋をするヤナにとって、どれほど残酷な仕打ちだっただろう。

「全力だったよ」

言葉に詰まっていたオリアナは、びくりと肩を揺らした。

後ろからやってきたのは、ミゲルだった。

オリアナはぎゅっとヤナを抱きしめた。試合に勝った相手に、動揺しているヤナを見せるのは
――真実がどうであれ――得策ではないと思った。

ヤナと、そしてミゲルのために、オリアナはヤナを隠した。

「ザレナは全力だった。戦った俺が保証する」

オリアナの腕の中で、ヤナがぶるりと震えた。ミゲルの声はどこまでも真摯《しんし》で、いつもの茶目っ気など一つも覗かせなかった。

「……ミゲル、どうして」

「びっくりしたよな。俺も親父を黙らせるための記念受験みたいなもんだったんだけど――」

それが、こんな事態になるなんて、きっと誰も想像していなかった――アズラク以外は。

「――まさかの俺が、めちゃくちゃ強すぎた」

にっと笑うミゲルの口元に、いつもの飴はない。誰が見ても、アズラクが手を抜いたとわかるだろうに、ミゲルは自分の主張を通す気のようだ。

試練の褒美にしがみついているのではない。きっと彼は、その嘘がヤナの心を守ると知っている。

「ミゲル……あっちは、大丈夫だった？」

「ん。ザレナもすぐにはけたしな。生徒達は騒いでたけど……まぁしばらくはどこ行っても大騒ぎだろ。みんなには授業に戻るように言ってきた。ありがとな、オリアナ。追いかけてくれて」

その言葉に驚いた。ミゲルはもう、ヤナを自分の守るものの中に入れたのだ。

自分が――ヒドランジア伯爵家が背負うものの一つとして数えたからこそ、オリアナに任せたことに、わざわざ感謝を述べた。

それはオリアナにとって、予想外の言葉だった。

ミゲルはもしかしたら――断りにきたんじゃないかと思っていたからだ。

ミゲルはオリアナの胸に抱かれるヤナに視線を向けた。

「ヤナ。ごめんな。辞退しないよ――俺は、フェルベイラの長男だから」

浮かぶ表情は笑みをかたどっていたが、申し訳なさそうな声色は隠せなかった。

「……もちろんよ」

オリアナの胸から、ヤナが顔を出す。その顔はいつも通りとはいわないが、最低限の威厳は残されていた。

「貴方を讃《たた》えもせずに立ち去ってごめんなさい、ミゲル。よく無事に、試練に打ち勝ったわね。おめでとう。勝ったのが貴方で、嬉しいわ」

ヤナはこの言葉を、きっと五年間、ずっと練習してきたのだろう。

どこの誰が勝ったとしても、アズラクを失った失意を見せぬよう、笑顔で言えるように。

ヤナとミゲルの、義務で塗りたくった会話が交差する。

その様を、泣きそうな顔で見ていたオリアナを、ヤナが振り返った。

「オリアナ、ありがとう。貴方はもう戻って。授業が始まるわ」

オリアナは口を開いて——閉じた。今は素直に立ち去った方が、ヤナのためになると信じて頷く。

「ミゲル、私からも、おめでとう」

「ありがとな」

ミゲルはオリアナの頭をくしゃりと撫でた。

その手の優しさが、どうかヤナを癒やしてくれるようにと、ただただ祈りながら、オリアナは校舎へと向かった。


午後の授業に、ミゲルは来なかった。

授業が終わるチャイムを聞くと、オリアナは先生への挨拶もそこそこに、ヴィンセントを引きずって教室を出た。東棟にある、小さな談話室に連れて行く。

突然のオリアナの暴挙にも、ヴィンセントは文句も言わず、驚くほどすんなりとついてきた。

談話室に入ってドアを閉めると、ヴィンセントは訳を尋ねる。

「どうしたんだ。こんなところまで連れてきて」

「二人きりになりたかったの」

「ふたっ……」

ヴィンセントの言葉が途切れる。オリアナがヴィンセントの手を繋いだからだ。過剰なスキンシップは嫌がられるとわかっていても、今は許してほしかった。

息を呑むヴィンセントの手を、ぎゅううと強く握りしめる。胸の中で荒れ狂う衝動をどうしていいのかわからない。驚きのせいか硬直していたヴィンセントは、繋がれていない方の手をうろうろと宙をさ迷わせたあと、繋がっている二人の手を遠慮がちに叩いた。

「……こういうことは、もうしばらく待つべきだ」

ヴィンセントの語尾が、うわずったように少し掠れている。低く心地がいい声にオリアナは首を横に振った。

「待てない」

「……オリアナ」

ヴィンセントが弱り切った声を出した。オリアナの腕を、慈しむようにそっと撫でる。オリアナが見上げると、ヴィンセントの頬がほんのりと赤く染まっていた。

「ヴィンセント……」

「ん？」

心を羽根でくすぐるような、柔らかい声に泣きそうになった。くしゃりと顔を歪めたオリアナを慰めるように、ヴィンセントの指先がオリアナの髪を梳く。

「あのね、ミゲルが――」

「はあ？」

途端に、夢から覚めたような声をヴィンセントが出した。

びっくりしたオリアナは、ヴィンセントを見つめたまま、ぱちぱちと瞬きをする。

「ど、どうしたの」

「……何故この流れでミゲルが出てくる」

「どの流れで？　そもそも、ミゲルの話をしたかったのに」

「なっ……ここで、二人でか？」

「そうだけど」

ヴィンセントは苦虫を百匹、口の中に突っ込まれたような顔をして、オリアナを見た。睨み付けているといってもいい。

「……ミゲルの、なんの話だ」

先ほどまでの優しい声とは真反対の、ギスギスとした厳しい口調だった。

ドスンと、ヴィンセントが一人用のソファに腰掛ける。オットマンをずるずると引きずり、ヴィンセントの隣に持って行くと、オリアナは座った。

「だからミゲルが」

「ああ」

「アズラクに勝っちゃったって話っ！」

「――ミゲルが？」

予想もしなかったのだろう。ヴィンセントはさすがに驚いた顔をしてオリアナを見た。

「何故、そんなことに……」

「お父様にお尻叩かれたんだって。それで、試合をしたら、勝っちゃったらしくって！」

「オリアナは試合を見ていたのか？」

「見てない。勝ったところに居合わせたの。アズラクが……」

オリアナは言葉が続かずに、首を振った。ミゲルに膝をついていたアズラクを思い出し、胸が詰まったのだ。

「こんな結果、誰も望んでないのに……」

「……望む望まないは関係ないだろう。そうなるべくしてなった。元々は、マハティーンさんが校内に持ち込んだものだ。彼女が試練を受けていなければ、ミゲルも挑戦することはなかった」

　ヤナのことを思って、オリアナが動転していると気付いているのだろう。ヴィンセントの冷静な視点に、オリアナは口をへの字に曲げた。

「二人は納得していないのか？」

「……してるように、表向きは言ってる」

「なら、それが時を経て、真実になるのを待つだけだ。僕達にできることは何もない」

　昼休みからずっと我慢していた涙が、ぽろぽろとこぼれ始めた。ヴィンセントが言っていることが、途方もない真実だと、心よりも先に頭が理解する。

「なんで、こんなことになっちゃったの……」

「そんなに悲しまないでくれ。きっとマハティーンさんはこれまでと同様に君と親しくするし、ミゲルはいい夫になるだろう。夫捜しをしていたマハティーンさんにとって、ミゲルはそれほど悪い条件ではないはずだ」

「そうかもしれないけど……」

　納得がいかない声を出したオリアナに、ヴィンセントは硬い表情を向ける。

「ならなんだ。君が、個人的に気に食わないのか？」

厳しくて、鋭い声だった。ヴィンセントの言う通り、オリアナは自分が納得できないから、こうして全然関係のないヴィンセントに当たり散らしているのだ。

「君のペアになったのは誰だ？　ミゲルじゃない。僕だ」

「……そんな話、してない」

「君がしている」

「してない！　……ヤナの話をしてるの！　アズラクが、国に帰っちゃうんだって！」

「――ザレナが？」

ヴィンセントは予想した流れと違ったのか、不意を突かれたように押し黙った。

「……何故？　彼は護衛だろう。主人のそばを離れるとは思えない」

「だって、言ってたもん。別れるみたいに……国に帰るのかって。大儀であったって……」

オリアナがオットマンに足を載せ、膝を抱えた。涙がどんどんと溢れてくる。

「ヤナ、傷ついちゃうよ。見せてもらえないの」

「そうか……」

「見せてもらえなきゃ、慰めることもできない」

「……そうだな。それは、心細いだろうな。いつも以上に、オリアナがそばにいてやるといい」

「うん」と、オリアナは、鼻を啜りながら頷いた。

『今すぐ進むべき道を決めることなんてないわ。ただ、貴方が迷っているその瞬間だって、私は傍らにいるのよと、言っているの』

以前、ヤナにもらった言葉を思い出す。

(ヤナも、こんな気持ちだったのかな……私達は、お互いに詳しいことを何も知らない。話さないまま、ここまできてしまった。だから、本当の底にまでは、触れ合えない)

ヤナはそばにいると言ってくれた。それは、ヤナがオリアナにできる最大のことだったのだ。

一度目の人生を隠しているオリアナに、ヤナはそばにいることしかできない。

そして、ヤナに恋心を隠されているオリアナは、やはりそばにいることしかできなかった。

「――ザレナとマハティーンさんは、もしかして」

ヴィンセントの声に、オリアナがびくりと肩を揺らした。恐る恐るヴィンセントを見たオリアナに、彼は苦笑を見せた。そして何も言わずに、オリアナの頭を撫でる。

その温もりに、オリアナはまた涙を浮かべた。

きっともう、こんなに温かい手がヤナの頭を撫でることはないのだと――気付いてしまったからだった。


食堂へ行ってもヤナもアズラクもいなかったため、夕食はヴィンセントとミゲルと取った。

ヤナとの試練のことで周囲に注目されていても、ミゲルは驚くほどにいつも通りだった。

試練の話も、わざとらしく避けることもなく、普通に話題に上らせた。無理に気負っている様子はなく、ヤナとの今後を自然に考えていることが窺える。

オリアナはそれを頼もしく思い、そして悲しくも思った。

(ヤナもだけど――ミゲルはそれで、よかったのかな)

いつも聞いてもらうばかりで、オリアナはミゲルのことを何も知らない。

（ミゲルには、好きな人とかいなかったのかな……お父様の望んだ通りで、よかったのかな……）

けれどそんなことを尋ねれば、彼の決断を軽んじることになる。結局何も言えず、たらこスパゲティと一緒に、オリアナは言葉を飲み込んだ。

ついにオリアナが食堂を出る頃になっても、ヤナは顔を出さなかった。もしかしたら夕食を取れていないかもと、調理場にお願いして、サンドウィッチを持たせてもらうことにした。

サンドウィッチが入った籠を持ち、女子寮が見えるところまでヴィンセント達に送ってもらったオリアナは、一人になるとローブの前をかき抱いた。

マフラーをしてくればよかったと考えていた時、ガサリと女子寮の横の茂みから人影が出て来る。

悲鳴を飲み込んだ自分を、オリアナは褒めてあげたかった。しかし、つい放り投げてしまったサンドウィッチのバスケットは、もしかしたら上下が逆さまになっているかもしれない。

「っ――！　アズ、ラクッ……！」

そこにいたのは、褐色の肌に黒色の髪を持つ、アズラクだった。

昼に別れてからずっと見かけなかったが、ようやく女子寮に来てくれた。

「ヤナね？　待ってて。すぐに呼んでく――」

「その必要はない。ヤナ様に会うつもりはない」

「アズラク……」

喜び勇んで女子寮の階段を駆け上ろうとしたオリアナは、ぐるんと振り返った。アズラクの表情から本気を読み取る。

「退学手続きを済ませてきた。もう、すぐに出る」

（やっぱり、本気だったんだ……）

オリアナは落胆した。凪《な》いだ海みたいに落ち着いた表情を浮かべているアズラクに、追いすがるように近付く。

「護衛は、どうするつもりなの？」

「心配いらない。元々、自分一人ではなかった。草を——他の護衛を忍ばせている」

「そうだったんだ……」

「ヤナ様もご承知の上だ。……だが、エルシャには悪いことをした。ヤナ様といる間、エルシャのことも見張っていたようなものだから」

「警護してくれてたんでしょ？　むしろ助けられてたんだね。ありがとう」

オリアナが笑顔を見せると、アズラクは眉根を寄せる。

「エルシャ。感謝を伝えに来た」

声色の真摯さに、オリアナはびくりと体を揺らした。

「この五年間、ヤナ様のお心を慰めてくれ、心から感謝している」

言葉の隅々に、ヤナへの愛が詰まっている。

オリアナは震える唇を一度ぎゅっと噛むと、気丈に顔を上げた。

「……まるで、ずっとのお別れみたいだよ」

冗談めかして言ったのに、アズラクは顔を歪ませた。

「私は国を去る。ここに来ることも、もうないだろう」

「……国を？　それは、アマネセルを、ってことよね？」

「エテ・カリマだ」

オリアナは愕然とした。アズラクは魔法学校から去り、更には国にも戻らないつもりなのだ。

「そ、そんな……名誉なんでしょ？　負けたからって、怒られたりしないんでしょ?!」

「いられるはずもないっ」

きっぱりと言い切ったアズラクの声には、強い自責と自嘲が滲んでいた。

ハッと息を呑んだオリアナを見て、アズラクが苦笑する。

「すまない。忘れてくれ」

オリアナは自分の前髪をぐしゃっと握った。

アズラクの気持ちは、知っているつもりだった。けれどきっと、オリアナが思っていたよりもずっとずっと、深かったのだろう。

エテ・カリマ国にいつかミゲルと戻ってくるかもしれないヤナを、待つことができないほどに。

「――エルシャ。どうか怒らないで聞いてもらいたい」

「うん？」

泣くのを堪えているために、声が上擦《うわず》る。

「この五年間。自分はエルシャを、同志のように思っていた」

「怒らないでね。私もだよ、アズラク」

アズラクはヤナの身を――そしてオリアナは、ヤナの心を守り、支えていた。いや、そのつもりだった。

「ごめんねアズラク。私は、側仕《そばづか》え失格だ。ヤナに、泣いてもらえないの」

「ヤナ様が泣く必要などない。俺が去る感傷など、直《じき》に消える」

（そんなわけないのに）

言ってしまえれば、どれほど楽だっただろう。けれどヤナは、最後までアズラクに伝えなかった。

それを、オリアナが伝えていいはずもない。

「エルシャには、ずっとヤナ様の友人でいてほしい。いついつまでも、支え合っていてほしい。もし、我儘が許されるなら――最後に、あの日の貸しを返してくれ」

『――頼れる人がアズラクしか思い浮かばなくってさあ』

『かまわないと言っている』

『ありがと～。恩に着るよ……この借りは必ず返すからっ……！』

『大げさだな』

こんな未来を想像さえしていなかったあの頃に交わした約束が、オリアナの脳裏を駆け巡った。

（なんでこんなに、前回と違うことばかりが起きるんだろう）

前回は、オリアナが死ぬまで試練の結果が出ることはなかった。彼らは二人で舞踏会に出席し、ヤナが言っていたとおりワルツを踊らず、壁際で料理を食べて楽しそうに過ごしていた。だからオリアナは漠然と、試練の結果が出るのはもっとずっとあとのことだと、そう思っていたのだ。

（どうして、私はもっとちゃんと……二度目の人生を上手く立ち回ってあげられなかったの）

後悔ばかりが胸を襲う。オリアナは自分を叱咤《しった》して、アズラクの冗談めかした切実な願いに、懸命に笑みを返した。

「私はヤナに嫌がられない限り、ずっと友達だよ――でも、パンツの色をバラされちゃ困るから、ヤナに嫌がられても、追いすがることにするね」

下手くそな笑顔で言えば、アズラクも笑ってくれた。

堅物に見える彼だが、思えばいつでも、ヤナとオリアナには笑顔を返してくれた。二つ上だからか、いつも姦《かしま》しいヤナとオリアナを見守ってくれて、いつも助けてくれた。

そんな彼が、別れの礼をとる。

「では、どうか――」

続く言葉は、ヤナのことだったのだろう。何を言おうとしたのかはわからなくても、それだけはわかった。気持ちを受け取るつもりで、オリアナは首を縦に振った。涙が溢れる。

（やだな、やだよ……やだな！）

去って行くアズラクの後ろ姿が、どんどんとぼやけていく。

「アズラク、またね……また、またね!!」

心のままに叫ぶオリアナに、アズラクは一度振り返り、手を振ってくれた。

そのまま、彼は夜の闇に消えていった。


アズラクと別れたオリアナが部屋に戻ると、ヤナが窓辺に、身動きもせずに立っていた。

「オリアナ――今、貴方の顔を、見られないわ」

ハッとしてヤナを見たオリアナは、言葉を失った。オニキスのように美しいヤナの瞳から、止めどなく涙が溢れていた。

オリアナは、ヤナが泣いている姿を初めて見た。

「アズラクは、行ってしまったのでしょう？　私には、何も言わず……」

ヤナが寄りかかる窓からは、先ほどの場所が見えていたのだろう。オリアナの顔が青ざめる。

「アズラクが最後に会いに来たのが、私じゃないなんて、耐えられない……明日にはいつも通りになるから、どうか……どうか今だけは、一人にして」

ヤナが、体を震わせて泣き出した。布団を体に巻き付け、アズラクに一番近付いていたいとでもいうように、窓辺に寄り添っている。

（ヤナのそばにいたい……でもそれは、自己満足かもしれない）

ヤナを心配する気持ちと同じほどに、彼女の気持ちもわかった。サンドウィッチの入った籠をサイドテーブルに置きながら、オリアナは言った。

「わかった。今日は、出て行くね」

壁掛けからマフラーを取り、首に巻く。ヤナに背を向け、ドアノブをもう一度持ったところで、オリアナは立ち止まった。

「……ものすっごいお節介なんだけど、ヤナがわかってることを、言わせてほしい」

ヤナは返事をしなかった。オリアナはゴクリと生唾を飲み込むと、口を開く。

「アズラクは、ヤナのことしか話さなかったよ」

「……」

「ずっとずっと、ヤナのことばかりだった。ヤナのことしか……――ごめん」

自分の過ちに気付き、オリアナは謝った。

（どれほどアズラクがヤナを思っていても、もうヤナには関係ないんだ。どれだけ好きでも、アズラクは決断したのだから。ヤナから離れることを……）

その、結果が全てだ。

アズラクはもう、ヤナのそばにはいない。どれほど彼女を大事に思っていても。

逆に、慰められれば慰められるほど、なら何故と悲しくなってしまうに違いない。オリアナはドアに額をぶつけた。

「ほんとごめん。出て行くね」

（友達に、何一つしてやることができない）

ドアノブを回した時「……オリアナ」とぽつりとヤナが呟いた。ドアノブを持ったまま、オリアナが振り返る。オリアナの体の動きに合わせて、ドアが少しだけ開いた。

「オリアナ」

「……うん」

「……オリアナッ……」

「うん……」

オリアナはドアを閉めた。窓辺に駆け寄り、包まっている布団ごとヤナを抱きしめる。

きつくきつく抱きしめると、応えるようにヤナもオリアナを抱きしめた。ヤナの慟哭《どうこく》がオリアナに突き刺さる。そのまま二人で、絨毯の上に倒れ込んだ。二人でもみくちゃになりながら、布団に包まる。

そのまま二人は、絨毯の上で眠った。

次の日から、ヤナはいつも通りだった。

誰にも分け隔てなく笑顔で接し、よく食べ、よく話し、よく歩く。驚くほどいつも通りだった。

ただ後ろに——アズラクだけが、いなかった。

八章　舞踏会に舞う夜の葉

「誰かコテ持ってない？」

「使い終わったから、私の使ってもいいわよ」

「こっちのネックレスより、こっちのほうがよさそう？」

「どっちでも変わんないわ。それよりそのショール素敵ね。ちょっと羽織らせて」

「ねえ！　私の香水どこにいったか知らない?!」

「自分のぐらい、ちゃんと管理しておきなさいよ」

「違うのよ。さっき――」

「ちょっと！　コルセット締めすぎないで！」

「このくらいっ、締めなきゃっ……あのドレス、入んないわっよ！　あんたが長期休暇中に太りすぎたのが問題なんでっ……しょっ！」

「ぎえっ！」

　三つある女子寮は、どこの棟も上から下まで準備に大わらわだ。

　オリアナらが暮らしている棟も、準備室に指定された談話室は阿鼻叫喚だった。女生徒達がひしめきあい、髪を結い合ったり、コルセットを締め合ったり、靴を履かせ合ったり、ドレスを着せ合ったりしている。

今日めかし込む必要のある、この寮に暮らす全ての女子が一堂に会している。ドレッサーがここにしかないため、自分の順番になるまで皆、談話室で化粧以外の準備を進めているのだ。香水や汗や化粧品の様々な匂いが混ざり、狭い談話室はなんともいえない空間になっていた。

そう――本日は待ちに待った春の中月《しがつ》の十三日、舞踏会である。

ラーゲン魔法学校には特例を除き、下は十三歳から上は十八歳までの生徒が在籍している。おしゃれに多大なる関心を寄せる時期だが、少女達の準備の世話をするための人間はここにはいない。

これまで、社交の場に出る際には必ず人の手を借りていた女生徒達にとって、正装で身を飾ることは大層な努力を必要とした。

「これってファンデーションを塗ったあと？　前？」

「あと！」

「ピンクとオレンジのチーク、どちらが合うと思う？」

「衣装見せて――ピンク！」

「唇がガサガサしてて、上手く口紅が塗れないの！」

「これ塗って、先に髪してて。あとで行く！」

「刷毛《はけ》ありがと。これご褒美」

「むぐん」

「オリアナ、眉毛剃って～！」

「ふぁーい」

化粧のことに多少詳しいオリアナは、談話室の方々から呼ばれ、ドレスを身に纏っただけの状態であっちにうろうろ、こっちにうろうろしていた。ネックラインが大きく開いたオフショルダーのドレスは、背中の編み上げ紐を留めていないため、先ほどからずるずると何度も落ちている。ここ数日、心身共にバタバタとしていたため、ドレスを作った時より幾分か痩せてしまっていた。

（紐でよかった。あとでぎゅっとヤナに縛ってもらおう）

アズラクが出て行った日から、ヤナが泣くことはなかった。

それどころか、他の生徒の誰一人ヤナの悲しみに気付かないほど、いつも通りだった。オリアナですら、あまりにも変わらないヤナの態度に、時折アズラクのことを忘れてしまうほどに。

アズラクが自主退学したことは、大きな戸惑いもなく受け入れられていた。他の生徒に対して、アズラクが徹底して、ヤナの守護者としての態度を崩さなかったためだろう。彼は学友というよりも、ヤナの付属品として認識されていた。多くの生徒にとって、試練が終わったのならそういう流れにもなるんだろうな――という感覚なのかもしれない。

ヤナの後ろにアズラクがついて来ていないことに気付く度にオリアナの胸は痛んだが、悲しみを表に出すような馬鹿な真似だけはしないように心がけている。

毎日を懸命に生きていると、日々オリアナもアズラクのことを考える時間が減っていく。それが淋しくて、更に舞踏会への準備に没頭して日々を過ごした。

「このアイシャドウ、グラデーションにならない～！　エルシャさん、助けて！」

「ふぇあい、ひょっと待ってね」

先ほど、ご褒美にと詰め込まれたクラッカーを、ごくんと飲み込む。水もないので口がパサパサだ。口の周りに付いたクラッカーの粉を指ですくいつつ、オリアナは後ろを振り向いた。

ドレスが翻った拍子に、「ぎゃっ！」と悲鳴が聞こえる。そして、焦げ臭い匂い。

「あああ！　エルシャさん、ごめんなさい!!」

嫌な予感がした。オリアナは、恐る恐る振り向く。後ろには、片手に魔法道具のコテと、オリアナのドレスの紐を持った、顔面蒼白の学友がいた。

「コテを髪から離した時にエルシャさんが振り返って、ドレスの紐が……慌てちゃって、巻き込んじゃった……」

オリアナも彼女と同じほど顔を青くしながら紐を見た。光沢の美しかった紐は、熱が加わった部分だけチリチリになり、不格好な折り目がついている。そして、焦げていた。

今から紐だけ、別の物に変えるなんてことは無理だ。

あれだけ騒がしかった場がシンと静まりかえっている。静寂を打ち破ったのは、ヤナだった。

「お貸しくださる？」

女生徒からオリアナの編み上げ紐を受け取ったヤナは、手慣れた様子でオリアナの背のループに紐を引っかけ、編み上げていく。途中でグッと紐を引き、胴を絞るため、オリアナは何度か呻いた。

「大丈夫。焦げが隠れる位置に持って行ったわ」

「ヤ、ヤナ～!!」

涙目で感謝したのはオリアナだけではなかった。紐をコテで焼いてしまった女生徒も涙を流さんばかりに喜んでいる。

「マハティーンさん、ありがとう。どうしようかと思ったわ」

「多少焦げ臭いけどいいアクセントよ。ばれないように、少し多めに香水振っておきましょ」

オリアナに向けて、オリアナの香水をシュッシュとヤナが噴いた。そして、オリアナの胸の谷間と、足首にもヤナが直々に塗りたくる。

「な、なんでそんな場所に……」

貴婦人は知らないが、淑女にはまだ許されていない領域な気がした。自分の胸と足首から香る匂いに、ただならぬ色気のようなものを感じ、オリアナは背徳感にくらくらする。

「覚えておくといいわ。エテ・カリマでは、女が勝負をする時はここに香水を塗るのよ」

息を呑むほど美しい、砂漠の星があでやかに笑う。

一斉に、周りの女生徒達が香水瓶を持った。一瞬にして、談話室は悪臭の坩堝《るつぼ》となってしまったが、誰も文句を言える者はいなかった。


メイクを終えたヤナとオリアナは、女子寮を出た。寮の外では、用意を終えた女生徒達が、同じく用意を終えた他の寮の友人と合流している。

ほとんどの生徒が手に小さな手鏡を持ち、自分や友人を映し、くまなく全身のチェックしていた。

今日は誰もが皆、ヒロインになる日だ。少女達の顔には――多少の不安の色はあれど――隠しきれない喜びが浮き上がっている。

今日は舞踏会の準備のため休校日となっている。オリアナが時計を見ると、三時を少し過ぎた頃だった。舞踏会の開催は午後四時から、十時まで。アマネセル国の一般的な舞踏会はもっと遅くから遅くまで賑わっているものだが、学生のためのパーティーなので、妥当な時間だろう。

開催時間まで、もうしばらくある。オリアナはこれからどこかで時間を潰す相談をしようと、ヤナを見た。

日の光に照らされたヤナは、美しかった。学生服を着ているヤナも美しいが、ドレスを着たヤナは比較にならない。ヤナのために作られたドレスは、その皺一つをとっても、ヤナを極上に飾る。ドレスにちりばめられたビジューはキラキラと星のように輝き、耳に付けている大ぶりなピアスが、異国の情緒を多分に伝える。

今はショールで隠されている背中には、レース模様のように編まれたビジューが広がっている。ビジューの隙間から覗く褐色の肌は艶《つや》めいていて、同性のオリアナでも目眩《めまい》がしそうだった。

そして、そんなに難しいドレスを完全に着こなすヤナを、遠くも感じる。

気後れの一つも感じさせず、自然体のまま着こなすヤナに、ここがヤナのホームなのだと嫌でも実感させられた。

「いやだわオリアナ。その熱視線で、私のドレスにも穴を空ける気？」

ヤナの微笑に、オリアナは正気に戻った。

「ごめん……お昼でも、砂漠の星って綺麗なんだなって思ってた」

「ふふ、丸わかりだったわ。そんなのじゃ、男を手玉に取れないわよ。まあ、私は手玉に取られちゃったようだけど」

手袋をしたオリアナの腕を取ったヤナが、顔をすりすりとくっつけてきた。可愛い仕草に、きゅんとする。

女性の大胆な衣装にも表れているが、エテ・カリマ国では男性の心を射止めることを、最上級の功績として考える。女性も爵位の継承を許されているアマネセル国と異なり、男性のみが富を引き継ぐエテ・カリマ国において、それは当然のことなのかもしれない。

そんな中、王女にだけ許された〝試練〟はやはり異質だ。女の身でありながら男を選ぶ試練は、王の娘にのみ許された極上の贅沢なのだろう。

にわかに周りがざわめきだした。何事だろうと辺りを見ると、どうやら用意が終わった男子生徒達が、パートナーのお迎えに来始めているようだった。

いつもはアイロンもかけていないよれよれのシャツを着ている男子生徒達が、パリッと糊をきかせたシャツを着て、ピカピカに磨き上げられた靴を履いているのは、名状しがたい感慨がある。

目当ての女生徒を見つけた男子生徒らは、ほっとした顔をして女生徒のもとに向かう。

パートナーの用意がまだ終わっていない男子生徒らは、居心地悪そうにそわそわとしながら、ベンチや木の根に腰を下ろした。

甘酸っぱい光景である。なんなら二度目の人生でちょっと図太くなったオリアナちゃんが、「相手の女生徒、呼んできてあげようか⁇」なんて言っちゃいたくなるぐらいに甘酸っぱい。

気もそぞろな様子で木陰に座る男子生徒を見ていると、ざわめきが大きくなった。悲鳴のようなものまで聞こえ、そちらを見る。

「うあああっ……あああ……あああ……‼」

オリアナは両手を合わせた。そのまますずるずるとしゃがみ込みそうになるオリアナを、慌てて引き上げたのは、一足飛びでやってきたヴィンセントだった。

「どうした。何があった」

「ヴィ……あああ……!!」

何があったではない。大変なことが起きてしまった。

いっそ神々しいまでに格好よかった。至近距離にいるヴィンセントをまともに見られる気がしない。ヴィンセントは呆れたように手を離した。オリアナがずるっと落ち、その場にしゃがみ込む。

「がっごいいい……!!」

「今すぐここに、画家を呼ぼう……一生残しておかないと……アマネセルの国損になるっ……」

地面に手をついたまま泣き崩れるオリアナを、ヴィンセントは冷めた目で見ている。

そんな表情でさえ、ヴィンセントは格好よかった。いや、そんな表情だからこそ、貴族然とした姿にマッチして最高に格好いい。学生服の時も洗練されていたが、正装に身を包んだヴィンセントはまるで別格だ。ここが学校ではなく、王城の庭園だと錯覚しそうなほどの気品がある。

淡く輝くヴィンセントの金髪は丁寧に撫でつけられている。前髪の半分は後ろに流し、残りは額が見えるように毛先を整えていた。いつもは真っ直ぐな前髪には緩いカールが加わっている。コテを使った繊細なアレンジは、ミゲルによるものだろう。オリアナはミゲルに最上級の感謝を捧げた。

豪華な刺繍が施された腰よりも長いコートは、ヴィンセントの体に沿うように仕立てられている。ヴィンセントが動く度にぴったりと体を包んでいるジレに皺が寄り、うっすらと腹部の筋肉の張りを感じさせる。すらりとした足はいつもより長く見え、ジレとコートの飾りボタンの色合いは、オリアナの靴と合わせていた。

ウイングカラーから伸びるクラバットは、オリアナの目と同じ空色。

「オーリアナ、化粧が崩れるぞ」

「そうだった」

かけられた声にすぐに涙を引っ込めたイリアナは立ち上がると、バッグからハンカチを取り出す。メイクが落ちないように慎重に目尻に滲む涙を拭き取った。その様子を、半ば啞然としてヴィンセントが見守る。

立ち上がり、裾についた芝生を叩くと、ミゲルを見上げた。化粧の心配をしてくれたのも、もちろんミゲルだ。

ミゲルは元々ペアを組んでいた子に丁寧に断りを入れ、婚約者となったヤナにペアを申し込み直している。ヤナとミゲルはパートナーとして舞踏会に出席する。

「ミゲルも格好いいよ。最高の二人が来たね」

いつもはボサボサと適当に結んでいるだけの長髪は、後れ毛一つないほど綺麗にまとめている。伝統的な衣装を身につけているヴィンセントとは対照的に、ミゲルはかなり遊び心が満載の衣装だった。普通の舞踏会と違い、大人の目がない魔法学校の舞踏会だからこそ、洒落者のミゲルは目一杯遊んだのだろう。

ワインのように濃い赤色のズボンは、普段のミゲルの雰囲気にも、クラシックなミゲルの雰囲気にもあっていた。真っ白のコートとジレは奇抜で、いかにもという印象を与える。

そして更に奇抜だったのは、襟元を飾る付け襟だ。ズボンと揃いのワイン色の立襟は、細かい模様がみっちりと刺繡されている。そして、独特な結び方をされた飾り紐から伸びる房飾りには、天然石が揺れていた。異国風の立襟は、急遽《きゅうきょ》決まったペアのために選んだだろうに、今日のミゲルの衣装と一分の違和感もなくまとまっていた。

「ありがとう。オリアナもいっぱい可愛いな」

「そうでしょうとも。えっへへ。えっへん」

胸を張ると、オリアナの肩に何かがかけられた。後ろを向けば、不服そうな顔をしたヴィンセントが、自分の上着を脱いでかけてくれたところだった。

「えっ、彼ジャケ？　彼ジャケしていいの⁇」

「着ているんだ」

「はーい！」

にこにことしてオリアナはヴィンセントの上着に袖を通した。自分の腕よりも袖が長いヴィンセントの上着をぶらぶらと振ったあと、にんまりとした顔を隠すために、口元に手をやる。

「えへっへへ」

上機嫌なオリアナに反して、ヴィンセントはあまり機嫌がよさそうではなかった。

「肩が出過ぎじゃないか？　膝も出ているじゃないか」

「びっくりした。ヴィンセント、うちのパパでもそんなこと言わないのに」

新進気鋭の商人と、何百年も続く歴史を持つ公爵家の嫡男を同じ土台に上げるほうがおかしいのかもしれない。目をぱちぱちさせてわざとらしく驚くオリアナの後ろで、ミゲルがペアであるヤナのことを褒めているのがうっすらと聞こえた。

「可愛いでしょ？　口うるさい既婚婦人《マトロン》がいない隙に、見せびらかして来いってパパに言われてるの。社交界で流行らせたいんだって」

「だが膝が出ている……」

「出してるんだもん。可愛いでしょ？」

くるんと回ってみせたが、ヴィンセントは難しい顔をしたままだ。

「膝が出ている……」

「出してるんだってば」

（ヴィンセントが壊れた）

そもそも制服のスカートだって、タイツは履いているがこのぐらいの丈である。オリアナは足をひょいと上げた。ヴィンセントが慌てて足を下げさせようと、オリアナに着せていたコートを引っ張って、ボタンを留めようとする。

「やだ、駄目駄目！　スカート、皺になっちゃう！」

「なら、足は上げないでくれ」

「なんでそんなにびっくりしてるの？　見慣れてるでしょ？」

「初めて見たに決まっている」

「ドレスじゃなくて、スカートの丈」

「……とにかく、足を上げるのは駄目だ」

すごむヴィンセントに気のない返事をすると、オリアナは自分のドレスを見下ろした。

ヴィンセントにピンクだと言い張った、織り目の美しい生地で仕立てたドレスは、非常にシンプルなつくりだった。ドレスにある飾りらしい飾りはスカートの裾にあしらわれている刺繍くらいで、あとは美しく自然に流れるドレープや、立体的に縫われた胸元が、なんとも鮮明にオリアナの魅力を引き出している。膝丈のスカート以外は、非常に伝統的でいて洗練されたデザインだ。

胸元には、装飾品の類いは何もない。輝くようなオリアナのデコルテに勝る宝飾品が見つからなかったのだ。

ヴィンセントの視線が、足からまとめ上げた髪に移っていることにオリアナは気付いた。彼の視線の先にはイリスの花をかたどった髪飾りがある。アマネセル国において、イリスは紫色の花の代表だ。銀細工で作られたブローチは、色こそ紫ではないが、花に詳しい人間が見れば何をかたどっているのかすぐにわかる。

（でも男子だし、花には疎いはず。はず……）

足を見られても平気だったのに、ボンッと頬が赤くなる。

コートのボタンを留めるのを諦めたヴィンセントが、オリアナの髪飾りに触れる。息を吸う度に、オリアナの胸が盛り上がる。

（もし花や色に気付かれて、からかわれたって大丈夫。ヴィンセントは関係ないんだって、私の好みだったから選んだんだって、言い逃れてやる）

さぁ、どんと来い。と気合いを入れて臨む。自分から好意を伝えることに抵抗はないが、意図しない好意が滲み出ることには、人並みの羞恥を覚えるこの身が憎い。

ヴィンセントは髪飾りとドレスをもう一度見ると、オリアナに微笑んだ。

「よく似合っている」

「……！」

オリアナはまたふらついた。再び、ヴィンセントが腰を抱いて支える。

（ず、ずるい……）

つっこまれないとは思っていなかった。ヴィンセントは気付いたはずだ。オリアナが誰を意識してこの生地を選んだのか、何故あれほど頑なにドレスの色を言いたがらなかったのか、何を思ってこの花の飾りを作ってもらったのかを。

そしてヴィンセントは、つっこんだりからかったりする必要がないほどに、オリアナがこれらを身に纏うことを当然と受け止めた。オリアナが彼の隣に立つことを、ヴィンセントは認めている。

その事実が、オリアナにとって掛け替えのない褒め言葉だった。

抱き留められていたオリアナは、顔を上げた。オリアナの腰を抱いていたヴィンセントは、髪型や服装のおかげでいつもと少し違って、いつも以上にドキドキする。

「……っえへへ。上出来ですか？」

「上出来です」

ヴィンセントが腰から手を離し、腕を差し出した。オリアナは上機嫌でヴィンセントの腕に、自分の手を差し入れた。

開場時間を過ぎた舞踏会は、大変な賑わいだった。

事前に学校から配られていた招待状を、魔法陣学の教師であるクイーシー先生に渡す。クイーシー先生はホールの入り口で、生徒のために執事役を務めていた。

招待状を見たクイーシー先生が頷くと、口元の髭を揺すって朗々とした声で名前を呼ぶ。

「ヴィンセント・タンザイン殿、オリアナ・エルシャ殿、ご到着」

騒々しかった場内が一瞬、しんと静まった。誰もが、たった今会場に入ってきたペアに注目した。

集まった視線に怯んだオリアナの歩幅が縮まる。そんなオリアナをちらりと見たヴィンセントが、口角を上げた。激励を感じ、勇気づけられたオリアナは調子を取り戻す。

講堂は、ダンスレッスンのために貸してくれていた時とは、まるきり様子が違った。

天井からぶら下がるいくつものシャンデリアには魔法がかけられており、今夜一晩、絶えず輝き続ける。シャンデリアの周りには、ガラスの蝶やシャボン玉が飛び交い、飾り立てられた講堂を明るく照らす。

壁際にずらりと並べられたテーブルの上には、できたての温かい料理がビュッフェ形式で並び、ダンスよりも食事に目がない生徒らが皿を持って囲んでいた。魔法容器の中に入った冷たいデザートも食べ放題だ。オリアナも、あとで必ず一口食べに行こうと胸に誓った。

また、会場内は魔法によって温度が調節されているため、肩と足がどれほど出ていても快適だ。ヴィンセントの上着は、早々に彼に返却してある。

自信に満ちた足取りのヴィンセントは、シャンデリアの下で更に輝いている。眩《まばゆ》いほどだった。

(夢みたい)

一度見た夢だった。

もう一度、こうして彼の隣に立てたことに、竜神に感謝する。

(ヴィンセントが死んでしまったのは、舞踏会のすぐあと……今のところ、不調そうでも、誰かに付け狙われてる感じもない)

表だって心配できなくなってからも、オリアナはずっと気になっていた。定期的な診査の結果は聞かせてくれるが、それだけで大丈夫なのだろうかという不安がオリアナの中でくすぶっている。

（舞踏会が終わったら――もう一度相談しよう。怒らせても、死なせるより、ずっといい）

一番美しいヴィンセントを見て、何よりも考えたくないことを思い出す自分が歯痒《はがゆ》い。

「誰にも挨拶をしに行かなくていいとなると、何をすればいいのか迷うな」

オリアナの体のこわばりに気付いたからか、腕にかけたままだった彼女の手を、ぽんぽんとヴィンセントが叩く。舞踏会に圧倒され、緊張していると思ったのだろう。実際、他の生徒と同じく、オリアナに社交の経験はそれほど多くない。

「じゃあ、ダンスまでおしゃべりしてようよ。それに私、あっちにあるご飯も食べたい」

「今日ばかりは、麺を啜るのは勘弁してくれよ」

くすりと笑ってヴィンセントが足を進めた。優雅なエスコートだ。オリアナの体が無理なく彼に導かれる。

壁のそばにある食事スペースは大盛況だった。しかし、ヴィンセントが近付くとサッと人が退く。学生姿の時よりも、その動きは顕著だった。皆、公爵家の嫡男の格好をしたヴィンセントに、いつも以上に緊張しているのは明らかだった。

ヴィンセントは学友達の様子ににこりと微笑むと、朗らかな声で言った。

「やあ。今来たばかりなんだ。どれが美味しかったか、教えてもらえるとありがたい」

優しいヴィンセントの声に後押しされた生徒達が、あれよあれよという間に集まってきた。我先にと、美味しかった料理をあれもこれもと教えてくれる。

「オリアナ、どれがいい？」

みんなの厚意を無下にできなかったヴィンセントが、皿一杯に食べ物を載せて苦笑を浮かべた。

テーブルから離れ、壁際に並べられた椅子に二人で座ると、オリアナは皿を受け取る。エビとアボカドとチーズ、そして薄く切ったバゲットを、細い串で留めてあるピンチョスを指で摘まんだ。

そして、ヴィンセントの口元に向けて、ズイッと差し出す。

「ヴィンセント、あーん」

「……」

先ほどまで人好きのする笑顔を浮かべていたヴィンセントは、明らかに「正気か？」というオーラを纏った。

「あーん」

「……」

「あーん」

ほぼ睨み付けてくるヴィンセントに負けず、オリアナは身を寄せた。顰めっ面はするくせに、ヴィンセントが逃げないことが楽しかった。

オリアナ達の周りで様子を見ていた生徒達がざわめき出す。ヴィンセントはいつでもどこでも注目の的だ。

（これ以上は怒るかな）

引き際と見たオリアナは、ピンチョスを自分で食べようと、腕を引き戻そうとする。しかしオリアナが手を戻す前に、ぱくりとヴィンセントがピンチョスに食らいついた。

細い串を持ったオリアナは、自分の指の先っぽにヴィンセントの唇と、顔があることが信じられなくて、息を止める。

たっぷり数秒ののち、ヴィンセントが顔を上げた。閉じた口を、もぐもぐと動かしている。串から、エビ達は消えていた。

オリアナは、目を見開いたまま、串を見ている。

（た、食べたー!?）

「た、食べたー!?」

心の中で思ったことが、そのまま口から出てしまった。

ざわざわざわっ——大きなざわめきが会場中に広がった。オリアナはやはり、串を見る。

（結構大きかったのに……一口で食べた……口、おっきい……）

オリアナはヴィンセントの口を見た。

「ヴィ、ヴィンセント」

「なんだ」

飲み込み終えていたヴィンセントが平然と言う。オリアナはゴクリと生唾を飲み込む。

「も、もう一口、どう？」

「いただこう」

パァアアッと、オリアナの顔が輝く。他のピンチョスから、スプーンを使う軽食まで、オリアナは満面の笑みを浮かべたまま、せっせとヴィンセントの口に運び続けた。

∴　∴　∴　∴

夕日が山に沈む頃、その女生徒は慌ただしく走って来た。

舞踏会が開かれるおよそ一週間前――植物温室のガラス扉を、音が鳴るほど激しく開く女生徒がいた。植物温室の管理を任されている魔法薬学のハインツ先生は、非常に驚いた事実を隠すように、渋い顔をする。

「……お前さん、ここを壊す気か？」

「ハインツ先生！　私とてもうっかりしていて、レポートを提出し忘れてしまいましたの！」

「……おう、どうも」

女生徒が勢いよく差し出してきたレポートを、ハインツ先生は受け取る。

ざっと見ると、汚い字だが、提出に足る出来にはなっているようだ。だがそもそも、このレポートの提出期限にはまだ四日もあるため、これほど急ぐ必要はない。

「こんな遅くに来るんじゃない。送るから、さっさと帰りなさい」

「生徒が陰鬱な顔をしているんですのよ。教師として、何か尋ねるべきじゃありませんの？」

女生徒はさめざめと泣く真似をした。長身な女生徒はハインツ先生とさほど目線が変わらない。

ハインツ先生は大きなため息をついた。

「ドウシタンデスカ」

「それが、聞いてくださいません?!　ダンスレッスンを死ぬ気でこなし、晴れてタンザインさんと舞踏会で踊る権利を勝ち取ったというのに――誰もパートナーになってくれませんのっ……!!」

女生徒は拳を握りしめて言った。そのままどこかを殴ってしまえば、簡単に穴が空きそうなほど力強い拳だ。

この少女がダンスレッスンを受けていたことは、ハインツ先生も知っている。彼自身、何度か同僚のウィルントン先生に頼まれ、現場監督として赴いたことがある。

頑張りが実を結び、見事あの次期紫竜《しりゅう》公爵ヴィンセント・タンザインと一曲目のダンスを踊る栄光を勝ち取ったというのに、少女は舞踏会会場にすら入れない危機に瀕している。

握りしめた拳で植物温室を壊されては堪らないという風に、ハインツ先生は渋々言った。

「黙ってりゃ、どんな男子の目でも釘付けにできるぐらい美人なのになぁ」

「私の真の魅力を、正しく評価できる男子が少なくって困っちゃいますわ」

女生徒は少々おつむと言動が残念ではあるが、すらりとした長身と整った顔立ち、そして肉付きのいい胸という、ラーゲン魔法学校の女子という女子が憧れるプロポーションをしていた。

ヴィンセント・タンザインと踊れば、さぞや素晴らしい一対のペアが生まれることだろう。

しかも、お喋りのないダンス中、彼女は中の下から、上の上に所属する女子に変貌する。

そしてそれが、思春期の男子にとっては大きなプレッシャーとなる。

男子生徒諸君らの気持ちが、ハインツ先生は痛いほどわかった。

ワルツは男性のリード力が問われるダンスだ。圧倒的に、力量の差が出る。

どれほど下手な女性でも、男性のリードが上手ければある程度形にはなるが、男性のリードがいまいちな上、女生徒も踊りの名手でないのなら――結果は想像するにたやすい。

誰も、自分と変わらない身長の、とびっきり美人な女生徒の横で惨めなエスコートをしたくないのだろう――それも、あのヴィンセント・タンザインと踊ったあとに。

「ダンスの上手い男子を誘えばどうだ？」

「ダンスに自信があるような男子生徒は、とうの昔に売り切れておりますの」

バーゲンセール品のようだなとハインツ先生は思ったが、言わないだけの自制心はあった。

「あー本当に、残念だったな。まあ、また機会が……」

ある、と言おうとして、ハインツ先生は言葉に詰まる。

（いや、確実にないだろう）

この少女は庶民だ。ヴィンセント・タンザインと舞踏会で踊る機会がこの先訪れることは、ほぼ確実に一生ない。

「まあ。なんてお言いになりやがりたかったんですの？　また機会が？　あるとでも？」

「あー。いや……」

ハインツ先生は唐突に悟った。どうして彼女がこんな時間に、ここへ走って来たのかを。

「ハインツせんせ？」

「なんだ？」

「お願いがありますの」

嫌な予感がしたハインツ先生は、後じさりながら首を横に振る。

「――嫌だ」

「お願い致しますわ。教師を誘ってはいけない決まりなんて、なかったはずですわよね？」

「無理だ。そんなこっ恥ずかしい真似できるか。何年前に卒業したと思ってんだ」

「お願い致しますっ！　そうじゃないと私、一年生を剣で脅して、会場に連行しないといけなくなっちゃいますわ！」

騎士の娘である彼女は、杖の腕よりも剣の腕の方が勝っている。ハインツ先生は頭を抱えた。あと一歩と思ったのか、女生徒は拳を握りしめる。

「今年で卒業する可愛い生徒に、一生に一度の思い出を作ってやろうって甲斐性もありませんの？」

脅すような言い方だ。だが彼女がどれほど覚悟を決めてこの温室を訪れたのか、ハインツ先生はきっと知っていた。

甲斐性なんか、ないと言い切りたかった。

ハインツ先生は、ラーゲン魔法学校の教師である。与えられる優しさには上限がある。だが、毎年生徒を送り出す身となったハインツ先生は、生徒に思い出を作らせてやりたいという、年長者らしい思いを持ち合わせるようになってもいた。

そういう建前に乗った振りをして、彼女の声の震えと、握りしめた拳が白くなっていることに気付かない振りをして、自分の心など何も見ていない振りをして、ハインツ先生は髪をガシガシと強くかきむしった。

「しゃあねえなぁ……」

ハインツ先生に舞踏会当日のパートナーを承諾させた女生徒は、ハインツ先生が撤回の言葉を口にする前に、自慢の俊足で舞踏会のパートナー受付に名前を書きに行った。

∴　∴　∴　∴

この日のためにラーゲン魔法学校に呼び寄せられた楽団が、奏でていた音楽を止める。

そろそろ、一曲目のダンスが始まるようだ。軽食を食べ終えたオリアナとヴィンセントは、ダンスの気配を察し、おしゃべりをやめて楽団を見た。

「どの子か覚えてる？　エスコートが必要？」

オリアナが尋ねた子について、すぐに見当が付いたのだろう。ヴィンセントは微笑を浮かべる。

「自分の踊る子くらい、きちんと覚えてるから安心してくれ」

「よかった。引き渡す時、鬼みたいな顔になっちゃうかもって心配だったから」

懸命な努力の末、ヴィンセントとダンスを踊る権利を勝ち取った女生徒がどこにいるのか、ヴィンセントはこの人ごみの中できちんと把握していたようだ。ヴィンセントが視線を動かし、その女生徒を確認したのを見届けると、オリアナはほっとした。ここまでは、ご褒美制度言い出しっぺのオリアナの責任だと思っていたからだ。

女生徒は壁際で、第二クラスの女生徒と会話を楽しんでいた。前の人生で、オリアナに元気をくれていた友人達だ。正装した彼女らが懐かしくて眩しくて、思わず目を細める。

ヴィンセントと踊る女生徒の周りに、ペアの男子生徒はいない。きょろりと辺りを見渡しても、それらしい男子生徒はいなかった。一曲目を誘うヴィンセントに気を利かせ、離れた場所にいるのかもしれない。

「じゃあ、私も行くね。――一曲目、誰と踊ろうかな」

踵を返そうとしたオリアナの腕をヴィンセントが掴む。

「踊るのか？」

「え？　踊るよ？　私、ちゃんとした舞踏会って初めてだから、楽しみにしてたの」

「――あっちに、君の好きなパスタがあった」

声を低くして言うヴィンセントに、オリアナはぱちぱちと瞬きをした。

「この格好で食べるの、さっきは反対してたのに？」

「非常事態だろう」

「非常事態なの??」

オリアナはぷっと吹き出した。何をどうしても、非常事態とは思えない。

「ともかく――」

ヴィンセントが何か言おうとした時、会場の入り口から悲鳴が聞こえる。大きな動揺を含んだ、それでいて黄色い悲鳴だ。

何事かと、オリアナとヴィンセントもそちらを見た。

何が――いや、誰が原因かはすぐにわかった。生徒達が、まるでいきり立っているユニコーンを避けるかのごとく、道を作っていく。

その中心には、一人の見目のよい男性がいた。男性はしばし視線をさ迷わせたのち、迷うことなく会場を進んだ。明らかに、生徒ではない。大股で歩く男性は、男子にはまだ持ち得ない自信と色気を伴って、会場を闊歩《かっぽ》する。

会場中に疑念が渦巻く。オリアナを含めた誰もが、「誰？」と思っているに違いない。

「あの人、誰だろうね？　楽団の人かな」

「……あれは」

ヴィンセントが訝しげな顔をして呟く。その声色は、心底驚いているようだった。

オリアナ達の背後から、悲鳴が上がる。

「──ハインツ先生……？」

それは、ヴィンセントと踊る予定の女子生徒からこぼれた声だった。あまりにも会場がしんとしていたため、多少離れていてもオリアナのもとにまで届いた。

「お前が来いって言ったんだろ」

男性の喉から出た声は、確かにこの五年間──オリアナにとっては、更にプラス五年間──で、聞き慣れた声だった。

（え?! ハインツ先生?! あの!? あのハインツ先生?!）

オリアナは目を見開いて男性を見た。この人の髪の毛をぼさぼさにし、髭をつけ、目の下にクマを足し、煙草を咥えさせ、よれよれの服を着せ、猫背にすれば──ハインツ先生に見えないこともない。だが、もの凄く曖昧にしか想像ができなかった。それほどに日頃からかけ離れた姿だったのだ。十も二十も若く見える。

ハインツ先生が、オリアナらの横を通り過ぎ、壁際に立っていた女生徒のもとまで辿り着く。

「遅れてすまん。会場の準備が終わらなくてな」

「な、なんてことですの……」

女生徒が呆然と呟く。周りにいた女友達は手と手を取り合い、飛び跳ねながら悲鳴をあげる。

「ハインツ先生?! まじで!?」

「髭剃ったらそんな格好よくなるの?! 詐欺じゃないですか!?」

「え、先生いくつだったの⁇　もしかして、私達とそんな年変わらない⁇」

「せっかく可愛い格好してんだから、もちっと大人しくしてような」

きゃあきゃあと騒ぐ第二クラスの女生徒達の頭をぽんぽんと叩いたハインツ先生は、大層罪作りだ。頭を叩かれた女生徒らは、顔をほんのりと赤くして、ぽかーんとハインツ先生を見上げる。女生徒のペアの男子が、顔を赤らめたパートナーを「おい」と肘で小突く。

ハインツ先生はペアの女生徒を振り返ると、しれっと聞いた。

「一曲目には間に合ったか？」

「ま、間に合いましたけど⁈」

逆ギレ気味に女生徒が言う。どうやら混乱は中々解けないようだ。オリアナは助け船を出すために足を踏み出した。

「ハインツ先生。もしよろしければ、私と一曲目、ご一緒してくださいませんか？」

「エルシャ……？　ああ、そうか。一曲目がタンザインか」

しゃしゃり出てきたオリアナと、横にいるヴィンセントを見て、ハインツ先生は頷いた。

「そうなんです。ヴィンセントがいない間、誰にも声をかけられないかもと不安で」

「いや。踊る必要がないなら――まあ、いいか。乗りかかった船だ」

ハインツ先生はオリアナの誘いを断ろうとして、やめた。

そしてオリアナのもとまでやってくると、手を差し出した。オリアナは恭《うやうや》しく、指先を乗せる。

「それに虫除けに徹して、次期紫竜《しりゅう》公爵閣下に恩を売っとくのも悪くない」

耳元で囁かれた声にオリアナはぎょっとした。ほんのり煙草の匂いがする、色気のある重低音だ。

（なんて隠し球持ってるんだ、この教師……！）

オリアナはついうっかりときめきそうになった心臓を叱責しながら、ホールの真ん中にエスコートされる。

楽団がゆっくりと音楽を奏で始めると、会場の天井に設置されていた魔法装置から色とりどりの花びらが噴き出された。花びらは風に泳ぐかのように舞い、会場を美しく彩る。

オリアナはハインツ先生にリードされながら、ワルツのステップを踏む。

「ハインツ先生、むちゃくちゃ格好いいですね」

「ガキはこれだから。俺は髭剃らなくても、髪まとめなくても格好いいの」

しかも、かなりダンスも上手かった。在学中はさぞモテただろう。いやもしかしたら、教師生活に支障をきたすほどにモテてしまったからこそ、女生徒の気を引かないためにも、あんなによれよれで過ごしているという可能性も出てきた。

「そうかもですね。認識を改めました。まあ、最高に格好いいのはヴィンセントですけど」

オリアナがこともなげに言うと、ハインツ先生は日頃は無精髭に隠れていた形のいい口元を、につとつり上げた。凶暴なほどに、ニヒルな笑みが似合う。

ターンの隙間に、横目でヴィンセント達を盗み見る。女生徒はうっとりとヴィンセントを見つめて然るべきなのに、そわそわとこちらばかりを気にしている。

（ぶっちゃけ気持ちはわからんが――わかる）

どっちだ。と自分でつっこみたくなるが、どちらも本音だ。

目の前にあれだけ格好いいヴィンセントがいて、他の男を気にできるなんて心底理解できないが、突然現れたこのハンサムな教師が気になるのは、甚だ悔しいが理解できた。

「あーあ。明日、職員室でからかわれるんだろうな。子どものお茶会にでしゃばったってな」

「私は嬉しかったですけどね。先生が参加してくれるなんて、思ってもなかったから」

「脅されたんだよ。タンザインに尻込みした男子が誰もペアになってくれねえから、一年の背中に剣を突きつけてペアにするぞって」

「なんてこった……私の落ち度です。すみません。来てくださって感謝します」

その可能性は考えていなかった。人に散々フォローをしてもらって、ようやく企画が成り立った自分は、結局どこまでも詰めが甘い。

「まあ毎年、ごちそうには一口もありつけなかったからな。今年はありがたくいただくとするわ」

「食べる暇があると思ってるんですか？　このあとも山ほどダンス踊らないといけないと思いますよ」

「ゲッ、年寄りは労れ」

頼りがいのあるリードに談笑していたオリアナは、すうっと大きく息を吸い、覚悟を決める。

「――ねえ、ハインツ先生。せっかくなんで、個人的なこと聞いていいですか？」

ワルツは、内緒話にもってこいのダンスだ。ずっと機会を持てずにいた質問も、できそうなほど。何しろ他のペアは常にくるくると移動し続け、会場には楽団が奏でる音楽が満ちている。余程注意を向けない限り、誰にもこちらの話し声など聞こえない。

「あん？」

「――魔法薬学に精通されたハインツ先生なら、こっそり人を殺す時、どんな方法を選びますか？」

「……おい」

ハインツ先生の瞳に怒気が混じる。怒らせてしまったかと、オリアナはたじろいだ。学生が教師にする質問としては、ゼロ点どころか、マイナスだ。けれどオリアナは負けられない。

「ごめんなさい、物騒な話題で。読んでた小説で偶々《たまたま》、そういうシーンが出てきて」

「……あー、なるほどな。あんま、ませたもん読むんじゃねえぞ」

「はい。以後気をつけます」

ハインツ先生は納得した振りをしてくれているが、オリアナの身が強張っていることには気付いているだろう。オリアナは固唾を呑んで見守る。

「俺なら、そうだな。どうすっかな……。まぁ生徒はもちろん、他の魔法使いにもあんまり知られてない方法をとるかもな」

「たとえば？」

「それを言っちゃおしまいだろ？」

食えない笑顔でハインツ先生が笑う。その通りである。

「そんな話より、エルシャ。いいのか？　タンザインを妬《や》かせるような機会、そうそうないぞ」

「へ？」

どうにかもう少しだけでも答えを引き出せないか考えていたオリアナは、首を傾げた。

「男ってのは、年を気にするからな。今頃、タンザインは俺が気になりまくってるに違いない」

オリアナは勢いよく、先ほどまでヴィンセントがいた場所を見た。だが、そこでは既に他のペアが踊っていた。ヴィンセント達がどこにいるのかもわからない。

「さっきまで後ろにいたんだがな——今は右の方だ。緑のドレスの、後ろ」

ハインツ先生が顔を寄せ囁く。オリアナが見やすいように、リードして体を回転してくれた。

ヴィンセントはこちらを気にした様子もなく、悠然とした顔で女生徒と踊っている。

「……ええええ？　結構離れてるし、私の場所もわかってないみたいですけど？」

「ははっ」

ハインツ先生が楽しそうに笑う。

「今日の俺はな、エルシャ」

「はい」

「生徒に、一生に一度の思い出を作らせるために、ここに来ているらしい」

へえ？　とオリアナが頷こうとした時、ステップを間違った気配はなかったのにぐっとハインツ先生に抱き寄せられた。同時に音楽が止む。一曲目が終わったのだ。

抱き合うように止まっている二人に、周囲の視線が突き刺さっているのを感じる。

「生徒思いの先生に感謝しろよ。プレゼントだ」

ハインツ先生が、至近距離で囁き、体を離した。

「はあ……？　い？」

（ダンスが一生に一度のプレゼント？）

オリアナがぽかんとしていると、突然強い力で腕を引かれた。

驚いてバランスを崩したオリアナは、こけそうになる。しかしすぐに大きな手のひらが背にあてられ、事なきを得た。

顔を見なくても、誰だかわかる。ふわりと香るシダーウッド。

「パートナーをお連れしましたよ。ハインツ先生」

「おう。サンキュー」

オリアナから素早く離れたハインツ先生は、ヴィンセントが連れてきた女生徒の手を取った。ヴィンセントはオリアナをエスコートし、その場から離れる。

「……ヴィンセント」

「なんだ」

曲が終わって、ほぼ同時にヴィンセントはやってきた。

（先生の言う通り私がどこにいるのか知ってないと……できなくない？）

女生徒をエスコートして来れば、それだけ遅くなる。ということは、確実に真っ直ぐこちらに向かってきたはずだ。

「手が痛くって」

「っ、すまない」

ヴィンセントは慌ててオリアナの手首を離した。肘まである手袋をしているため見えないが、もしかしたら痕が付いているかもしれない。

（……もしかしてこれが一生に一度の思い出？　いやいやでも、いやいや、えええ？　本当??）

オリアナは、ヴィンセントとハインツ先生の背を交互に見る。

そして、ばつの悪そうなヴィンセントの横顔を見て、へらりと笑った。

ヴィンセントの体の動きに合わせて、オリアナのスカートがひらりひらりと揺れ動く。

沢山の人が踊る舞踏会の場内で、オリアナはヴィンセントと踊っていた。手袋越しに握り合う指先から、ヴィンセントの温もりを感じる。背に添えられた手の頼もしさに甘えて、強い遠心力でぐるぐると回ってみたくなるほど、オリアナは浮かれていた。

見つめ合い続けるだけの意気地はなく、少し視線を合わせてもすぐに顔を逸らす。オリアナのデコルテはほんのりとピンクに染まっている。先ほど飲んだシャンパンのせいだけでないのは確かだ。

「また一緒に踊れるなんて、思わなかった」

夢見心地で呟くオリアナに、ヴィンセントは不快そうに眉を上げた。

「僕は、君と踊ったのは初めてだと思うけれど？」

「じゃあ私の方が得してるね。ヴィンセントと踊るのは、これが二度目だから」

笑って言えば、ヴィンセントも不機嫌そうな気配を消してくれた。どことなく、今の言い方は気に入ってもらえた気がして、オリアナは嬉しくて微笑んだ。

涙が滲みそうになる。幸せな時間だった。

この日をもう一度過ごせたらと、どれほど長い間、夢見てきただろうか。

「私、今日のこと、死んでも絶対に忘れない」

「君が言うと信憑性が高いな」

ヴィンセントの言葉に、オリアナは心から笑った。こんなに楽しいダンスを、一秒でも長く味わっていたかった。

ダンスを一曲踊り終えると、オリアナ達は会場の外に出た。

アマネセル国の社交場では、配偶者でも婚約者でもないペアが二曲続けて踊ることはできない。学生の舞踏会なので、それほど厳密ではないだろうが、二人は気持ちに従って庭を歩いた。ヴィンセントと踊れないのなら、もうホールに居続ける意味はない。せっかくのパーティーで他の誰かと踊る時間が勿体なかったし、ヴィンセントが他の女生徒と踊るのを見たくなかったからだ。庭に出てしまえば、よほど熱心な崇拝者でもない限り、追いかけて来てまでダンスに誘うこともない。

講堂を照らす溢れんばかりの光が窓から漏れ出し、庭に落ちている。光の枠に入り込んだ二人は足を止めた。ヴィンセントがオリアナの耳に手を伸ばす。

オリアナは目を見開いて、ヴィンセントを見つめた。

「……ついている」

オリアナの髪に触れたヴィンセントは、指で何かを摘まんだ。その指先に載っていたのは、会場で降った花びらだった。鮮やかな花吹雪の一欠片が、オリアナの髪に引っかかっていたのだ。

急に顔に手を伸ばされたように感じたオリアナは、ピタリと固まってしまっていた。唐突に、自分が何を期待していたのかに気付き、顔を真っ赤に染め上げる。

(キ、キスされるんだと思った。ハインツ先生があんなこと言うし、ダンスは素敵だったし、だって、前の人生では、確か今日ヴィンスと――あああ)

「ああありがとう」

ほのかに入ったアルコールと、前の人生の記憶と、場の空気に当てられたらしい。火照った頬を少しでも冷まそうと手の甲を頬に当てた。絹の手袋が、ひんやりとして気持ちがいい。

「……まだ痛むか？」

ヴィンセントが申し訳なさそうな顔をして、オリアナの手首を見た。

「ううん。もう全然痛くないよ」

「そうか……」

痛みを否定しても、ヴィンセントは信じていないようだった。オリアナがハインツ先生とダンスを終えたあとに、強く掴んでしまったことを恥じているらしい。

オリアナはそっと周りを見渡した。講堂の外に出ているのはオリアナ達だけではない。そこかしこに人の気配を感じる。

オリアナは無言でヴィンセントの手を取ると、もう少し人のいない場所に向かって歩いて行った。

ヴィンセントも何も聞かずに、大人しく付いてくる。

互いに何かを期待しているような、沈黙を守ることでその気持ちを共有しているような、むずがゆい時間だった。

舞踏会の会場からこぼれる灯りと、月明かりだけを頼りに歩く。

人気《ひとけ》がなく、ほんのりと明るい場所を見つけたオリアナは足を止めた。ヴィンセントと向き合い、肘まで覆っているレースの手袋の縁に指を入れる。するりと滑るように、肌に指を這わせる。オリアナの白磁の肌が、シルクの手袋から姿を現した。

「なっ……」

「自分で見た方が、安心するかなって」

目を見開いたヴィンセントが怒ろうとする気配を察し、素早く理由を説明した。

それなりに、オリアナだってドキドキしながら脱いでいる。悪いことをしている訳ではない。堅苦しかった時代とは違い、夏の実習服などでは普通に露出している場所だ。

だが好きな相手の目の前で、身につけている物を脱ぐという行為は、計り知れない背徳感が芽生えた。人の目を、つい気にしてしまうほど。

少なくともオリアナは、この瞬間を、ヴィンセント以外に見せようとは思わない。

指先の手袋を摘まみ、ゆっくりと持ち上げる。片方の手袋が、するりと脱げた。ヴィンセントも何も話さないため、オリアナも無言で手袋を脱いでいく。

それがまた、心臓が破裂しそうなほど、気恥ずかしい。

(ただ手を、無事な証拠を見せようと、思ってただけなのに)

ごくりと、生唾を飲み込む音が聞こえた。ハッとして顔を上げると、微かな月明かりに照らされたヴィンセントが、真剣な表情でオリアナの手を見つめている。

オリアナの体が、一気に熱くなる。

(手首を心配してるだけだ。そう。それだけ)

そもそも、安心させるために脱ぎ始めたのだ。一人で気恥ずかしくなって、その後は心底恥ずかしくなって、何をのたうち回っているのだと、自分を叱咤する。

脱いだ手袋を脇に抱えると、オリアナがヴィンセントに手を差し出した。

「……触れてもいいのか?」

掠れた声だった。オリアナの胸の、もっと奥の方が震えた。

「うん」

自分の声も、負けじと掠れている。手首を見つめたままのヴィンセントが、自分も手袋を外し、上着のポケットに無造作に突っ込んだ。

そしてそっと、オリアナの手を自分の手のひらの上に置く。直に触れあった部分が、じんと痺れた。思わず振り払いそうになるオリアナの手を、ヴィンセントが留めた。羽のように優しく、オリアナの手首に触れる。

「……ここだったな」

「うん」

「触れても、痛くないか？」

「うん」

ヴィンセントの指は、オリアナの手を撫でるのをやめなかった。唇がわなわなと震える。

オリアナの手を包み込むヴィンセントの手のひらは大きい。二度目の人生で出会った時、彼はまだ十三歳で、オリアナと目線はほぼ変わらなかった。この小さなヴィンセントを守らなければと、オリアナは躍起になった。

一体いつの間に、これほど大きくなったのだろう。オリアナはあまりにも、先のことしか——ヴィンセントの死しか見ていなかった。

目の前に立っているヴィンセントに、オリアナは今初めて気付いたかのような心地になる。

オリアナの表情をつぶさに観察しながら、ヴィンセントが手のひらを重ね合わせる。獲物を捕捉《がっし》するようなヴィンセントの目を、直視することができない。ぎゅっと目を瞑ると、春の中月というのに、触れあった手がしっとりと濡れていることに気付いた。

(手汗だ。最悪だ。泣きたい)

今すぐ自分の指の隙間という隙間をハンカチで拭き上げたかった。だがヴィンセントの手が、指が生み出すほんの少しの摩擦だけで、腰に震えが走る。

(うああ、うあああ……うあああああっ……!!)

目の前がぐるぐるとして、完全にパニックになっていた。手に——まるで愛撫を受けているような、親密な行為。

——ガサ
オリアナはビクンと震えた。熱に浮かされたようだったヴィンセントもハッとして背筋を伸ばす。こちらに誰かがやって来る足音がする。内容までは聞き取れないが、会話をしていることから二人以上だということがわかった。

オリアナとヴィンセントは、顔を見合わせる。互いに、完全に正気に戻っていた。

「こっちへ」

ヴィンセントに腕を引っ張られ、茂みに身を寄せる。なるべく音を立てないように気をつけたが、暗かった上に慌てすぎたため、生け垣の枝に足を取られた。

「あっ——!」

こけそうになったオリアナを、ヴィンセントが下敷きになって受け止める。

オリアナは完全にヴィンセントに覆い被さっていた。体が体重を預けるようにぴったりと重なっていて、顔と顔が信じられないほど近くにある。

「ごめっ――」

　小声で言ったオリアナは、慌てて起き上がろうとした。だが、ピンッと何かに引っ張られたような刺激を受け、体を止める。今の衝撃がなんだったのかわからず、救いを求めるようにヴィンセントを見下ろした。

「今、何かが……」

　オリアナはヴィンセントの顔を見て囁きを止めた。ヴィンセントが、薄暗い茂みでもわかるほどに顔を真っ赤にしている。

「なっ――！」

　ヴィンセントは慌てて目を瞑り、顔を背ける。一体どうしたのかとオリアナが目線を下げると、ひゅっと息を飲み込んだ。

　驚くことに、オフショルダーのドレスが脱げかけていた。

　オリアナはバッと両手を離して、ドレスの胸元を押さえる。

「見ていない、見ていないからな」

　早口の小声で繰り返された言葉に、オリアナはこくこくこくと首を縦に振る。ヴィンセントが見ていないと言うのなら、彼は見ていない。絶対そうに違いない。

　混乱から身を縮めようと、ぎゅっと内股に力を込める。

　茂みの向こうに目をこらせば、こちらに歩いてくる生徒の人影が見える。こんな姿、絶対に見られるわけにはいかない。オリアナは、慌てて体を伏せる。

　しかし下半身を横たえた状態で上体を浮かし、ドレスの前を押さえ続けることは、オリアナの筋力的に不可能だった。

オリアナは決死の思いで、自分の胸元と首を隠すために、寝転んだヴィンセントに折り重なるようにして抱きついた。オリアナの体重を受けたヴィンセントの体が、びくんと大きく震える。

「重いだろうけど、ごめんっ――――！」

「――っ最悪だ……！」

オリアナが謝罪すると、ヴィンセントは「嘘だろう」と嘆いた。重くても、女の子に対して「最悪」まで言わなくてもいいではないかと、オリアナはムッとする。

先ほどのピンと引っ張られたような感覚は、背中のリボンが切れたものだったのだろう。

こけた瞬間に、茂みから伸びた枝にリボンが引っかかったようだ。そういえば、準備の時にコテで焼かれ、焦げ目が付いてしまっていた。繊維が弱くなっていたのかもしれない。

（慌てすぎた……）

別に急いで隠れなければいけないほど、悪いことをしていたわけではない。ただ、手袋を脱いでいた。そして手を摑んでいた。それだけだ。

だが問題は、心中の方だった。ヴィンセントはわからないが――オリアナは完全に、言い訳できないほどの親密な空気の中に身を浸していた。

誰かに見られるのはやましく、会うのは嫌だった。

こんな二人だけの時間を、その余韻を、誰にも見せたくはなかった。

「――には、――ね」

こちらに来ていた生徒の声が聞こえ、オリアナとヴィンセントは同時に体を強張らせた。

折り重なった二人の体が、ひどく熱い。あり得ない速さで心臓が早鐘を打っていた。見たこともないほどすぐそばに、ヴィンセントの首がある。男性らしい筋が、浮き出ていた。突き出した喉仏が上下にゆっくりと動く様が、なんとも言えず魅力的だった。彼の呼吸の音さえ聞こえるほど近くにいる事実に、オリアナは耐えられなくなる。

（見てたら、駄目だ）

オリアナが顔をぐるんと動かした。その際に、オリアナの鼻先がヴィンセントの首をかすめる。オリアナの呼気が当たったヴィンセントの首筋に、玉のような汗と鳥肌がぶわりと広がった。

息を呑んだヴィンセントが、オリアナの両腕をガシッと摑んだ。驚くオリアナの耳元に口を寄せ、押し殺した声でヴィンセントが言う。

「動くな」

脅しとしか取れない声は切羽詰まっていた。熱い吐息が耳の中に吹きかけられ、オリアナは体中がぶるりと震える。

「頼む」

ならこちらだってお願いしたい。どうか、そこでしゃべらないでほしい。オリアナは必死の思いで「わかった」と、ほぼ吐息だけの返事をした。オリアナの息も、信じられないほど熱かった。ヴィンセントの上着に染み、吸い込まれていく。

「せっかく、俺とワルツの練習までしたのにな」

こちらへやってきた生徒の声が、鮮明になる。

その声は紛れもなくミゲルのものだ。とすれば、よく聞こえなかったがもう一人の声は、彼とペアを組んでいるヤナだろう。二人も外の空気を吸いに、散歩に来たようだった。

オリアナは更に体勢を低くするべく、ヴィンセントの胸に顔を押しつけた。

「貴方とアズラクの身長が同じだなんて、よく知っていたわね」

「中々いないんだよな。目線が同じ奴って」

盗み聞きはよくない。そう思っていても、下敷きにしてしまったヴィンセントから、意識を逸らそうとすればするほど、話に集中してしまう。

「あいつとも踊れるといいなって言ってたのが、フラグみたいになっちまって、ごめんな」

オリアナは思いだしていた。ダンスレッスンの最中、ヤナがミゲルを練習相手に選んだ時のことを。ヤナはミゲルに何かを囁かれ、顔を真っ赤にしていた。きっと、今の台詞を言われたのだ。

「……いたとしても、きっと踊ってはくれなかったわ。わかってたの。自分の分を、決して超えない男だって」

アズラクと同じ身長のミゲルと踊りながら、ヤナはアズラクと踊る場面を想像して、顔を真っ赤にしていたのだ。

（そして、それを見ちゃったんだ……アズラクは）

アズラクのことを考えたオリアナは、ぎゅっと体に力を込めた。オリアナの動きに触発されるように、オリアナの下敷きになっているヴィンセントが呻く。

「――っオリアナ。僕の横に倒れて、降りられないのか」

息も絶え絶えといった具合にヴィンセントに言われ、オリアナは状況を思い出す。

「どうしたの？　どこか痛いの？」

まさか、体の下に石や枝があるのだろうか。一刻も早く退いてやらねばと、オリアナは顔を青ざめさせる。言われた通り、オリアナは体を動かしてみたが、ある一定以上顔を動かそうとすると、髪がぐいっと引っ張られて身動きが取れなくなってしまっていた。

どうやら先ほどジタバタした時に、髪まで茂みに引っかけてしまったようだ。手を伸ばすがよくわからない。この分では多分、髪留めまで巻き込んでしまっている。

「無理……髪が引っかかっちゃってるみたい」

「少し、触れるぞ」

ヴィンセントがオリアナの背に向けて手を伸ばす。だが、オリアナの脇腹をヴィンセントの手がかすめた時に、オリアナの体にぞわぞわとした震えが走った。

「ふぁっ……」

無意識の内にオリアナがびくりと身じろぎをした瞬間、ヴィンセントは動きを止める。そして、オリアナの髪に触れるのを諦めた手が、パタリと草の上に落ちる。

「……ふー……」

ヴィンセントが大きく息を吐き出した。腹の奥底から、息がなくなるまで吐き出し続けている。

しばらくそうして呼吸を整えたあと、虚無を見つめながら、ヴィンセントが小声で言った。

「すまない。もう退かなくていい。じっとしていてくれ。できれば口も閉じていてほしい」

「私だって、好きで騒いでるわけじゃ……」

「オリアナ」

「わかりました……」

オリアナとて、ヴィンセントにこれ以上痛い思いをしてほしくない。

ヴィンセントは、オリアナが身じろぎするだけでも、敷かれた体が痛むようだった。どうにか少しでも彼の負担を軽減したいオリアナは、「ごめん」とヴィンセントに囁く。

「やっぱりちょっと動く」

「駄目だ」

「ちょっとだから」

オリアナは、ヴィンセントの制止を聞かずに足を動かした。

今は両足を閉じている状態だが、ヴィンセントの片足をまたぎ、彼の足と足の間――つまり股の下に――自分が膝をついて四つん這いになれば、もっと自重を支えられると思ったからだ。

胸が見えてしまうため、上半身だけはどうにもできないが、下半身を自分で支えるだけでぐっと楽になるに違いない。

「だ――、くっ……！」

オリアナが足を動かした時、膝に何か硬い物が当たった。その衝撃が走ったのか、ヴィンセントが歯を食いしばる。

「ご、ごめん。なんか足に当たったかも……ヴィンセント、杖持ってきてるの？」

コートの内ポケットに、杖を入れていたのだろう。有事を警戒し、杖を懐に忍ばせて来たのかもしれない。

ヴィンセントの体の上のどこかにあるソレを、膝を動かして探ると、やはり股の辺りにあった。

オリアナが膝をつこうと動かせば、丁度折ってしまいそうな位置である。

「オリアナ、君……」

　地獄の使者でもこれほど恐ろしい声は出ないだろう。怨念が込められた声に、オリアナはピャッと狼狽えた。

「ごめん。杖、もうできてたんだね」

「――そうだ。だから動くな。頼むから」

　ずっと逸らしていた顔を、オリアナはヴィンセントの方に向けた。ヴィンセントの首筋から、彼の汗の匂いが強く香った。シダーウッドの香水と混ざり合い、官能的な香りを放つ。

　薄暗い中、目をこらして表情を見ると、ヴィンセントは顔を真っ赤にして、かなり強く歯を食いしばっている。噛みしめた奥歯の隙間から、ヴィンセントが荒い息を漏らしていた。

　オリアナは泣きそうになった。一刻も早く、楽にしてあげたい。

　せめてオリアナが体にかけている体重がなくなれば、たとえば背に石が刺さっていたとしても、ヴィンセントもどうにか体を浮かせられるはずだ。

「踏んで壊しちゃったらまずいから、先に取るね」

　魔法使いにとって杖は、一生大事にしなければならない物だ。不慮の事故でなくしたり壊したりした場合、購入することはできるが、また何年もかけて自分に馴染ませなければならない。万が一を恐れるオリアナの行動は、決して間違えてはいないはずだ。

「ばっ――！　やめろ。待て、馬鹿、本当にやめろ」

　ヴィンセントに「馬鹿」と言われたのは初めてかもしれない。そこはかとなくショックを受けながら、オリアナは、自分の体とヴィンセントの体の間に手を差し入れた。ヴィンセントの体は、強い力を込めているかのように、ブルブルと震えている。

それほどに、負担をかけていたことが申し訳なくて辛くて、オリアナは急いで手首と指を動かして、杖を探す。

「宝石型でも、私、盗んだりしないし……」

「違う。そんなこと——待て、オリアナ。本当に、動くな。頼む」

ヴィンセントが、オリアナを止めようと両手を動かした。だが見えていないために距離感が掴めなかったのだろう。ヴィンセントが触れた場所はオリアナの腕ではなく、臀部に近い腰だった。びっくりしたオリアナの喉から、想像もしていない声が上がる。

「んぁっ……！」

「待て……本当に……待ってくれ……」

大慌てで手を離したヴィンセントが、両手で顔を覆い、絶望した声を出す。声は完全に掠れていて、熱がこもっているようだった。余程苦しいのだろう。口から漏れる呼吸は荒い。

思いがけない声を上げてしまったオリアナも、狼狽して口を噤んだ。

(変な声が出た。どうしよう……こんな時にまで、そんなこと考えてるあばずれだなんて、思われたくない……)

オリアナは泣きたくなりながらヴィンセントに懇願した。

「お願いだから、動かないで。邪魔されなきゃすぐ済むのに」

「すぐ済むのも問題で……いやそうじゃない。待て、触るな、やめっ——！」

(見つけた)

手探りで探していたオリアナの指先が、ついに杖を見つけた。

「何してんの？」

杖を取り出すため、コートのポケットの入り口を探そうとした時、頭上から声がかかる。

そちらに顔を向けようとして、オリアナは勢いよく首を回した。その途端、髪が引っ張られ、

「痛っ！」と悲鳴を上げる。

「ん？　なんだ。髪が枝に――」

オリアナの髪に触れようと手を伸ばしたのは、ミゲルだった。今まで散々隠れていたため恥ずかしいが、見つかってしまったのなら、これ以上どうにもならない。

年貢の納め時、とオリアナが身を委《ゆだ》ねようとした時、体の下から厳しい声が聞こえた。

「ミゲル、目を閉じろ！」

ヴィンセントの鋭い声に、オリアナはびくりと体を揺らした。誰が来たのかを確認しようとして、上半身を浮かせていたことに気付く。慌ててはだけていたドレスを片手で押さえる。ミゲルはスッと後ろに顔を動かして、ヤナを呼んだ。

「ヤナ、大丈夫。変な奴じゃなかったよ。ヴィンセント達なんだけど、ちょっと来てもらえる？俺じゃ不都合があるっぽい」

ミゲル達から不審者と思われていたことに、オリアナは少なからずショックを受けた。まあ舞踏会の夜に、こんな茂みの裏でガサゴソしているなんて、まともな人間ではないだろう。

「どうしたの？　まぁ……オリアナ。言ってくれれば、今夜は部屋に戻らなかったのに」

「待って、待って。なんの話になってるの??」

慎みを持て、と怒られる場面のはずだ。なのに、全く正反対なことを言われている。オリアナは大慌てで否定した。

「それもこれも全部事故だから！　私がドレスを脱ぎながら、ヴィンセントに襲いかかってるわけじゃないから！」

「これほど『そうとしか見えない』状況を見たことがないわ、私」

「ヤナ、オリアナの髪が絡まってるみたいなんだ。取ってあげてくれないか？　それと、これを着せてやって」

ミゲルの声がするが、もうオリアナの見える範囲にはいなかった。オリアナの格好に配慮して、茂みから離れてくれているのだろう。

「はい、腕を通して。そっちは自分で入れてちょうだいね」

まるで家に帰った時のように、ヤナから服を着せられる。オリアナは、ヤナから受け取ったミゲルの上着に腕を通した。

「ミゲルありがとう。私の髪は切っていいから、どうにかならない？　体が痛いみたいで……早くヴィンセントを助けてあげたいの」

「髪を切るとかは論外。ひとまずオリアナが服を着たなら、ちょっと浮かしておこうか。その間にヴィンセントが勝手に這い出るだろ」

オリアナが上着を着たことを確認したミゲルが、オリアナを持ち上げようと手を伸ばす。オリアナは慌てて言った。

「待って。下手に動くと、杖が折れちゃうかも」

「杖？」

「私のお腹の辺りに、ヴィンセントの杖があるの。私が動いた拍子に折れそうだし、先に取っておきたくて」

「あー……それは、杖だな」

「杖ね」

ミゲルとヤナが、訳知り顔で頷く。だから杖だと言っているではないか。

「けど、ヴィンセントのためにも、その杖は取らない方がいいと、俺は思うなあ」

「え？」

「触るよ、失礼——よいしょっと」

オリアナが何か質問する前に、ミゲルはオリアナの脇に手を入れた。バランスの悪い体勢だろうに、オリアナは痛み一つなく、野良犬のように持ち上げられている。

オリアナの体が僅かに浮いた瞬間、オリアナの心配を余所《よそ》に、今まで黙り込んでいたヴィンセントはすさまじい速さで這い出た。煙に炙られたネズミだって、これほど速くは動けないだろう。

「ヴィンセント、大丈夫だった⁉」

体と杖、どちらも心配だったオリアナは、ミゲルにぶらりと抱えられたまま尋ねた。

しかしヴィンセントは這い出た場所で蹲ったまま、死にそうな声で返事をした。

「社会的に死んだ」

「え⁉　なんで⁉」

ヴィンセントは頭を抱え草地に伏したまま、しばらく動かなかった。

その後なんとか髪の毛を枝から救出した頃には、誰もが疲れ切っていた。

オリアナは不自然な格好のままじっと耐えなければならず、自由に動けるミゲルとヤナは灯りを探しに行ったり、細くふわふわとしたオリアナの猫っ毛を、ちまちまと指で解いたりしなければならなかったからだ。

ヴィンセントはずっと芝の上で打ちひしがれていたが、何故かヤナとミゲルがそれを責めることはなかった。

綺麗にまとめ上げていた髪もくしゃくしゃにほつれ、イリスの花の髪飾りは取れていた。

やはり切れていた背中のリボンは、ヤナによって応急処置を施された。なんとか人前に出られる格好にまで戻ったが、上着を脱ぐことは許されなかった。ちなみに上着は、ミゲルのものから、ヴィンセントのものに早い段階で変わっていた。

ヴィンセントの匂いが、上着から香る。色々とあったせいで若干ぽわんとしながら、ヴィンセントの上着をすんすんと嗅いだ。

「もう会場に戻る元気はないわ」

「私も。こんな髪だし、もう帰ろうか」

ボサボサの髪に男物の上着を着ているオリアナは、舞踏会に戻るに適切なヘアーアレンジとは言い難かった。

「タンザインさん、送ってちょうだい」

「ああ、もちろん。ミゲル、任せてもらってかまわない」

ヤナの指名を如才なくヴィンセントが受ける。

「おう、気をつけて」

「ミゲル、またね～」

「ん。またな」

手を振ってミゲルと別れると、オリアナとヤナ、そしてヴィンセントは、女子寮の方へ向かった。

まだそれほど遅い時間ではないため、帰り道は誰とも会わなかった。もしかしたら、女子寮の談話室には、まだ大きなチキンが残っているかもしれない。

先ほどまでの激動の時間が嘘のように、帰り道は穏やかだった。基本的にヤナとオリアナが話しているのを、ヴィンセントが聞いていた。

本当に他愛のない――舞踏会で食べた軽食や、クラスメイト達の靴の色など――話をしていると、あっという間に女子寮に辿り着いた。

「じゃあ、私は先に上がるわね。オリアナ、上着を返し忘れないようにね」

「ほんとだ。ありがと」

完全に上着を自分の部屋に持ち帰ろうとしていたオリアナは、慌てて脱ぎ始める。しかしヴィンセントがそれを制し、微笑した。

「もう少し話さないか」

オリアナは顔を引きつらせ、隣を見た。しかしすぐ横にいたはずのヤナは、いなくなっている。

そういえば「先に上がる」と言っていた。慌てて探すと、ヤナは既に女子寮の扉をくぐり、らせん階段を上り始めていた。彼女の後ろ姿を見て、気を遣われたことにようやく気付く。

「えっと、うはい」

頬が火照る。

(送って来てくれたのに、また連れ出される意味を……どうしても勘ぐっちゃう)

差し出された手を見て、オリアナは着け直していた手袋を外し、指先を乗せる。ヴィンセントはオリアナの指先をきゅっと優しく摑んで、手を引いた。

女子寮の壁沿いを、二人で歩く。寮内は賑わいを見せていた。特に談話室の窓の下を通った時は、楽しそうな笑い声が響いた。舞踏会待機組が開く、女子だけのお楽しみ会は盛況だ。

騒がしい窓の下を過ぎ、寮生で育てている花壇まで歩くと、ヴィンセントは立ち止まった。

オリアナも立ち止まり、所在なさげに壁に背を付ける。ヴィンセントも、オリアナの隣の壁に背を寄せた。

「話さないか」と言って連れ出したくせに、ヴィンセントは中々口を開かなかった。

(別に、いいけど)

少なくともオリアナにとって、嫌な沈黙ではない。特別な今日、特別な相手に連れ出され、手を繫いだまま、二人きりで星を眺めている。悪くない。全くもって、悪くなかった。

ヴィンセントの上着の襟元からシダーウッドの香りがする。オリアナは肩をすくめた。背を壁に押しつけ、片方の手をコートのポケットに突っ込み、足を伸ばしてコートに鼻を寄せる。肺を、シダーウッドの香りが満たす。

(泣きたいくらい、幸せだ)

もしもう一度人生を送ったとしても、この瞬間のことは鮮明に覚えていることだろう。

風の流れも、土の匂いも、虫の鳴き声も、微かに聞こえる寮生達の笑い声も――何もかもを。

「今日は」

気付けば自然と口を開いていた。

「ん？」

「楽しかったね」

「ああ、そうだな」

色々あったには違いないが、大部分はもの凄く楽しかった。今日のために、三ヶ月も前から走り、悩み、行動していたのだ。大満足の、舞踏会となった。

「ねえ。聞いてもいい？」

何気ない風を装って、オリアナは言った。肩を更に持ち上げ、ヴィンセントのコートの立ち襟で、顔を隠す。

「なんだ？」

「なんで、私をペアに誘ってくれたの？」

オリアナが話しかければよどみなく返答していたのに、ヴィンセントの言葉が止まった。繋いでいた手が、強張る。

それに気付かなかった振りをして、オリアナは慌ててまくし立てた。

「いや、なんとなくわかってるんだけどね！　あのほら、私が前の人生の、ヴィンスの話しちゃったから張り合っただけだって！　それに、みんながどんどんペア決まってくって焦ってた私を、かわいそうって思ってくれたんだよね」

「そんな訳がないだろう」

「ええと、それから、ほら！　私なら……卒業後の交流に支障はないし――今後の……ヴィンセントのお嫁さん候補とか。私は、邪魔にすら、ならない感じだし」

「オリアナ、聞いてほしい」

ヴィンセントの真摯な声に、ついにオリアナは話し続けることができなくなり、俯いた。

繋がれた手に、オリアナはもう力を入れることができない。だが二人の手が解けないよう、ヴィンセントがしっかりと力を込め、繋ぎ続けてくれていた。

「君を誘ったのは、僕の意思だ。君が、僕と踊ってくれたらいいなと思ったから、誘った」

オリアナの口が、戦慄いた。小刻みに震える唇を、きゅっと噛みしめる。

ヴィンセントがオリアナの前に移動すると、顔を覗き込んできた。強張ったままのオリアナの顔に、ヴィンセントがそっと手のひらを寄せる。頬が、大きな手のひらに包まれた。

突然の出来事に啞然としているオリアナの唇を、ヴィンセントが親指で撫でる。呆気ないほど簡単に、嚙みしめていた唇が解けた。

「今はまだ、これで許してくれないか。君に捧げる、言葉がない」

ヴィンセントの手のひらが、微かに震えている。

「明日明後日《あすあさって》、家に帰る。種ノ日《げつようび》に、君と話がしたい……それまでどうか、待っていてほしい」

途端にこぼれた涙が、手のひらを通して簡単に伝わったのだろう。慰めるように、ヴィンセントの親指が、オリアナの頰や目尻を撫でる。

（ずっと、答えを探さないようにしてた。考えたら、引きずられそうだから。だって私はもう恋人、

じゃないから――彼は私を、選ばなかった彼だから）

だから、そんな訳ないのだと、そんなこと起きるはずがないと、簡単に心を躍らせようとする自分を何度も叱責した。

けれど、今回ばかりは、もう駄目だった。

「……待ってて、いいの？」

「ああ」

「――私、前にヴィンセントの彼女だったんだよ」

「ああ」

「そういう意味で、待っちゃうんだけど」

「ああ。待っていてほしい」

優しい声だった。オリアナの肩にかかる上着よりもずっと、オリアナをまるっと包んでくれる、優しい言葉だった。

「種ノ日《げつようび》の放課後、必ず談話室に行く。あそこで、待っていてくれ」

オリアナは大きく頷く。拍子に涙が、ぽろぽろとこぼれ落ちる。

嬉しさを堪えきれず、オリアナはヴィンセントに抱きついた。――いや、抱きつこうとした。

しかし恐ろしい速度で反応したヴィンセントが、ぐっと両手を突っぱねてオリアナを拒絶した。

「……ちょっと？」

「もう駄目だ。こういうのは全部、種ノ日《げつようび》までやめるように」

「なんで！　さっき言ったのは、やっぱ――」

「耐えられないんだ」

「何に!?」

耐えられないのはこちらのほうである。大変遺憾だとオリアナが眉をつり上げるよりも先に、ヴィンセントに顔を掴まれた。

大きな手のひらで、両頰が覆われる。

驚く暇もなく、ヴィンセントの額がオリアナの額にぶつかった。鼻が擦れ、吐息が混ざり合う。

不用意に動けば、唇が触れ合うほどの近さに、ヴィンセントの顔がある。

ギラギラとした、熱のこもった視線がオリアナを睨み付けた。

「わかったか」

「わ、かった……」

オリアナは放心して頷いた。ヴィンセントの両手が、そっと離れる。

ヴィンセントの顔が遠ざかると、オリアナは自分の唇に指で触れた。

(キス、されたかと思った)

いやあれは、唇が触れ合っていないだけで、キスだった。ヴィンセントの心と、オリアナの心は完全に、互いを求め合っていた。

「送ろう」

ヴィンセントが、オリアナの手を取る。握り返すだけで、精一杯だった。

無言のまま、女子寮の入り口まで送られる。彼が別れの言葉も告げず、背を向けて去って行くのを、ぼうっと見送った。姿が見えなくなり、オリアナは体を引きずるようにして、階段を上った。

「オリアナ！　もう帰って来たんだ」

「まだチキン残ってるよ」

談話室に辿り着くと、寮生らが出迎えてくれた。だが、あんなに食べようと思っていたチキンを、見る気さえ起きなかった。オリアナは無言で首を横に振ると、再び階段を上る。

後ろでオリアナを心配する声が聞こえたが、聞こえていない振りをして自室に戻った。

扉を開け、ドレスも脱がず、化粧も落とさず、ベッドにドサリと倒れ込んだ。二段ベッドの上のカーテンは閉まっている。ヤナはもう、休んでいるのかもしれない。

（……あ、上着）

返すのを忘れていた。オリアナはうつ伏せのままなんとか脱ぎ、皺になるのも厭わずに、ぎゅっと抱きしめた。

（洗濯に出してから、返すから……）

鼻をこすりつけ、極限まで抱きしめて、胸一杯に匂いを吸い込む。匂いごと今日の出来事を、彼の声を、熱を、情熱を全て、自分の体の中に取り込むかのように、必死に呼吸を繰り返した。

目を閉じる。まぶたの隙間から涙が躍り出て、ヴィンセントの上着に吸い込まれていった。

九章　白い空と赤い炎

台座の上に、紫色の宝石が我が物顔で座っている。

あの日、付けることのできなかったタンザナイトが、オリアナの杖の上でキラリと光っていた。

舞踏会の翌日、翌々日の休日は、皆だらだらと過ごした。誰もが舞踏会の余韻に浸り、週明けから始まる本格的な就職活動前の、一時《いっとき》の平穏を享受していた。

「ヤナ〜。ラーメン食べに行こうよ〜」

「あら、今日はラーメンの日なの？　シオ味はあるかしら」

室内に籠もることに飽きたオリアナは、ヤナを連れて食堂に向かった。看板の前には人だかりができている。皆、この日を心待ちにしていたのだろう。ラーメンは正義だ。

「今日はシオとミソの日かー。あーあ、トンコツ食べたかったのに」

「オリアナはどっちにする？」

「シオ食べたことないし、シオにしよっかなー」

他愛もない会話、いつもの光景。けれどそれが、ずっと続かないことをオリアナは知っている。

シオラーメンを待つ行列に並びながら、オリアナはローブの裏ポケットを触った。中にある物を指でなぞり、手触りを確かめる。

オリアナは舞踏会後から、常に杖といくつかの魔法陣が描き込まれた魔法紙《まほうし》の束を携帯していた。授業時間以外の魔法の使用は認められていないが、舞踏会後は、そんなことは言っていられない。たとえ自分が叱られても、退学になってもかまわなかった。ヴィンセントの命がかかっているのだ。

とはいえ、現在ヴィンセントはここにいない。そのことは、緊張に喘ぎそうになるオリアナの心に安堵を与えていた。

ヴィンセントが死んだのは校内だ。厳重な管理下に置かれているラーゲン魔法学校内に入り込める部外者は、ほぼいない。探偵も雇ったオリアナは、外部犯の犯行はほぼないと判断していた。

前の人生でヴィンセントを殺した誰かが、ヴィンセントを探して街に出ている可能性もあるが、ヴィンセントは公爵家の嫡男だ。王族の次に、厳重に身を守られている人物である。一介の学生でいるよりも、公爵家の嫡男として家にいた方が、確実に彼の生存率は上がるに違いない。

そしてヴィンセントは、自分の身に危険が迫っていることを知っている。いつも以上に気をつけてくれるはずだ。

花ノ日《どようび》に学校を発ったヴィンセントに、オリアナは「死んだ日が近くなってるから、重々気をつけてほしい」と言い含めた。彼の死に関与するなと言われていたが、オリアナの切羽詰まった表情を見て、ヴィンセントも反論はせずに受け入れてくれた。

そのヴィンセントから手紙が届いていた。どうも公爵が急な用事で不在になり、帰宅が種ノ日《げつようび》の昼過ぎになりそうだという連絡だった。

放課後には帰る。約束通り待っていてほしい。

そう書かれていた手紙を、オリアナは受け取ってから何度も読み返した。

食堂の一角でヤナと二人でシオラーメンを啜る。

「メンマ美味しい」

「私はこのネギが好きよ」

レンゲで、スープとネギとゴマを掬う。美味しい。トンコツ以外にも人権を認めるべきか、オリアナは悩み始めていた。

最後のメンマを頬張った時、食堂の入り口からぞろぞろと男の子達が入ってきた。全員で十名ほどいるだろう。皆実習着を着ていて、手に板のような物や大ぶりの手袋を持っている。

「まあ、何かしら」

「今年から始まった部活だよ。マホキューっていうんだって」

前回の人生と同じことならば、オリアナにもわかった。今年の新入生がマホキューの熱狂的なファンで、ラーゲン魔法学校でも部活がしたいと校長に直談判したという話を覚えていたのだ。

「板についてる魔法紙で、ボールを遠くに飛ばすの」

「昼休みに、ルシアン達がやっている玉遊びと似ているわね」

「あ、そうそう。ル……第二の子達がやってる板には魔法紙がついてないけど、一緒の球技。クイーシー先生が顧問になってるんだって。練習する場所で揉めてるって聞いた」

「大変ねえ」

マホキュー部のトレイの上には、山盛りの料理皿が並んでいる。

「凄い食欲ね」

「さすが運動部」

オリアナはレンゲをスープに漬けた。麺もなくなっているのに、スープのやめ時が見つからない。

（今、何食べてるだろう）

誰のことを思い浮かべたかは明白で、オリアナはほんのりと頬を赤らめた。まさかこんな、恋人同士のようなことを、今回の人生で考えられる日が来るなんて思ってもいなかった。

（待っててって言われた……。私は、待ってたい）

ヴィンセントと会うのは明日の放課後だ。

明日一日、彼がいない間をどんな風に過ごせるのか全く見当もつかなかった。

（舞踏会が終わって、何日後だったのか——正確な記憶がないのが、悔しい。恐ろしい。でもヴィンセントと一緒なら、きっと乗り越えられる）

——放課後には帰る。約束通り待っていてほしい。

何度も何度も心で反芻《はんすう》する。ヴィンセントの筆跡まで覚え込んでしまうほどに読んだ一文。

オリアナはレンゲを置いた。

あんなにやめられなかったのに、もう一口だって、この恋で一杯の胸には入りそうになかった。

∴　∴　∴　∴

「オーリアナ」

どっきんこ。胸の高鳴りを表現するなら、きっとそんな音が相応しい。

校舎の出入り口で空を見上げていたオリアナは、ぎこちなく振り返った。一寸先はどしゃぶりの雨。逃げ場として、適切とは言い難い。

「どこ行くん？」

にまーっと、お得意の猫のような笑顔を浮かべたミゲルのお出ましである。

授業が終わってすぐ、オリアナは教室から飛び出した。今日も隣にいたミゲルは、オリアナが一日そわそわしていたことに気付いていたのだろう。何か面白いことでもないかと追いかけて来たようだ。全く、鼻の利くお猫様である。

「ど、どこだろうね～？」

オリアナは斜め上を見ながら答えた。玄関の軒から、絶えることなく雨水が垂れ続けている。

「教えてくれんのなら、ついてっちゃおっかなー」

「談話室です！」

返答が食い気味ですらあったオリアナに、ミゲルが無邪気に尋ねる。

「へえ。なんで？」

「――ヴィ」

「ヴィ？」

「ヴィンセントと待ち合わせ……」

ミゲルにとっては、世間話の延長に過ぎないとわかっているのに、オリアナは勝手に恥ずかしくなって死にそうだった。

まだヴィンセントとは恋人といえない距離。今からまさに告白の返事をもらいに行くようなものだと、友人に告げるのは恥ずかしくて堪らない。

「今日ちょっと寒いし、早く行って、暖炉つけとこうかなって」

顔が真っ赤になっているのがわかる。オリアナが両頰を押さえると、ミゲルは歯で飴を嚙んでにやーっと笑った。

「雨降ってんのに突っ切ってく気？　東棟だろ。傘あるから入って行きな」

「わー！　ミゲル！　ありがと！」

じゃーん、とミゲルが背中から出した傘に感激して、オリアナは両手を挙げた。朝は天気がよかったため、傘を持って行こうなんて考えもしなかったのだ。

「傘なんてよく持って来てたね」

「雨の匂いがしたんだよ」

「何それ格好いい」

「もっと言って」

笑いながら傘を広げるミゲルの期待に応えて「きゃー！　格好いいー！」とエールを送ると、彼が持ってくれている傘に、スススッと入り込む。

「お邪魔しまーす」

「はーい。いらっしゃーい」

「ここは『私が持つよ！』とか言うべきとこ？」

「え……持ちたい？」

「あ、じゃあせっかくなんで。経験のために」

オリアナはミゲルから傘を受け取った。案の定、ミゲルの頭に傘の骨がめり込む。ミゲルは大きな体をかがめて「いたたた」と髪を押さえた。

「あはっ。やっぱ無理だった。ミゲル持ってて」

ミゲルに傘を返すと、オリアナは傘の骨からミゲルの髪を解いてやった。頭を摩《さす》りながら、ミゲルが腰を伸ばす。

「大人しく入ってましょーね」

「はーい。今後はそうすることにしまーす」

ミゲルはオリアナの歩幅に合わせて、少しずつ進んでくれた。

「えっミゲル縦爪じゃん。形綺麗。いいなー」

傘の柄を持つミゲルの指をまじまじと見て、オリアナが言う。

「あー？　気にしたことなかった」

「ミゲルはお洒落さんだし、爪染めたりするのも似合いそう」

「楽しそうだな。花びらで染めるんだっけ」

「そうそう。したことあるの？」

「ないない」

「じゃあ今度してあげるね。就活、しなくっていいんでしょ？」

今日から就活の始まりを宣言されたクラスメイトらは、地獄の始まりのような唸り声を上げていた。フェルベイラさん家の嫡男は、笑って首を横に振る。

「駄目駄目。縁故採用なのに圧迫面接あるから。親父にぶん殴られる」

「あ～……じゃあすぐ落ちるし、塗る方にしよっか。ヤナも誘って次の花ノ日《どようび》とかにしようよ」

「いーよ」

他愛もない話をしていると、東棟に辿り着いた。ミゲルの傘から、東棟の軒に移動する。

「ありがとう。助かっちゃった」

「いんや。濡れん内に、はよ行きな」

ミゲルが目を細め、口角を上げる。いつも通りの笑顔のはずなのに、何か違和感があった。頭を過《よ》ぎった可能性に、オリアナは体を強張らせる。

「……まさか、私を先に行かせて、こっそり覗く気？」

「あはは。安心しろって。絶対行かんし」

「ほんと駄目だからね？　フラグじゃないからね？」

「わかったわかった」

念押しすると、ミゲルは笑って頷いた。いつも通りの彼にほっとして、オリアナは「じゃあね」と手を上げる。

東棟はひんやりとしていた。昼過ぎから降り始めた雨は、どんどん強くなっている。もしかしたら今日――雷が鳴るのかもしれない。

オリアナは怯える気持ちを奮い立たせる。

どちらにしろ、もう逃げられないのだ。前に進むしかない。

（それに――立ち向かう時には、ヴィンセントがそばにいてくれる）

こんなに心強いことはなかった。

「オリアナ」

「ん？」

ミゲルに呼び止められ、翻そうとしていた体を捻り、振り返る。

「今、幸せ？」

オリアナはぱちぱちと瞬きして、大きく頷いた。

「もっちろん。ちょー幸せだよ」

元気一杯に答えたオリアナに、ミゲルが「ははっ」と笑った。

「あんま羽目外し過ぎんなよ」

「……ミゲルー」

二人きりで待ち合わせをしているオリアナらに、ミゲルが釘を刺す。大きなお節介に、オリアナは顔を真っ赤にして睨み付けた。詳しい内容は知らないが、ミゲルが心配するような学生にあるまじきことを、あのヴィンセントが許してくれるはずもない。奪えてちゅーぐらいなものだ。

自分の思考にまた顔を赤らめたオリアナを見て、ミゲルが更に口角を上げる。

「じゃ、オリアナ」

ミゲルの歯の隙間から、オレンジ色のスティックキャンディが覗いて、キラリと光る。

「またな」

ミゲルが手を振る。オリアナはミゲルに手を振り返して、談話室に向かった。

……


「え!?　お前、好きな子がいるの!?」

（軽い）

頭痛と目眩を同時に感じながら、ヴィンセントは頷く。

王都にある紫竜《しりゅう》公爵邸は、優美な屋敷だ。馬車が何台も乗り付けられる大きなエントランスから始まり、季節ごとに変わる上等な絨毯が敷かれた大理石の玄関ホール、常に磨き上げられている主階段。そして、シーズン中、王都中の貴族の誰もが招かれたいと期待する、サロン部屋や大広間。

ヴィンセントにとって、生まれた頃から当たり前にあり、そしてヴィンセント自身が守り抜き、次の世代に託すことを定められている屋敷だった。

その屋敷の一室、書斎にヴィンセントは立っていた。

ヴィンセントが向き合っているのは、この屋敷の主――現紫竜公爵である。

カーテンの隙間から入る陽光が、マホガニー製のデスクを艶やかに照らす。書類の横に置かれた灰皿に、父は煙草を押しつけた。

父に座るように手振りで勧められたが、ヴィンセントは遠慮して告げる。

「その子との未来を考えたいと思っています」

「何それ。許してくれなけりゃ、家を出てやる！　とか、そういう宣言??」

とても信じたくない話だが、ヴィンセントが向き合う人物は、真実、紫竜公爵その人である。

「あーやだやだ。これだから真面目でいい子は、思い詰めちゃうと途端に手が付けられない……」

「そんなことは言っていません」

「そうだよな、ごめんごめん。本気で言ってるわけじゃない。わかってるよ。お前がどんだけ、紫竜の名誉と尊厳を大事にしてくれているかは。悲しくなっちゃった?? ごめんな？」

「だからっ――」

　ヴィンセントは、腰に付けていた拳をぐっと握りしめた。駄目だ。父のペースに乗せられるなと、自分を叱咤する。

「まともに話をしてもいいですか」

「どうぞ」

　父が目を細め、にっと笑った。その途端、ヴィンセントは言葉に詰まったことに気付き「クソッ」と心の中で毒づく。父の先ほどのうるさ過ぎるパフォーマンスは、ヴィンセントの肩の力を抜こうとしていたものらしい。

「行く末は、彼女に公爵夫人になってもらいたいと考えています。父上が賛成してくだされば、これに勝る安心はありません」

「まあ待て。お前がそんなこと言い出すってことは、貴族のお嬢さんじゃないんだろ？　貴族なら言ってみろ。子爵でも男爵でも、持参金を持てないどれだけの貧乏貴族でも今この場で、許す。俺がどうにかしてやる」

　どうにかしてやる――公爵の扱う言葉は重い。それだけの力を持っているからだ。どんな場であれ、彼の言葉が軽く扱われることは絶対にない。

その公爵ですら、どうにかしてやると言える範囲は貴族に限られている。何代も脈々と血筋を受け継いできた責任と覚悟が、貴族にとって何よりも大事な体面と誇りの担保になる。

「……庶民です」

「ほら見ろ！　まあ、お前と付き合ってるぐらいだから、随分肝っ玉はすわってるんだろうけど」

椅子の背もたれにもたれかかりつつ、父が言った。ヴィンセントはぴくりと体を揺らし、口をぎこちなく開いた。

「――いえ」

「ん？」

「……まだ、付き合っていません」

父は一瞬、完全に素の表情を見せた。

こんなに呆気にとられた父を見たのは、ヴィンセントの記憶の中でも、初めてのことだ。

「……はあ??」

父が、腹の底から声を出す。

「本当にどうしたの、お前。勇み足過ぎるだろ。初恋なの？　初恋なのか？」

「うるさい。そんな話はしていない」

「そんな話しかしてないだろ。いいから座りなさい。父さんに話してみろ。な？」

目の前にある応接ソファを指し示した父に、ヴィンセントは渋々従った。

「……将来別れるつもりで、付き合いたくない」

出した言葉は、自分が思っていたよりもずっと幼く、ずっと頼りなく響いた。

ヴィンセントにとって、結婚は定められている未来だ。そしてその相手を自分で好きに選べる立場にいないことはわかっていた。

幼い頃、親戚筋のシャロンが婚約者に決まった時、彼女の家が不祥事を起こした。

なんとか表沙汰にならぬよう尽力したが、シャロンとの婚約は当然破談となった。

それから、ヴィンセントの婚約者の席は空白のままだ。しかるべき時に、両親が判断しようと決めたのだろう。

（その席に、他の誰でもなく、オリアナに座ってほしい）

「それさあ、彼女は承諾してるのか？」

「――は？」

心の中を読まれたのかと思ったヴィンセントは、素っ頓狂な声を出した。

「今後付き合ったとしても――向こうは、学生の間だけ〝ヴィンセント・タンザインの彼女〟でいたいのかもしれんだろ？」

「……そんなわけっ――」

「まあ、待て待て待て。な」

気を高ぶらせたヴィンセントを宥めるために、父が優しげな顔をした。

父が席を立ち、ヴィンセントの隣に座った。革張りのソファが沈む。こんなに至近距離に座ったのは、子どもの頃――十七歳をまだ子どもというのなら、もっと幼い頃――以来だ。

「お前は小さい頃から、文句も言わず領地や魔法の勉強を頑張ってくれてたから、俺も頼りすぎたなあー。思えば、責任感が強すぎたんだろうなあ。学校の恋愛ぐらい、一人でも二人でも三人でも、好きにしてくりゃいいのに」

「学校にいるのが未婚女性ばかりなのをお忘れですか？　責任を取るよう複数家に言われても、一人しか迎えることはできないんですよ」

「ほら！　責任感が強い！　『僕なんにも知りません』って言うんだよ、そういう時は」

「父さん……クズですか？」

「クズって言われた……最愛の息子に……クズって言われた……」

父はわざとらしく両手に顔を埋めて嘆いた。部屋の隅に控えていた執事が、そっとハンカチを差し出すと父が受け取った。泣いているポーズは続けたいらしい。

「もちろん、自分の役目に不満を持ったこともありません。そのための努力も、無理はしていなかった。結婚だって……」

「まあ、そう焦って結論を出すな。今度の休みにでも彼女を連れといで。母さんには父さんが口利いてやるから。結婚については追い追い考えよう――そんな顔をするな。抜け道はある」

その抜け道を、使うだけのリスクがあるかどうかを、オリアナと会って見極めるつもりだろう。

（でも、十分な言質はもらった）

今日はここまでだと見切りを付け、ヴィンセントは立ち上がる。すぐ隣に座った父を見下ろした。

「では、次の休みに」

「ああ、そうしなさい。父さんも楽しみだ」

にっこりと――本当に嬉しそうに笑うから。

時々どちらが本当の父なのか、ヴィンセントはわからなくなるのだ。

書斎を出ると、同じ部屋に控えていた執事もヴィンセントに付いてきた。

父と話をする時にそばにいてほしいと、彼に頼んだのはヴィンセントだった。二人きりだと簡単に頭に血が上り、父のペースに乗せられるのは目に見えていたからだ。

「ヴィンセント様」

「いい、わかってる。何もかもを鵜呑みにするほど、僕も子どもではなくなった」

書斎を出て階段を上ると、執事が遠慮がちに声をかけてきた。ヴィンセントは苦々しい表情を浮かべる。

幼い頃の自分は、とにもかくにも、父に笑ってほしかった。

ヴィンセントが頑張れば、父は大層嬉しそうに笑ってくれた。公爵家の長男として生まれ、誰からも尊敬され、愛されてきた父は、人の動かし方を知っている。

そして必ず、得をしてきた。

「父さんは善人じゃない。だが、悪人でもない」

父は、損をしなければいいと言ってくれるほど優しい気質ではないが、得があるならある程度は大目に見てくれる。

オリアナがヴィンセントのそばに居続けることで父に得があれば、きっと許してくれる。

（本当は、自分がもうすぐ死ぬ運命だったのに、オリアナが助けてくれたのだと言えれば――）

そんなことを言ったところで、頭がおかしくなったと思われるか、結婚したいがための嘘をついた不誠実な息子だと評価を下げられるのがオチだ。

オリアナのことがなくても、ヴィンセントは領地を完璧に守る上に、魔法学校での成績も紫竜《しりゅう》家に恥じないものを修めるつもりだ。取り引きの材料にして父を強請《ゆす》ることなどありえない。

そんなヴィンセントに差し出せるものは、自分の時間しかない。

なんでも持っているように見えて、ヴィンセントが自由にできるものは、何もない。

元々ヴィンセントは、父に自分の時間を明け渡すつもりだった。オリアナと共に未来を歩けるのなら、五年でも十年でも――いくらでも、父の言いなりになる覚悟で帰ってきた。

だがもちろん、こちらから言うつもりはさらさらなかった。

最初にヴィンセントから条件を突き出してしまえば、父が本心ではどう思っていようとも、必ずヴィンセントに条件を呑ませようとすると知っていたからだ。

結果、言わずに済んだ。父は無条件で「庶民の娘がヴィンセントの恋人であること」までは認めてくれた。紳士らしくない態度だったろうが、関係ない。大きな賭けに勝った気分だった。

だが――ヴィンセントの心は晴れ晴れとまではいかなかった。

『向こうは、学生の間だけ〝ヴィンセント・タンザインの彼女〟でいたいのかもしれんだろ？』

この言葉は、かなり効いた。

ヴィンセントにとって、オリアナとの恋は特別な恋だった。

生涯、恋をすることもなく、決められた相手と結婚し、大事な領地と、無難な家庭を守り抜くのだと思っていたヴィンセントは、この恋を運命のように感じていた。

最近のオリアナは、ヴィンスではなく、ヴィンセントを見ている瞬間が増えていることも、しっかりと伝わっている。

だから、オリアナも同じ気持ちでいるのだと――いや、自分なんかよりもずっと特別に感じてくれていると思っていた。それ以外の可能性を、考えたこともなかった。

（彼女は卒業後、僕の方を向いていないかもしれない）

彼女にも、家の都合があるだろう。余所の誰かを優先して、紫竜公爵家との婚姻を蹴る親がいるとは思えなかったが、それを言うのなら、人生を二度生きている女性がいるだなんて、ヴィンセントは考えたこともなかった。

「父の言う通り、勇み足過ぎたな……彼女は、僕との結婚なんて考えてないかもしれないのに」

自室に入り、魔法学校に戻るための着替えを従者に手伝わせながら、ヴィンセントは自嘲した。従者が恭しく、ヴィンセントの腕にジャケットの袖を通す。学校では一人でしていることも、公爵家では複数人の手が必要になる。

従者がボタンを留めていると、執事が日尻の皺を深くして微笑んだ。

「ヴィンセント様、しばしお耳を拝借願えませんか？　不要なれば、年寄りの戯言《たわごと》とお聞き流しくださいませ」

「お前の言葉を、僕が聞き流すはずがないだろう。言ってほしい」

この執事は、ヴィンセントが幼い頃から世話を焼いてくれていた。家族同然の付き合いがある執事は、既に六十を超えているだろう。

「もし仮に、お嬢様がそのようなお心積もりだったと致しましょう。ですがヴィンセント様。貴方様までもが、お嬢様に同じ気持ちを求めた場合、望む未来は遠のくばかりでしょう。ヴィンセント様が確固たる決意を持っていらっしゃっても、なんの不都合も起きません」

ヴィンセントはハッとして、執事を振り返った。

たとえ父の言う通り、オリアナが学校内でだけの恋人を求めていたとしても、格好を付けてヴィンセントまで軽い付き合いを求めなくてもいいのだ。

オリアナの心を変えることができるのは、ヴィンセントだけだろう。

その時に、ヴィンセントまでもが軽い付き合いを求めていては、オリアナが結婚を望むことは、決してないに違いない。

「……やはりお前には、いつまでも元気でいてもらわなければな。今年の誕生日も楽しみにしていてほしい」

毎年、執事の誕生日に姉や妹と一緒にプレゼントを贈っているヴィンセントは苦笑を向けた。執事にとってはヴィンセントも、もしかしたら公爵でさえ、まだまだ手のかかる子どものようなものなのかもしれない。

「幸せ者でございます」

執事は心底嬉しそうな笑みを浮かべる。彼に話し合いに同行してもらってよかったとヴィンセントは心から思った。

着替えを終えたヴィンセントは、ローブを手にした。ヴィンセントが体をドアに向けるだけで、ドアの前に控えていた使用人がドアを開ける。

「それでは、ヴィンセント様」

執事が深く腰を折った。

「いってらっしゃいませ」

執事と、複数の使用人の声が重なる。よく教育された愛すべき使用人達だ。いずれはヴィンセントが守ることになる人々である。

ヴィンセントは目を細め、皆の姿をゆっくりと視界に収めると、頷いた。

「ああ、いってくる」


家の都合で帰りが遅くなることは事前に知らせていたため、ヴィンセントが教師に咎められることはなかった。

それよりも、帰りが思っていたよりも遅くなってしまったことが憂鬱だった。昼過ぎには出たのに、帰り際に雨に降られ、馬車の車輪が泥にはまってしまったのだ。御者と力を合わせ、なんとか馬車を持ち上げることに成功したが、その頃にはヴィンセントも御者もびしょ濡れだった。

学校に辿り着き、すぐに予備の制服に着替えたヴィンセントは東棟へ向かった。その最中、雷がピカリと空で光る。

（大丈夫だろうか）

オリアナは一人でいるはずだ。雷の苦手な彼女が一人で震えているのかと思うと、かわいそうで仕方がなかった。ヴィンセントは傘を差し、心が急くままに走った。

遠くにいるウィルントン先生が、固まっているのが見えた。雨の中を走る生徒を注意しようとしたようだが、まさかヴィンセントだとは思わなかったのだろう。

ヴィンセントは足を速めて、ウィルントン先生の視界から抜け出した。今は少しの時間も惜しい。

（すぐに行ってやらないと――そして。そして？）

ヴィンセントは顔を顰めた。

（なんて伝えよう。なんて伝えたらいいんだ？）

貴族として生まれた自分が、心からの愛を告白する日が来るなんて、考えたことすらなかった。

（好きだ？　——軽いか？　愛してる？　それでは、歯が浮きすぎる？）

次々に、告白の言葉が浮かんでは消えていった。そして、何をどう言っても、ヴィンセントの頭の中のオリアナは、全てに喜んでくれた。

（もう、なんでもいい……。考えた言葉じゃなくて、彼女を見て、思ったままを伝える）

雷が鳴る。空が一瞬、真っ白になるほどに強い光だった。

（急ごう。そして、抱きしめよう）

以前は、雷に怯えていたオリアナの隣にいることしかできなかった。探しに来いと伝えたが、あれ以来雷が鳴ることもなかったため、一度も機会は訪れなかった。

彼女が怖がると知っているのに、ヴィンセントはいつしか、雷が鳴るのを心待ちにしていた。

（もし雷が鳴っていたら……オリアナは僕を探しに来ただろうか）

ようやく談話室に辿り着いた頃には、息が弾んでいた。

ドアを開けると、ヴィンセントはすぐにオリアナを見つけた。ふわふわとしたミルクティー色の後頭部が、ソファの背面からちょこんとはみ出している。

安堵と、足が震え出しそうなほどの緊張がヴィンセントを襲う。

「オリアナ。遅れてすまない。怖かったろう？」

声が震えていないのが不思議なほどだった。

ヴィンセントは、オリアナの待つソファに向かった。いつもヴィンセントが座っている一人がけのソファに、オリアナは座っていた。その瞼は緩やかに閉じられている。

「なんだ、寝ていたのか」

（よかった。君が雷に、気付かなかったのなら）

ヴィンセントはほっと息をついて、斜め向かいのソファに座った。

ふと見るとオリアナの手に杖が添えられていた。紫色の宝石が付いた杖を見て、笑みがこぼれる。

「……インク型にすると、言っていたのに」

いつの間に、そんなに大きなタンザナイトを付けていたのか。以前彼女がクラスメイトと話していたことを思い出す。自分を思って、杖に宝石をはめてくれたことは明白だ。

紫色の宝石はオリアナの手の中でキラリと光っている。常に自分がオリアナのそばに寄り添っているようで、ヴィンセントは口元を緩めた。

（眠ってるオリアナを見るのは、久しぶりだ）

以前一度だけ見た眠る彼女は、熱と過去の後悔にうなされていた。

だが今は、穏やかな、笑顔ともいえるような顔つきだ。何を思いながら、ヴィンセントを待ってくれていたのか伝わってくるような、安らかな寝顔。

「……好きだよ」

気付けば声が漏れていた。

「僕との未来を、考えてほしい」

ヴィンセントは太ももに肘を立て、合わせた両手に顔を埋めた。

「……起きたらもう一度、言うから」

もう一度、言えるだろうか。そう自分を疑いたくなるほどに、ヴィンセントの顔は真っ赤だった。

「暑いな――。少し薪を減らそう」

誰も聞いていないのにそう言い訳しながら、ヴィンセントは立ち上がった。勢いよく燃えている暖炉に、灰かき棒をつっこむ。

「――ん？」

見慣れない物を見つけて、ヴィンセントは灰かき棒を動かした。なんとかたぐり寄せ、灰取りのためのチリトリの上に掻き出す。

「なんだ……これは」

暖炉の中で薪と一緒に燃えていたのは、溶岩のように赤く燃える不気味な枝だった。

暖炉から取り出した瞬間、この世の花全てを煮詰めたような、竜でさえ涎を垂らしそうなほどの独特な香りが、ぶわりと広まる。

甘い匂いに眉を顰め、ヴィンセントは枝を凝視した。

魔法使いなら、普通の枝と竜木の違いは、一目見てわかる。

これは、竜木の枝だった。

ラーゲン魔法学校の暖炉は薪を使用する。定期的に校務員が各暖炉を点検し、その箇所に必要なだけの薪を置いて行く。たまに生徒が書き損じた紙や、点数の悪かったテスト用紙を捨てることはあっても、竜木の枝を一緒に燃やすなど、ヴィンセントは考えたこともなかった。

（……頭がくらくらとする）

枝を見ていると、ぐらりと体が傾いた。枝から漂う、ひどく甘い匂いに胸が焼ける。酩酊したように、体から力が抜ける感覚を抱いた。

ひとまず枝から離れようと、ヴィンセントは後ろを向く。

その瞬間、談話室が真っ白に光った。

数秒後、大きな雷の音がする。雷が地を這う衝撃が地響きとなり、ヴィンセントの足下を小刻みに揺らした。

『大切な人が死んだ日に、雷が――』

オリアナが、雷に震えていた日に打ち明けてくれた言葉を、何故か鮮明に思い出した。

（なんだ……？　凄く、嫌な予感がする）

ヴィンセントは大股で、眠るオリアナの元に向かった。雷が鳴っているのにかわいそうだが、ここから出ようと伝えるつもりだった。

「オリアナ、オリア……ナ？」

頬を撫でて起こそうとしたヴィンセントは固まった。

オリアナの体が、ひどく冷たかった。

慌てて、オリアナの口元に手を添える。ヴィンセントは腰を抜かした。オリアナの座るソファの横に、座り込む。

「……オリアナ？」

オリアナは息をしていなかった。

体は石のように冷たくて、もうこの体から、命が離れていることを物語っていた。

ヴィンセントの顔から血の気が引き、体が震える。

「なん、でだ」

(死ぬのは僕じゃ、なかったのか)

心臓が凄い速さで脈打っていた。オリアナの胸に耳を当てても、そこはじっと黙ったまま。

信じられなかった。何もかもが。

ヴィンセントはオリアナをかき抱いた。

――カツンッ　コツンッ
彼女の手に添えられていた杖が、音を立てて床に落ちる。ギラリと残酷に光ったタンザナイトが、床の上をコロコロと転がっていく。

オリアナの体にしがみつく。自分の熱が少しでも彼女に移れば、まるでまた目を開けてくれると
でも、信じているかのように。

「オリアナ……オリアナ！」

ソファから体を引きずり下ろし、自分の足の上に座らせた。オリアナの体重を、他の何とも共有したくなかった。支える全ての物になりたかった。

オリアナの顔は、まるでいい夢を見ているかのごとく、幸せそうなままだ。首や服を調べても、何もない。口の中も指で探ったが、何も異変は見つからなかった。

――ピカッ
また、世界が白く光る。

『雷を、竜神って呼ぶこともあるんだって。まさに――』

オリアナが言っていた言葉を思い出す。

ヴィンセントは目を見開いた。暖炉の中に入っていた、赤い竜木の枝を見る。この空間で、あの枝だけが異質だった。

「……まさか」

溶岩のように燃え続ける竜木の枝は、怒れる竜そのもののようだった。ヴィンセントは背筋を震わせる。

雷が鳴る。竜の咆哮《ほうこう》のように。

「本当に――竜神の、祟りだとでも？」

ヴィンセントはオリアナを見下ろした。酩酊するような、むせかえる甘ったるい匂いが鼻腔を満たし、視界に靄《もや》が掛かっていく。

どんどんと視界は薄れ、オリアナの顔さえ見えなくなっていった。

少しでも彼女を見ていたくて、感じていたくて、ヴィンセントはオリアナの頬を手で包む。

その時には、彼女の頬の冷たさを感じなくなるほど、ヴィンセントの手も冷たくなっていた。

――ギィ

地獄の扉が開くような音がする。

そしてヴィンセントは、意識を失った。

あとがき

こんにちは、はじめまして。六つ花えいこと申します。

「死に戻りの魔法学校生活を、元恋人とプロローグから（※ただし好感度はゼロ）」は、オリアナとヴィンセントを中心に、様々な友人との学校生活を描くキラキラ青春学園ものになります。

大好きだったヴィンセントと再び出会えたオリアナは、彼の傍に居続けるため出来る限りの努力を重ねますが、女の子として可愛いとも思われたい……そんなオリアナにどんどん惹かれれども、素直になれない思春期なヴィンセントの両片思いを楽しんで頂けていたら幸いです。

巻末の二人に不安を覚えた読者様も、どうか二巻を楽しみにしていただけますと嬉しいです。

最後になりましたが、素晴らしいイラストで本作を彩ってくださったイラストレーターの秋鹿ユギリ様、このような機会をくださったアース・スターノベルのご担当者様、本作出版に際しご協力くださった全ての方、そして執筆中支え続けてくれた家族に、心より感謝申し上げます。

そして本作をお手にとってくださった読者様、ＷＥＢ更新中にずっと応援し続けて下さっていた読者様、本当にありがとうございます。

次の巻もまた、皆様にラーゲン魔法学校で会えますように――

六つ花えいこ

SHNIPURO ANIMARU NUI
たくさん描かせて頂き
とっても楽しかったです!!

EARTH STAR NOVEL

死に戻りの魔法学校生活を、元恋人とプロローグから（※ただし好感度はゼロ）1

発行 ―――― 2021年 6月16日 初版第1刷発行
2024年 6月26日 第4刷発行

著者 ―――― 六つ花えいこ

イラストレーター ―――― 秋鹿ユギリ

装丁デザイン ―――― 山上陽一（ARTEN）

発行者 ―――― 幕内和博

編集 ―――― 佐藤大祐 筒井さやか

発行所 ―――― 株式会社アース・スター エンターテイメント
〒141-0021 東京都品川区上大崎 3-1-1
目黒セントラルスクエア 7F
TEL：03-5561-7630
FAX：03-5561-7632

印刷・製本 ―――― 中央精版印刷株式会社

ISBN 978-4-8030-1531-7